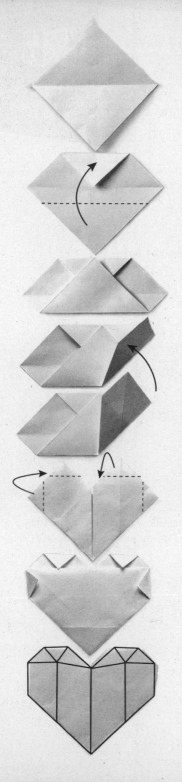

Llámalo como quieras

un sello de
V&R Editoras

▸ **Título original:** *Call It What You Want*
▸ **Edición:** Melisa Corbetto con Stefany Pereyra Bravo
▸ **Coordinación de diseño:** Marianela Acuña
▸ **Diseño:** María Natalia Martínez

© 2019 Brigid Kemmerer
© 2019 VR Editoras, S. A. de C. V.
www.vreditoras.com

Esta traducción de *Call It What You Want* es publicada por VR Editoras
bajo un acuerdo con Bloomsbury Publishing Plc.

México:
Dakota 274, colonia Nápoles - C. P. 03810
Del. Benito Juárez, Ciudad de México
Tel.: 55-5220-6620 / 6621 · 800-543-4995
e-mail: editoras@vreditoras.com.mx

Argentina:
Florida 833, piso 2, of. 203 (C1005AAQ) · Buenos Aires
Tel.: (54-11) 5352-9444
e-mail: editorial@vreditoras.com

Primera edición: octubre de 2019

ISBN: 978-607-8712-00-7

Impreso en México en Litográfica Ingramex, S. A. de C. V.
Centeno No. 195, Col. Valle del Sur, C. P. 09819
Delegación Iztapalapa, Ciudad de México.

BRIGID KEMMERER

Llámalo como quieras

Traducción: María Victoria Echandi

Para Mary Kate Castellani,
quien nunca me deja salirme con la mía.

CAPÍTULO 1

ROB

Desayuno con mi papá todas las mañanas.

Bueno, yo desayuno. Él está en su silla de ruedas con la mirada fija en la dirección que mamá haya elegido. Si tengo suerte, su baba permanece en su boca. Si él tiene suerte, la luz del sol no se posa directamente sobre sus ojos.

Hoy ninguno de los dos tiene mucha suerte.

Escucho rock alternativo a todo volumen, tan fuerte como puedo tolerarlo. Él odiaba esta música cuando tenía la habilidad cognitiva para reaccionar. No tengo idea de si puede escucharla ahora.

Me gusta imaginar que sí.

—¡Rob! —grita mamá desde el piso de arriba, donde se está preparando para ir a trabajar. Antes no solía gritar.

Antes tampoco tenía un trabajo.

—¡Rob! —vuelve a gritar.

Miro fijamente a Robert Lachlan padre del otro lado de la mesa y meto una cuchara con cereales en mi boca.

—¿Crees que me está hablando a mí o a ti?

Una gota de saliva deja una marca circular en su camisa.

—¿Qué? —respondo gritando.

—¡Por favor, baja esa música!

—Okey —no lo hago.

Hasta la primavera pasada, no sabía que hay una manera correcta y una incorrecta de suicidarse. Si colocas un arma sobre tu sien y jalas del gatillo, es posible sobrevivir.

También es posible errar y arrancarte la mitad de la cara, pero, afortunadamente, papá no erró. No sé si hubiera podido sentarme frente a él en la mesa si eso hubiera sucedido.

Ya es lo suficientemente malo. En especial sabiendo lo que hizo *antes* de intentar matarse. Eso es peor que todo lo demás.

Al suicidio casi puedo entenderlo.

Mamá dice que es importante que papá sepa que estoy aquí. No estoy seguro del porqué. Mi presencia no reconectará mágicamente las neuronas que le permitirán caminar, hablar y volver a interactuar.

Si pudiera conseguir una varita mágica y curarlo, lo haría.

Suena altruista. No lo soy. Soy egoísta.

Un año atrás, teníamos todo.

Ahora no tenemos nada.

El motivo está sentado en el otro extremo de la mesa.

Me pongo de pie y apago la música.

—¡Me voy! —grito.

—Qué tengas un buen día en la escuela —responde mamá en el mismo tono.

Como si eso fuera a suceder.

CAPÍTULO 2

Maegan

MI HERMANA ESTÁ VOMITANDO EN EL BAÑO. GENIAL.

Quiero ofrecerle mi ayuda, pañuelos, agua o algo, pero lo intenté ayer y me contestó con mordacidad.

Mamá dice que son las hormonas. Tal vez tiene razón, aunque Samantha nunca ha sido alguien a quién la gente llamaría *agradable*. Si está de tu lado, es tu mejor amiga. Si no lo está, ten cuidado.

Cuando Samantha se fue a la universidad, la mitad de los policías de la estación de papá le hicieron una fiesta. No es común que los hijos de trabajadores sean admitidos en una universidad de la Ivy League y nada menos que con una beca completa para jugar lacrosse.

Tampoco es común que regresen embarazados.

Hay una pequeña y oscura parte de mí que se alegra de no ser yo quien ocasionó el conflicto esta vez.

Otra parte de mí aplasta esa idea y la entierra. No es justo para mi hermana. A diferencia de ella, yo siempre he sido alguien a quién la gente llamaría agradable.

Bueno, hasta la primavera pasada cuando la gente comenzó a llamarme *tramposa*.

Escucho la descarga del inodoro. Abre la canilla. Un minuto después, la puerta de Sam se cierra silenciosamente.

Mamá aparece en la puerta de mi habitación. Lleva puesta una bata de baño y su cabello está envuelto en una toalla. Su voz es suave.

—Papá dice que te llevará a la escuela si ya estás lista.

—Casi.

—Se lo diré —titubea en la puerta—. Maegan… sobre el estado de tu hermana…

—¿Te refieres al bebé? —estudio mi reflejo en el espejo, preguntándome si la cola de caballo es un error. Mi tez clara luce pálida y desteñida. Además, el primer día de noviembre llegó acompañado de temperaturas heladas y la oficina para dar el presente tiene una ventana rota.

Mamá entra en mi habitación y cierra la puerta.

—Sí, al bebé.

Me pregunto si Samantha deseaba mantener el embarazo en secreto, incluso de nuestros padres. Ya planeaba venir a casa este fin de semana, así que su visita no fue inesperada. Pero no creo que planeara llegar a casa, abrazar a mamá y vomitar a sus pies.

Incluso eso hubiera sido explicable, pero luego Sam rompió en llanto.

Mamá no es idiota.

En realidad, mamá y Sam siempre han sido cercanas. Probablemente le hubiera contado de todos modos. Solo sin el proyectil de vómito. Tomo una bufanda colorida.

—¿Qué pasa?

—Tu hermana no quiere que se sepa todavía —mamá se retuerce las manos—. Solo está de diez semanas, así que está intentando… está intentando decidir qué hacer —una pausa. Me pregunto si mamá siquiera puede decir la palabra *aborto*—. Te estoy pidiendo que respetes sus deseos.

Me pongo una chaqueta de denim sobre mi suéter.

—No le diré a nadie.

—Maegan, tu hermana merece tu compasión.

—Mamá, nadie me habla. ¿A quién le contaría?

—¿A Rachel?

Mi mejor amiga. Titubeo.

Los ojos de mamá casi se caen de su cabeza.

—*Maegan*, ¿ya le contaste?

—¡No! No, por supuesto que no.

—Sabes que tu padre no quiere chismes.

Esto me hace pausar. No quiero decepcionar a papá. Bueno, no quiero decepcionarlo *otra vez*.

—No diré nada.

—*A nadie*, Maegan —su mirada se endurece—. Necesito saber que podemos contar contigo.

Hago una mueca, papá toca el claxon y tomo mi mochila.

—Tengo que irme.

—¡Pórtate bien! —grita a mis espaldas.

Solía responder "siempre lo hago", pero eso ya no es cierto.

En cambio, digo:

—Lo intentaré —y luego cierro la puerta detrás de mí.

Capítulo 3

ROB

La entrada principal de la Escuela Secundaria Eagle Forge está llena de estudiantes. Cuerpos por todos lados. Ocupan el patio de concreto en frente de las puertas, se abren camino empujando hacia la entrada angosta, abren y cierran casilleros y llenan cada espacio posible hasta el último minuto posible. Hubo una época en la que atravesaba el estacionamiento y esos cuerpos se abrían como el mar Rojo. Todos me conocían. Todos querían ser yo.

¿Ahora? Nadie quiere ser Rob Lachlan hijo.

Ni siquiera yo.

No quiero pasar por la puerta principal. Ahora es territorio de Connor Tunstall. Estará recostado sobre la plataforma circular de concreto que sostiene el mástil contando una historia atrevida sobre lo que hizo en el fin de semana. Tendrá un vaso de Starbucks a su lado —un chai con una medida extra de expreso— y, como está nublado, sus lentes de sol estarán colgando del ojal de su chaqueta bomber vintage. Tiene cabello rubio con algunos mechones castaños, al igual que ojos de distinto color: uno azul, uno café. Por aquí, tener una apariencia poco convencional puede ubicarte en la base de la cadena alimenticia o catapultarte a la cima. Su familia tiene una importante fortuna, así que pueden adivinar en dónde terminó Connor. Juega lacrosse —hasta tiene un entrenador privado—, así que tiene la musculatura de alguien a quién no quieres molestar.

Dios, sueno como si estuviera obsesionado con él. No lo estoy.

Solía ser mi mejor amigo.

Connor se quedó con el patio en la ruptura, supongo. Su papá llegó a un acuerdo y evitó la prisión.

Mi papá recibió una citación y, luego, una herida de bala autoinfligida en el lóbulo frontal.

Ocho meses después, aquí estamos.

Aparco en un lateral, bordeo al colegio mientras el viento amargo de noviembre atraviesa mi abrigo y me cuelo por la entrada trasera de la biblioteca. Es la definición de "el camino más largo", porque mi primera clase es casi en la entrada del edificio, pero no me molesta la caminata y ciertamente no me molesta la soledad.

De todos modos, tengo que devolver algunos libros, así que me asomo por las ventanas sobre la pared. El bibliotecario no está, así que me escabullo por las puertas. Se supone que siempre debemos esperar a que alguien registre los libros que devolvemos –supongo que debe ser algo administrativo–, pero siempre dejo los míos sobre el mostrador. Prefiero pagar diez dólares por un libro que se perdió que lidiar con el señor London.

La presión del aire parece cambiar dentro de la biblioteca, como si hasta los libros exigieran un silencio especial. Camino silenciosamente sobre la alfombra y apoyo los libros de tapa dura sobre un mostrador de fórmica gris. Luego me volteo para escabullirme.

–Señor Lachlan.

Maldición.

Me detengo, doy media vuelta y veo al señor London saliendo del depósito detrás del mostrador. Está limpiándose las manos en una servilleta, claramente sigue masticando lo que sea que estuviera comiendo. Es delgado, enjuto y se acerca a los sesenta. Tiene una camisa estilo polo negra con una costura colorida alrededor de las mangas que no le sienta bien a su tez amarillenta.

–Ingresaré esos libros en el sistema –dice, acercando los libros hacia su computadora como si yo no estuviera a pocos pasos de la puerta.

No me mira a los ojos.

No intento mirarlo. A decir verdad, no sé si su comentario fue un pedido para que me quede y espere mientras presiona los botones de su teclado o si fue un aviso para que me marche, pero me detengo tanto a pensarlo que ya me he quedado allí demasiado tiempo.

Ahora es incómodo.

Escanea el código de barras ubicado en la contratapa de cada libro. Son de fantasía y emiten golpes secos en el mostrador a medida que el señor London los apila.

—¿Qué le parecieron estos libros?

¿Qué quiere? ¿Una recomendación? Me cambiaron la vida. Estuve toda lo noche leyéndolos.

De hecho, sí me quedé toda la noche leyéndolos. Mi vida social es inexistente.

Pero luego me doy cuenta de que su pregunta fue automática. Cada vez que interactuamos es tan incómodo para él como para mí. Probablemente siente algún tipo de obligación de tratarme con cortesía ensayada, como si mi familia además de robarle los ahorros de toda su vida también fuera a quitarle su trabajo.

Encojo los hombros y estudio un cartel de Edgar Allan Poe.

—Estuvieron bien.

—¿Solo bien? Neal los devoró.

Neal es su esposo. Es un profesor retirado de algún otro lugar del país. Se suponía que el señor London también se retiraría el año pasado, pero le confiaron sus cuentas de retiro a mi papá.

Cada centavo desapareció mucho antes de que atraparan a mi padre.

Me aclaro la garganta.

—Tengo que ir a mi primera clase.

Es una pobre excusa y lo sabe. La campana no sonará en otros veinte minutos.

—Vaya —responde—, estos ya fueron ingresados.

Salgo disparado como si fuera culpable de un crimen. Puedo sentir sus ojos en mi espalda.

Me pregunto si hubiera sido mejor tener la reputación de odiar a mi padre. No haber pasado las vacaciones trabajando en su oficina y que él no asistiera a cada juego de lacrosse y apoyara su brazo sobre mis hombros para jactarse de las habilidades de su hijo en el campo de juego.

Desafortunadamente, no lo odiaba. Y después, escuché cada susurro:

¿Rob lo sabía? Tenía que saberlo.

No lo sabía.

CAPÍTULO 4

Maegan

PAPÁ ME LLEVA A LA ESCUELA EN SU PATRULLA COMO SIEMPRE. DESEARÍA que me dejara en la entrada trasera, donde los otros chicos no me verían salir de la puerta de atrás de un sedán blanco y negro, pero él cree que nadie se meterá con su pequeña si saben que su papá es policía.

Tiene razón. Nadie se mete conmigo. Nadie me *habla*.

No tiene nada que ver con el hecho de que mi papá sea policía.

Tiene que ver con el hecho de que el año pasado me atraparon haciendo trampa en el examen de ingreso a la universidad, el SAT, y los puntajes de cientos de chicos fueron invalidados por mi culpa.

Papá se estira y pasa un brazo sobre mis hombros.

—Qué tengas un buen día, cariño —su voz es profunda y grave. Una buena voz de policía—. Envíame un mensaje de texto si necesitas que alguien te lleve a casa, ¿está bien?

—Está bien —me inclino para darle un beso en la mejilla cuando su radio empieza a ladrar códigos. Huele a jabón y mentol.

»Te quiero, papá —pero ya está estirándose para tomar su radio.

Luego estoy en el frío y su patrulla se aleja.

La primera campana no sonará hasta dentro de unos quince minutos y hace un frío terrible en el patio, pero el concreto sigue repleto de estudiantes que no desean comenzar su día temprano. La mayoría de ellos está degradándose con Connor Tunstall, quien está recostado sobre el mástil y habla de alguna fiesta del fin de semana.

—En serio —dice—. Ni siquiera podían bajar el barril de cerveza entre ellos dos. Terminé teniendo que cargarlo yo mismo.

—¿Sin ayuda de nadie? —sus admiradoras hablan en coro y aletean alrededor de él.

—¿Puedes alzarme? Apuesto a que puedes alzarme a mí y a Sarah al mismo tiempo.

Connor les sonríe.

—Ven aquí, vamos a averiguarlo.

Ugh. No tendría tiempo para un chico así. Rob Lachlan y él solían ser los dueños de la escuela hasta que el papá de Rob fue descubierto malversando fondos de sus clientes y luego intentó volarse la cabeza. Ahora, Connor es el único en el trono. No tengo idea de qué le sucedió a Rob. Es como un fantasma que va de clase en clase. Si no tuviéramos Cálculo Avanzado juntos, no sabría que asiste a esta escuela.

Mi mejor amiga, Rachel, se aleja del borde de la multitud y se pega a mi lado. Me espera todas las mañanas, aunque le he dicho que no es necesario. La mayor parte del drama se apaciguó antes de que la escuela terminara el año pasado.

En ese entonces, apenas podía caminar por el patio sin que alguien me escupiera. No invalidas los puntajes del SAT de un centenar de chicos sin algunas repercusiones.

Rachel es una de las pocas personas que se mantuvo de mi lado después de que me metiera en problemas. Es difícil ser parte del grupo de cerebritos cuando todos piensan que llegaste haciendo trampa. Rachel y yo hemos sido amigas prácticamente desde que nacimos, así que siempre cuidará mi espalda.

Entrelaza su brazo con el mío, aunque es demasiado alta para que sea cómodo. Su papá es un policía enorme, rubio y de apariencia nórdica y su mamá es una mujer pequeña, robusta, segunda generación de mexicanos. Así que Rachel tiene tez café clara y cabello rizado oscuro combinado con una contextura fornida, hombros amplios y mide un metro ochenta. Es más alta que la mayoría de los chicos de cuarto año y más linda que la mayoría de las chicas.

—¿Crees que Connor Tunstall se pare frente al espejo y se mira los músculos cada mañana? —dice.

—¿Estás bromeando? Probablemente se saca una selfie diaria.

Rachel se ríe y tira de la puerta.

—¿Cómo se siente Sam?

Mi corazón se congela. La advertencia de mamá resuena en mi cabeza.

—¿Qué?

—Dijiste que el viernes por la noche se sentía mal.

Es verdad, dije eso. Rachel y yo íbamos a ir al cine, pero luego Sam llegó a casa y vomitó.

—Ah, está bien. Se intoxicó con algo que comió.

Sonó como una mentira. No sé si es porque soy hija de un policía o qué, pero soy una pésima mentirosa. Es por eso que me quebré cuando me acusaron de hacer trampa el pasado abril. Rachel se dará cuenta y escupiré la verdad a sus pies.

Pero no me dice nada. Ni siquiera me mira de manera extraña, solo acepta lo que digo y me guía a su casillero.

De alguna manera, eso es peor.

Su novio, Drew, está esperando cuando llegamos allí. Es alto, su tez y sus ojos son café oscuro y tiene la contextura de un defensa de fútbol americano, lo que tiene sentido porque juega ese deporte. Sus padres son dueños de un restaurante exclusivo en las afueras de la ciudad y esperan que Drew trabaje casi todas las noches, así que, entre eso y el deporte, a veces sus notas pagan el precio.

Conozco a Drew desde la primaria, pero él y Rachel recién comenzaron a salir a la mitad del verano cuando él la llamó borracho para profesarle su amor. Se me ocurren propuestas más románticas, pero a ella no pareció molestarle. Personalmente, creo que es un poco brusco, pero trata bien a Rachel. Ella siempre ha sido una buena amiga y quiero ser capaz de devolverle el favor.

Drew toma a Rachel de la cintura y le da un beso descuidado.

Suspiro y Rachel suelta una risita.

Probablemente puedo ser una buena amiga sin observar el intercambio de fluidos.

–Tengo que ir a Cálculo –digo livianamente, volteándome.

–Mantén la vista en tu propio examen, ¿okey? –Drew grita detrás de mí. Luego suelta una carcajada.

Rachel lo calla, pero es demasiado tarde.

Ya lo oí.

Capítulo 5

ROB

Es hora de Cálculo. Que comience el aprendizaje.

A decir verdad, soy bastante bueno con los números. Me va bien en la mayoría de mis clases. Cuando papá era un pez gordo —o, en realidad, *pretendía* ser un pez gordo, si quieres ser puntilloso—, insistía en ello. No puedes alardear y decir que tu hijo es el mejor de su clase si, de hecho, no lo es. No tengo el promedio más alto ni nada parecido, pero estoy entre los mejores veinticinco estudiantes. Solía estar entre los mejores cincuenta, pero eso era cuando tenía vida social y dinero para jugar al lacrosse. Ahora no tengo nada que hacer, así que mi vida son novelas fantásticas a altas horas de la noche y tareas.

Hubo un tiempo en el que me hubiera burlado de un chico como yo.

¿Qué hace Nelson en esta fiesta? ¿No se supone que debería estar en casa esperando su carta de admisión a Hogwarts?

Yo me lo perdía. *Harry Potter* no es una lectura tan mala.

A veces, desearía haber ido a una escuela privada. No porque sea un snob; aunque, si quisiera ponerme técnico, probablemente lo sea. Sino porque, cuando descubrieron lo que hacía papá y congelaron nuestros bienes, habría tenido que abandonar la escuela privada y cambiarme a una escuela pública donde nadie me conociera.

Pero no. Siempre he ido a la escuela pública. Papá quería que la gente supiera que éramos parte de la *comunidad*. No éramos demasiado buenos para ir a la escuela pública, no señor.

¡Todos pueden ser millonarios! Solo tienes que invertir sabiamente con el viejo conocido Rob Lachlan padre.

Hablo en serio. Tenía anuncios en televisión. Youtube está lleno de parodias.

Probablemente sea un milagro que hayamos logrado conservar nuestra casa. Solo estaba a nombre de mamá, así que no la incautaron con todo lo demás. No sé si papá lo planeó de antemano o qué, pero no terminamos en la calle.

Mamá tuvo que volver a trabajar. Mis padres discutieron al respecto, antes de que jalara del gatillo.

Recuerdo las discusiones. Mamá gritaba que teníamos un cuadro de cinco mil dólares en la pared, pero que no teníamos dinero para la comida. Las cuentas bancarias estaban congeladas, al igual que sus tarjetas de crédito. Papá le repetía que todo pasaría al olvido.

Está bien, Carolyn. Está bien. Es un malentendido. Por favor, cariño. Ya verás.

Oh, sí. Lo vimos. Con forma de aerosol rojo en la pared del estudio.

Entonces, Cálculo.

La profesora es la señora Quick. Es buena. Nada especial. Pantalones caqui y camisetas, tez oliva, cabello castaño lacio y anteojos rectangulares. Tendrá treinta, tal vez cuarenta años, no tengo idea. No soporta las tonterías, pero tampoco es quisquillosa. Algunas profesoras tienen salones de clases coloridos con muchas decoraciones y estilo, pero el de ella es simple, casi todas las paredes son blancas con excepción de una que tiene una cartelera con ecuaciones en blanco y negro. Incluso su escritorio es limpio y ordenado, guarda sus papeles en un cajón con llave. El único rastro de singularidad o actitud se encuentra en el reloj ubicado sobre la pizarra blanca: los números fueron reemplazados por ecuaciones, como la raíz cuadrada de cuatro en lugar del número dos.

Me gusta su clase porque todos cierran la boca y trabajan. No es necesario interactuar.

Y en este momento me doy cuenta de qué está diciendo…

—… quiero que elijan a un compañero para un proyecto grupal en el que estaremos trabajando en las próximas dos semanas. Tendrán que realizar parte del trabajo fuera de clase así que deberán que reunirse fuera de la escuela.

Escaneo la habitación rápidamente. Los estudiantes cambian de asiento a toda velocidad para encontrar un compañero. Puedo percibir con el rabillo del ojo que hay muchas risitas y choques de puños.

Tal vez somos impares y podré hacer el trabajo por mi cuenta.

No. Un momento. Quizás la señora Quick me haga formar parte de un grupo de tres. Eso es todavía peor.

Vuelvo a mirar a mis compañeros. Todos parecen estar sentados de a dos.

Mi respiración se acelera. Como sucedió en la biblioteca, me quedo pensando demasiado tiempo. Tengo que hablar con la profesora. Tal vez le dé lástima.

Maegan Day ya está hablando con ella. Apenas conozco a Maegan, pero es la única otra estudiante que no está movilizándose para encontrar un compañero. Se metió en problemas por hacer trampa en el SAT el año pasado, pero no sé los detalles. Estaba demasiado enterrado en el propio caos de mi familia.

Pero sí conozco a su papá. Fue el primer policía en interrogarnos cuando mamá llamó al 911.

La señora Quick alza la vista.

—¿Todos están de a dos? Maegan necesita un compañero.

La habitación se silencia. Nadie dice nada. Incluyéndome.

—Los tramposos no cambian —escucho murmurar a alguien.

—Puedo hacer el proyecto por mi cuenta —dice Maegan rápidamente. Suena como si deseara hacerlo sola. Tenemos eso en común.

—Me gustaría que esto lo hagan en equipos —la señora Quick vuelve a mirarla—. Encuentra un grupo y únete a ellos, por favor. Tres estará bien.

Eso significa que también me asignará a un grupo. Aclaro mi garganta.

—Yo necesito un compañero.

Tranquilamente podría estar diciendo *necesito una colonoscopía*.

–Gracias, Rob –dice la señora Quick–. Maegan, vuelve a sentarte.

Maegan vacila, luego se voltea. Camina hasta su escritorio y se sienta.

Hay un lugar vacío a mi lado porque me siento en la esquina del fondo más escondida de la habitación. Es mi lugar de preferencia a menos que la profesora asigne los asientos. Maegan podría haber tomado sus cosas y venir al final del salón.

Pero también hay un lugar vacío a su lado porque la primera fila rara vez es popular.

No quiero moverme.

Ella no quiere moverse.

La señora Quick no pierde el tiempo.

–Rob, por favor, siéntate junto a Maegan para que puedan comenzar el proyecto juntos.

Meto el libro en mi mochila y avanzo hasta la primera fila.

CAPÍTULO 6

Maegan

Quick mientras detalla los pormenores del proyecto y Rob Lachlan ni siquiera ha mirado. Ya es suficientemente malo que los profesores me miren con malos ojos. No necesito que él haga lo mismo.

Los tramposos no cambian. No sé quién lo dijo, pero me pregunto si fue él. Definitivamente no parece estar contento por ser mi compañero. Su cabello es un poco largo y está descuidado, cae sobre sus ojos como si su madre debiera recordarle que necesita cortárselo. No hace contacto visual conmigo y nunca hemos sido amigos, así que no tengo idea de qué color son sus ojos. Unas pecas salpican sus mejillas pálidas como los remanentes de un verano que no quiere terminar. Tiene puesta una camiseta negra de manga larga de Under Armour que se ajusta a su cuerpo.

Puede que su vida apeste y puede que haya sido expulsado de su círculo social, pero sigue siendo uno de los atletas que se sientan en el fondo.

Y yo sigo siendo yo.

La señora Quick está explicando el proyecto que, de hecho, suena interesante. Hay que elegir distintos objetos, lanzarlos desde diferentes alturas e intentar calcular su rebote y su trayectoria. Disimuladamente, sigo estudiando al chico sentado junto a mí.

Toma algunas notas dispersas. Mantiene la mirada en su cuaderno. Luce como si deseara estar en cualquier otro lugar.

Apenas suena la campana, guarda a la fuerza sus cosas en su mochila. Sigue sin reconocer que soy su compañera.

Cuando me descubrieron haciendo trampa, la gente asumió que iba a convertirme en una holgazana. No lo hice, pero me pregunto si ese es el problema aquí.

—Ey —le digo. Tira del cierre de la mochila y alza la cabeza un centímetro.

—Ey, ¿qué?

—Realmente me preocupo por mis calificaciones. No puedes ser irresponsable en este proyecto.

Sus manos se detienen. Su voz se torna letalmente tranquila y espero que responda con una indirecta, pero me sorprende:

—Tengo un diez en esta clase. Decide qué quieres que haga y lo haré.

Lo sigo por la puerta.

—¿Por qué no le respondiste a la señora Quick cuando preguntó si todos tenían un compañero?

—¿Qué?

Apenas puedo escucharlo sobre el murmullo de los estudiantes en el pasillo, pero no puedo dejar pasar esto. Tengo que ir en sentido opuesto, hacia la clase de Lengua Avanzada, pero lo sigo como puedo entre la manada de estudiantes.

—Cuando preguntó si alguien necesitaba un compañero, no dijiste nada.

—¿Y qué?

Quiero escucharlo de su boca. Quiero que lo admita.

—*Sabías* que estaba preguntando por mí. Si no quieres ser mi compañero solo dilo.

—No quiero ser tu compañero.

Me detengo en seco en el pasillo. Lo dice tan... *tranquilamente*. Sin emoción. Sin mirarme. Sin siquiera detenerse. Es peor que una mirada despectiva. Esto es una clara declaración.

No quiero ser tu compañero.

Siento como si me hubiera golpeado en el pecho. No puedo moverme. La peor parte es que yo se lo pedí. Literalmente.

Mientras intento recuperarme, se escabulle entre los estudiantes y se desvanece como un fantasma.

Durante el almuerzo, Rachel y yo compartimos una ensalada en el comedor. No estamos en ninguna clase juntas así que esta es mi primera oportunidad para quejarme de Rob Lachlan.

—No hagas el proyecto —me dice—. Niégate a hacerlo.

—Sí, seguro —apuñalo a una lechuga—. *Necesito* esta calificación. No todos tenemos un fondo para la universidad esperándonos.

—¿Y eso por qué es mi culpa? —pincha un tomate cherry.

—Nada es tu culpa —suspiro, irritada, aunque no puedo percatarme *por qué*. Tal vez es por el comentario de Drew de esta mañana, tal vez es por Rob. Pero probablemente no debería estar desquitándome con ella.

—¿De qué estamos hablando? —Drew pasa una pierna sobre el banco al costado de Rachel y se deja caer a su lado. Su bandeja está cargada con dos hamburguesas, una porción de brócoli, un yogurt y dos paquetes de patatas fritas.

Mi amiga se acerca a él hasta que puede apoyar la cabeza sobre su hombro. Drew le da un beso en la frente y luego quita la tapa del yogurt y lame la parte inferior. Son adorables. Y asquerosos.

Acurrucada junto a él, Rachel recupera la seriedad.

—Maegan tiene que hacer un proyecto con el criminal de la clase.

Drew mete una cucharada de yogurt en su boca y mira en la misma dirección que ella.

—¿Rob Lachlan?

—Sí —Rachel observa la esquina más alejada del comedor, donde Rob está sentado solo en una mesa redonda. Está comiendo un sándwich que sacó de una bolsa de papel madera y un libro gigante de tapa blanda está abierto en frente de él. Nunca me pareció que fuera un gran lector, pero tampoco me pareció que fuera del tipo de persona con un diez en Cálculo Avanzado. De hecho, siempre pensé que era de esos chicos con notas infladas gracias a las donaciones de sus padres a la escuela; o tal vez por su destreza en el campo de lacrosse.

—Su papá robó siete millones de dólares —digo—. No él.

—Que sepamos —acota Rachel.

Suena cruel, pero a unas seis mesas de distancia de Rob está sentado Owen Goettler, un chico cuya madre soltera nunca tuvo mucho dinero y luego perdió lo poco que le había confiado al padre de Rob. Su piel es suave, color crema y libre de impurezas, lo que sería envidiable si no fuera por el cabello lacio café que llega hasta su cuello. Owen está comiendo un simple sándwich de queso: lo que les dan a los chicos que no pueden pagar el almuerzo. Probablemente su casa entera quepa en la sala de estar de Rob.

Rob no tiene un plato repleto de exquisiteces delante de él, pero tiene más que una loncha de queso entre dos rodajas de pan. Siento que deberían obligarlos a intercambiar lugares. No solo sus sándwiches. Todo.

—Solo porque no pudieron probarlo, no significa que no estuvo involucrado —concuerda Drew.

—Su padre intentó suicidarse —dice Rachel en voz baja.

—Para evitar la prisión —gruñe Drew.

—¿Tu papá no fue quién lo interrogó sobre el suicidio? ¿O a su mamá? —Rachel gira su cabeza—. ¿O... algo así?

Me quedo congelada. Me había olvidado de eso. Papá no cuenta mucho de su trabajo en la cena familiar, pero sí se desahoga con mamá. No hablan en secreto. A veces escucho a escondidas.

Sí, interrogó a Rob sobre el suicidio.

—Ese pobre chico —había dicho papá esa noche—. No se merecía encontrar eso.

En este momento, mi familia es un nido de avispas de tensión, pero descubrir que tu hermana está embarazada no tiene comparación con encontrar a tu padre después de que intentó dispararse.

Tomo un anotador de mi mochila y arranco una hoja en blanco. Luego escribo mi nombre, mi número y lo doblo a la mitad.

—¿Qué estás haciendo? —pregunta Rachel.

—Le daré mi teléfono para que podamos acordar un horario para hacer el proyecto —suspiro—. No importa lo que él o su padre hayan hecho. Siento como si la mitad de los profesores de esta escuela estuvieran esperando a que vuelva a equivocarme. Estará bien. Es matemática.

Rob no levanta la vista cuando me acerco. Sus ojos están clavados en su libro, aunque no hay manera de que no me vea parada delante de él.

Tengo ganas de arrojarle el papel, pero no lo hago. Lo deslizo a un lado de su libro.

—Aquí tienes mi número —digo—. Envíame un mensaje cuando quieras reunirte. Podemos ir a tu casa si quieres…

—No quiero —comienza a hacer un bollito con su basura y la mete en la bolsa de papel madera—. Podemos ir a la tuya.

Mi casa cuenta con una hermana malhumorada que vomita las veinticuatro horas del día. No, gracias.

—Tampoco quiero ir a mi casa.

—Está bien. Como sea —finalmente me mira, sus ojos están llenos de desaprobación como si yo fuera la que se está haciendo la difícil. Guarda el papel con mi número en su mochila.

»Podemos ir a Wegmans y lanzar las cosas desde el segundo piso. No me importa.

Es tan hostil. Vacilo, repaso nuestra interacción en mi mente como si me estuviera perdiendo algo.

—Mira, sé… sé que me metí en problemas el año pasado, pero no soy una tramposa. Realmente quiero una buena calificación. Si tienes algún problema conmigo, pregúntale a la señora Quick si puedes cambiar de compañero —pauso—, o yo lo haré.

Se pone de pie y pasa su mochila sobre su hombro. Su voz es baja y áspera.

—No tengo un problema contigo. Si quieres cambiar de compañero, hazlo.

O me estoy volviendo loca o está intentando desquiciarme con indirectas de manera encubierta.

—Después de clase, literalmente dijiste que no querías ser mi compañero.

Se queda pensando. Parpadea mirando hacia arriba. Está recordando sus palabras. Luego sacude su cabeza.

—No me refería a ti.

—¿Tú? ¿Qué…?

—No me refería a *ti*. Quise decir que no quiero hacer el trabajo con nadie.

No estoy segura de qué responderle. Rob debe decidir, yo ya terminé de hablar. Se aleja de la mesa y lanza la basura en un cesto.

—Así que, si quieres otro compañero, habla con la profesora.

Abro la boca. La cierro.

Una vez más, desaparece antes de que tenga idea de lo que quiero decir.

CAPÍTULO 7

ROB

Un año atrás, podía comprar lo que quisiera para almorzar.
No necesitaba efectivo: tenía una cuenta que se renovaba automáticamente y podía comprar cualquier cosa que quisiera sin pensarlo. Hoy me debato si quiero gastar un dólar y veinticinco centavos en una botella de agua o si me arriesgo con el bebedero lleno de gérmenes durante el resto del día. Tengo un billete de cinco dólares en mi cartera, pero esos ya no crecen en los árboles como antes y odio pedirle dinero a mamá. Odio gastar un centavo en donde alguien pueda verme. Ya sea que me lo haya ganado o se lo haya pedido a mamá, siempre me pregunto si la gente piensa que estoy gastando dinero robado.

Quiero decir, *lo hice*. En algún momento. Durante mucho tiempo. No lo sabía, pero lo estaba haciendo.

Pero hoy me olvidé de guardar algo de beber con mi almuerzo y tengo sed.

Tomo una botella del mostrador al lado de la caja y me pongo en la fila. Saco mi teléfono de la mochila y abro un juego tonto para no tener que hacer contacto visual con nadie.

Avanzamos de a poco, damos un paso hacia adelante cada vez que suena la caja registradora.

—Oh, hola, Rob. ¿Quieres que pague eso por ti? —conozco la voz. Levanto la cabeza de un latigazo. De alguna manera, terminé detrás de Connor. Y hasta aquí llegó mi intento de mantener la cabeza baja.

Podrían pensar que su oferta es genuina. Hasta cálida. No lo es. Está siendo un imbécil.

—No —digo secamente. No tengo problema en mirarlo a los ojos. Su padre fue quien entregó al mío. Es difícil tener buenos recuerdos del padre de tu mejor amigo cuando sabes que es parte del motivo por el cual el tuyo necesita ser alimentado a través de un tubo.

Connor saca un billete de veinte dólares de su cartera. Su expresión es tranquila y su voz no insinúa nada.

—¿Estás seguro? Tengo suficiente.

Quiere incitarme a una pelea. Es tentador, en especial porque siento adrenalina correr por mis venas. Podría poner mis manos sobre su pecho y darle un buen empujón. Lanzarlo al suelo. Forcejear un poco. Sería agradable poner toda esta energía *en algún lugar*. Sobre todo porque Connor lo está pidiendo a gritos.

Pero hay otra parte de mí que no quiere lastimarlo. Hay una parte de mí que quiere que sus palabras sean reales.

No. Es peor que eso. Hay una parte de mí que lo *extraña*.

Odio esa parte de mí.

Cuando teníamos catorce años, jugábamos con motos de cross y solíamos atravesar el bosque que está detrás de Herald Harbor. El área es muy lluviosa y siempre está enlodada. Una vez, calculamos mal el cruce de un arroyo y las ruedas de Connor se atascaron en el lodo. Salió disparado. Se torció el tobillo y se rompió el brazo. Fractura expuesta. El hueso atravesó la piel. Fue lo más espantoso que vi en mi vida.

Bueno. Hasta el último febrero.

Pero en *ese* entonces, lo fue. Connor se vomitó encima. No podía parar de llorar y vomitar. No tenía señal en mi teléfono. Recuerdo que Connor enterró sus dedos en mi antebrazo hasta que sus uñas quebraron mi piel. Estaba pálido y temblaba.

—Por favor, no me dejes aquí, Rob. Por favor, no me abandones.

No lo abandoné. Lo arrastré casi un kilómetro hasta que conseguí señal.

Pensé mucho en ese momento después de encontrar a mi padre. Después de que los policías y los paramédicos se marcharan y mi casa oliera a sangre y vómito. Pensé en cómo llamé a Connor sabiendo que su familia odiaba a la mía, pero no tenía a nadie más con quién hablar.

No respondió mi llamado.

Dejé un mensaje en su correo de voz, llorando.

Nunca me devolvió la llamada.

Ahora está parado en frente a mí, complicándome la vida por

una estúpida botella de agua cuando su bandeja está repleta de comida.

Tal vez no lo extraño en absoluto.

—Yo la pago —endurezco mi mirada.

—Okey, si estás seguro —sonríe con satisfacción y se marcha al mismo tiempo que guarda su cartera en su bolsillo trasero.

No debe haber guardado bien el dinero porque un billete de diez dólares se engancha en el borde de su bolsillo y cae al suelo; aterriza en la punta de mi tenis.

Miro el dinero. Me pregunto si es una trampa. Un truco. No quiero levantarlo. Si lo hago, tendré que devolvérselo porque no quiero que nadie me vea tomar el billete del suelo y guardarlo en mi bolsillo.

¿Viste a Rob Lachlan robar diez dólares en el comedor? Típico.

Seh, eso es justo lo que necesito. Maegan Day ya está enojada conmigo porque no hice una fiesta cuando nos designaron compañeros.

Tomo el billete del suelo y lo envuelvo entre mis dedos, luego pago la botella de agua con mi propio dinero. Una vez que recibo el cambio, busco a Connor.

—Ey —grito—. Connor.

Ya ha llegado a la mesa donde está nuestro viejo grupo, pero no miro a ninguno de ellos. Apoya su bandeja y se voltea para enfrentarme, su expresión es ligeramente cautelosa, como si estuviera preocupado por haberse pasado de la raya y yo pudiera lanzarle un puñetazo.

Una pequeña y oscura parte de mí disfruta eso.

—¿Qué? —pregunta.

—Se te cayó esto —estiro la mano con el dinero.

Connor echa un vistazo y luego vuelve a mirar mi rostro. La mesa detrás él está en silencio, todos observan esta interacción.

El simbolismo de la situación tampoco se me escapa. El momento se quiebra. Sus ojos se oscurecen.

—Quédatelo —dice con liviandad—. Úsalo para pagar las deudas con tus abogados.

Luego se voltea y se sienta en el banco de su mesa. Me despachó. Ninguno de ellos me mira ahora.

Mi puño se cierra alrededor del dinero. Diablos, no le exigiré la oportunidad de devolverle su dinero. Desearía no haber comprado el agua. Desearía no haberme puesto en la fila. Desearía no tener tres dólares y setenta y cinco centavos para el resto de la semana.

Desearía no querer tan desesperadamente este dinero.

Desearía muchas cosas.

Ninguna se concreta.

Me quema la piel mientras me marcho. Encaro hacia la otra punta del comedor. Maegan y sus amigos se marcharon. Las puertas dobles que están aquí no me llevan a ningún lugar en dónde tenga que estar, pero no es probable que me cruce con alguien que conozca.

Owen Goettler sigue sentado en una mesa por su cuenta. Su madre es una de las docenas de personas que está demandando a mi familia. Está desmenuzando su sándwich de queso en porciones minúsculas. Supongo que para que dure más. Nunca me dirigió la palabra y yo nunca le hablé.

Dejo caer los diez dólares delante de él.

—Aquí tienes —digo—. Cómprate algo de comida de verdad.

Luego, antes de poder escuchar su respuesta o de cambiar de opinión, abro de un empujón las puertas del comedor y camino por el pasillo vacío.

Capítulo 8

Maegan

Cuando llego a casa de la escuela, Samantha está en el jardín trasero con un bastón azul de lacrosse en las manos lanzando balones sobre el rebotador de la esquina. Su movimiento es naturalmente fluido, el balón forma un arco perfecto mientras vuela hacia el elástico y luego aterriza en la red del bastón. Sam lo lanza desde todos los ángulos, pero sin importar desde dónde dispare, el balón siempre encuentra el camino de regreso a ella.

Me paro en la puerta corrediza y la observo durante un rato. Tiene un gorro tejido sobre su cabello rubio, sus puntas se acumulan en el cuello de su sudadera de Duke azul Francia. Es un año mayor que yo y recuerdo estar parada exactamente en el mismo lugar, años atrás, observándola entrenar durante la noche para intentar lograr ser parte del equipo de la escuela como estudiante de primer año.

Logró entrar al equipo y fue sumamente exitosa. Era la estrella de la familia. Sin importar cuán fuerte lo intentara, no podía seguirle el ritmo.

Me pregunto si perderá su beca. Conservar el dinero de la universidad está supeditado a que *juegue* para el equipo. Dudo que la dejen participar de los torneos de primavera. Puede verse un poco extraño tener a una atleta claramente embarazada corriendo por el campo de juego.

Ver a mi hermana con un bastón de lacrosse me hace acordar a Rob Lachlan. Papá siempre dice que los chicos no son responsables por los crímenes de sus padres, pero si detiene a un adolescente que cometió un crimen, también dice que no es difícil detectar en dónde lo aprendió. El padre de Rob le robó millones a otras familias de la ciudad. Incluso si Rob no lo sabía, su padre debería actuar con algún tipo de desdeño hacia los demás para ser capaz de robarle a otras personas. Algunas realmente no tenían nada que perder. Ese tipo de actitud tiene que haberse infiltrado en su hijo, ¿no?

Pienso en su voz cuando dijo: "No quiero hacer el trabajo con nadie".

¿Desdeño o algo más? No puedo darme cuenta.

Suspiro y destrabo la puerta trasera. Samantha no se voltea. El balón sigue volando hacia el rebotador una y otra vez.

—Luces como si te sintieras mejor —ofrezco.

No dice nada. El balón sigue yendo y viniendo.

Me pregunto si también debería sentirme mal por Samantha.

Pero, como Rob, ella no lo hace sencillo. Ha estado tan susceptible desde que volvió a casa.

Pero bueno, yo también.

—¿Quieres que practique contigo? —no soy tan buena como ella, pero puedo jugar lo suficientemente bien como para ofrecerle más variedad que un elástico sobre metal.

—Realmente no quiero compañía en este momento.

Su voz es punzante, tiene un dejo de algo que no puedo dilucidar. Más a allá de todo lo que sucedió entre nosotras, sigue siendo mi hermana.

—¿Estás bien?

No responde.

Me asomo por los escalones del porche y avanzo sobre las hojas crujientes del jardín.

—¿Sam?

Nada.

Cuando llego a su lado, las lágrimas se secaron dejando manchas en su maquillaje. Es raro que mi hermana llore. Una vez se dislocó el hombro y le ladró órdenes a los paramédicos desde dónde yacía en el campo de lacrosse.

De pronto, siento un escalofrío. La voz de mamá de esta mañana cuando dijo que mi hermana todavía estaba intentando decidir qué hacer respecto al bebé.

¿Realizó un aborto? ¿Sin esperar que alguien la acompañara? Mamá y papá todavía están en el trabajo, por el amor de Dios. Solo he estado fuera de casa por seis horas.

Pero eso sería típico de Samantha. Tomaría una decisión y ejecutaría el plan sin el aporte de nadie más.

—¿Qué sucedió? —digo con suavidad.

—Te dije que no quería compañía —replica—. Pero supongo que a nadie le importa lo que quiero.

—Sam, ¿quieres que… quieres que llame a mamá?

—No. Dios, no —se limpia el rostro y luego agrega—. David me bloqueó.

David. Así que no está relacionado en absoluto con el bebé.

—¿Quién es David? —pero cuando pronuncio las palabras me doy cuenta de que estoy siendo estúpida—. Ah. *Ah.*

—Sip —Sam me echa un vistazo y luego se vuelve a restregar las mejillas—. Es el padre.

—¿Te bloqueó? —trago fuerte.

—En todos lados —el balón sale disparado hacia la red con una violencia repentina—. No puedo llamarlo. No puedo enviarle un mensaje de texto. Me bloqueó completamente en todas sus redes sociales. Estoy bloqueada.

—¿Él…? —tengo tantas preguntas—. ¿Él sabe?

El balón aterriza en su bastón y Sam deja de lanzar para mirarme con desprecio absoluto.

—Sí, Maegan. Lo sabe. Por favor.

Doy un paso atrás y trago saliva.

—Entonces, ¿ya no están juntos?

—No sé. No sé qué está sucediendo —su voz se quiebra—. No sabía… No sé qué hacer.

—¿Con David? —titubeo. Últimamente sé tan poco de la vida de mi hermana. Ya no me cuenta nada—. ¿O con el bebé?

—No sé qué hacer con nada —deja caer el bastón y se cubre los ojos con sus manos.

—¿Estás segura de que no quieres que llame a mamá?

—No —reacciona con un veneno sorprendente—. No puedo hablar con ella en este momento. Y papá… Papá está tan decepcionado…

No sé qué hacer. Solíamos hacer todo juntas. Cuando Samantha obtuvo su licencia de conducir, me llevaba de paseo todo el tiempo. Al cine, a tomar helado, a cenar en lugares dónde pretendíamos ser adultas disfrutando de una linda velada y terminábamos juntando dólares sueltos de nuestras carteras para pagar.

No hemos hecho nada parecido en mucho tiempo. Hasta Sam se distanció de mí. Fue como si, de alguna manera, pudiera contagiarse de mis fechorías.

Ahora, mi hermana llora desconsolada con el rostro enterrado en sus manos. Respiro profundo.

—¿Quieres ir a cenar?

—¿En serio? —baja las manos.

Por primera vez desde que llegó a casa el viernes, suena vulnerable. Samantha, una chica tan feroz en el campo de lacrosse que se ganó el apodo de "la Chacal".

Rachel y yo solíamos llamarla "la Perra", pero Samantha no necesita saber eso.

—Sí —le respondo a su rostro enrojecido, manchado con lágrimas. Paso mi brazo sobre sus hombros y la estrujo—. En serio.

Taco Taco solía ser nuestro lugar preferido cuando éramos niñas, pero no he venido aquí en años. En mis recuerdos, el restaurante es grande, ruidoso y está lleno de risas. Un lugar de calidez y amor. Hoy, apenas atravieso la puerta, parece pequeño y abarrotado: tiene cerámicas rotas pintadas sobre la pared y asientos de vinilo desgarrados. La cálida sensación familiar desapareció y me pregunto si alguna vez fue parte del restaurante o si era algo que cargábamos nosotros.

Pero bueno, apenas son las cinco de la tarde. Está casi vacío.

Nuestro mesero es un muchacho llamado Craig. Es lindo de la misma manera que un pollito: esponjoso y vivaz. Hasta tiene el cabello rubio anaranjado con mechones que sobresalen de su cabeza. Pensaría que se tiñó el cabello, pero la barba incipiente naranja-rojiza de su mandíbula me dice que probablemente es natural.

Sus ojos azul cielo se posan una y otra vez en Samantha. Qué sorpresa.

Ella está deliberadamente distraída.

—Yo quiero las enchiladas —dice, luego bosteza y le entrega el menú—. Y una Coca-Cola light —nunca hace contacto visual.

—Yo quiero las flautas de pollo —me aseguro de mirarlo a los ojos y valoro que no esté tan ocupado con mi hermana como para devolverme la cortesía—. Y una Sprite —le entrego mi menú.

—Saldrán enseguida —dice.

Samantha se restriega el rostro y apoya las manos sobre la mesa.

—Es tan lindo salir de casa y estar en un lugar dónde nadie me conozca.

—Estoy bastante segura de que Craig quiere conocerte.

—¿Quién es Craig? —arruga la nariz. Típico.

—Nuestro mesero.

—Ah, sí. Creo que nos graduamos juntos. Como sea —se quita la liga del cabello y una cascada dorada cae sobre sus hombros. Sacude la cabeza.

Craig está parado al lado de la máquina de refrescos y está tan concentrado en Sam que el líquido se derrama sobre su mano. Suelta una grosería y se mueve para limpiarlo.

—Sí, seguro "como sea" —resoplo.

—¿De qué estás hablando? —la arruga en su nariz se transforma y frunce el ceño.

Tal vez sí es distraída.

—No importa.

Craig llega con nuestras bebidas y las sirve en silencio. Mi hermana apenas lo mira.

—Gracias —digo intencionadamente. Sam bebe un sorbo y Craig se aleja—. Estás siendo un poco grosera —le digo en voz baja.

—Estoy embarazada. Puedo ser grosera.

Me pregunto con cuánta frecuencia repetirá *eso* durante los próximos nueve meses.

Bebo mi refresco y pienso en cómo la encontré llorando. Sigo hablando en voz baja.

—Así que, ¿David era tu novio?

Su rostro se petrifica y la mala predisposición se derrite en sus ojos, solo queda dolor.

—Pensé que lo era —una pausa—. Pensé…

Su voz se quiebra y traga saliva. Sus ojos vuelven a nublarse. Quiero poner mi mano sobre la suya, pero temo que se libere de un tirón.

—¿Qué pensaste?

—Pensé que algún día podría ser más —resopla, toma la servilleta debajo de su refresco y toca suavemente sus ojos con ella—. Supongo que me enamoré con mucha intensidad. Soy tan estúpida.

—No eres estúpida, Sam…

—Sí lo soy. Debería haberme mantenido concentrada. Me dije a mí misma "nada de chicos". Y luego lo conocí y todo salió volando por la ventana. No puedo jugar así. Incluso si pudiera terminar este año escolar, nunca renovarán mi beca —vuelve a limpiarse los ojos—. Firmé un código de conducta. Menciona específicamente la falta de decoro.

Echo un vistazo hacia las puertas vaivén que llevan hacia la cocina, pero Craig ya no está a la vista. De todas formas, mantengo la voz baja.

—Tienes derecho a tener sexo, Samantha.

Su rostro se contorsiona como si fuera a largarse a llorar otra vez, pero se contiene y respira con profundidad. Nunca vi a mi hermana así: quebrada y vulnerable. El silencio se perpetúa hasta que ya no sé si se supone que debo hablar yo o ella.

—¿Salieron mucho tiempo? —pregunto con tranquilidad, aunque sé que no puede haber sido *mucho* tiempo porque se fue a la universidad a mediados de agosto.

—Casi tres meses —vuelve a llevarse la servilleta a los ojos.

—¿Por qué crees que te bloqueó?

—¿Qué te parece? —replica—. Porque no quiere saber nada de este bebé —respira profundamente—. Dice que no es de él. Pero lo es. Tiene que ser.

—¿Él fue el único?

—El único en toda mi vida —se limpia las lágrimas otra vez.

Evito que mis ojos muestren mi sorpresa. Solíamos hablar de chicos cuando éramos cercanas, cuando nos escondíamos en su habitación después de que mamá nos gritara que apagáramos las luces. Sam es tan feroz y extrovertida que siempre pensé que tenía a media docena de chicos en la palma de su mano.

—Trabajé tan duro, ¿lo sabes? —dice—. ¿En la secundaria? Podría haber salido con cualquier chico que quisiera. Los rechacé a todos. Quería ser la mejor. Y lo fui —presiona la punta de sus dedos sobre sus ojos y suspira—. Y ahora eché todo a perder.

Respira profundamente y me mira sobre sus manos.

—¿Qué harías en mi lugar?

Me quedo inmóvil. No creo que mi hermana me haya pedido mi opinión alguna vez. Sobre cualquier cosa. Nunca. Samantha sabe lo que quiere y va por ello. Quita las manos de su rostro.

—Tampoco lo sabes, ¿no es así?

—No —susurro.

Craig reaparece con nuestra comida y Samantha se queda callada. El chico debe haber sentido la tensión porque sirve los platos en silencio y se marcha. La comida está humeante, el aire se llena de aroma a cilantro.

Juego un poco con mi comida.

—¿Quieres usar mi teléfono para llamarlo?

—¿Qué? —levanta la cabeza con rapidez.

—Bueno, quiero decir, a mí no me bloqueó.

—Eso es un poco retorcido —apuñala a su comida y come un bocado.

No estoy segura de si fue un insulto. Sonó como uno.

—Esa soy yo —digo sin emoción—. Nada más que problemas.

O ignora mi sarcasmo o no lo comprende. Estira una mano y gesticula.

—Bueno, dámelo.

—¿Vas a llamarlo aquí? —se lo doy—. ¿En el restaurante?

—No. Quiero mirar su Instagram.

No sé si está hablando en serio. Pero cuando me inclino hacia adelante, veo que está tipeando su nombre en el buscador de la aplicación: *@DavidLitMan*

LitMan. ¿Es una referencia a la droga u otra cosa?

Samantha clava los dedos en el teléfono. Luego, se detiene. Su rostro empalidece. Tira el teléfono sobre la mesa y estalla en un llanto silencioso. Sus hombros tiemblan, presiona los codos en su abdomen.

Tomo mi teléfono. La primera foto es de un hombre y una mujer. Besándose frente al sol. Rayos de luz atraviesan la imagen. Sus ojos están cerrados. El hombre tiene cabello oscuro y una barba fina. El pie de la foto dice *Te amo más cada día*.

La mujer no es Samantha.

—Tiene novia —susurro.

—Tiene esposa —dice.

Casi me ahogo. *Esposa.* Por Dios.

—¿Mamá lo sabe?

—¡No! —los ojos de mi hermana vuelven a tornarse feroces y, de alguna manera, son más amenazadores por las lágrimas que penden de sus pestañas—. Y no se lo dirás.

Sucedieron demasiadas cosas durante la última hora. Mi cerebro no puede procesar todo esto.

—Seguro. Está bien.

Está casado.

Ni siquiera sé qué hacer con esa información. Estamos senta-das respirando, inhalando el vapor de nuestra cena.

Finalmente, Samantha toma su tenedor y enfrenta su plato así que hago lo mismo. Comemos en silencio y, al cabo de un rato, la tensión se disipa.

—¿Cuántos años tiene? —pregunto.

Su voz suena nasal por todo el llanto, pero mantiene su tono tan bajo como el mío.

—Veintinueve.

Casi me atraganto con mi comida. Samantha tiene dieciocho, así que supongo que es legal, pero ese tipo… es un *hombre*. Un hombre casado.

—Es mi profesor de Literatura —añade.

DavidLitMan.

Sam mete más comida en su boca.

—Deja de mirarme así —su voz vuelve a quebrarse—. Ya lo sé, ¿de acuerdo? Fui tan estúpida.

—Samantha —levanto mi mano. Quiero tocarla, abrazarla, ayu-darla. Desearía que se lo contara a mamá. Pero ahora entiendo por qué no lo hizo.

—Deja de juzgarme —dice—. No eres la única que puede equivo-carse, ¿de acuerdo?

Vuelve a llorar.

—No te estoy juzgando —reacciono.

—Por supuesto que lo haces. Yo me estoy juzgando a mí mis…
—se detiene en seco y cubre su boca con su mano.

Se pone de pie de un salto y corre hacia el baño. La oigo vomitar antes de que la puerta se cierre.

Observo la puerta cerrada. Tiene razón. La estoy juzgando.

También siento lástima por ella.

CAPÍTULO 9

ROB

PARA CENAR HAY POLLO EMPANADO CON LINGUINI Y SALSA DE CREMA. Suena elegante, y lo es, pero mamá siempre fue una buena cocinera. No pueden incautar sus habilidades culinarias. No es la misma crema orgánica ni el pollo de campo que solíamos comprar, pero igual sabe bien.

Papá está sentado en el otro extremo de la mesa y recibe su cena a través de un tubo. Solía estar obsesionado con lo bien que salían los batidos de kale en su licuadora. Probablemente amaría que ahora trabaja el triple para preparar sus comidas.

—¿Sucedió algo hoy en el colegio? —pregunta mamá.

Pienso en Maegan y en sus ojos críticos. Pienso en lo mucho que deseaba golpear a Connor en la cabeza. Pienso en Owen Goettler y en su sándwich de queso partido en un millón de pedacitos.

—No —clavo mi tenedor en el pollo—, ¿y en el trabajo? —mi voz no es tosca. Mamá es la única persona que no me trata como si fuera un criminal.

—Uno de los socios senior me preguntó si sabía cómo archivar alfabéticamente —hace un ruido burlón.

Mi tenedor se queda quieto y levanto la vista. Sigue sentada frente a mí, lo que significa que papá sigue en el extremo de la mesa. Un zombie en mi visión periférica. Nunca puedo decidir si eso es mejor o peor que sentarme directamente en frente de él. Siempre necesito mirar dos veces en su dirección.

—¿El tipo te estaba preguntando si sabías el abecedario?

—Sí.

—Bastardo —resoplo.

—Pensé *exactamente* lo mismo —sonríe.

En otro momento, puede que mamá me hubiera reprendido por utilizar ese término. No muy severamente, mamá siempre dijo que las palabras son palabras y que es más importante *cómo* las utilizamos, pero hubiera hecho algún comentario al respecto. En especial durante la cena. Delante de mi padre.

Ciertamente no hubiera utilizado una palabra como esa ella misma. Cuando papá jaló del gatillo, derrumbó por completo la dinámica de nuestra familia.

Mi tenedor gira entre los fideos.

—Por favor —dice—. Habla conmigo. Al menos mi propio hijo sabe que sé el abecedario.

—Escuché que también sabes leer —agrego.

—A veces tengo que buscar en el diccionario las palabras difíciles —está bromeando. Mamá tiene una maestría en Administración de Empresas. Es ridículo que esté atascada como empleada temporal, pero es difícil equilibrar el cuidado de papá con una jornada laboral completa.

Repaso mis recuerdos del día. No quiero hablar de hoy.

—¿Todavía hablas con Connor? —pregunta en tono reflexivo—. Tenía la esperanza de que sus padres los dejaran a ustedes al margen, pero...

—No quiero hablar de Connor —tomo otro pedazo de pollo.

Nos cubre una manta de tensión silenciosa y comemos a través de ella. Nuestro extraño centinela nos vigila desde el otro extremo de la mesa. Me pregunto si notaría algo si literalmente cubriera su cabeza con una manta.

De repente, ya no puedo comer. Apoyo mi tenedor en la mesa.

—Tengo tarea.

—Rob —me llama mamá en voz baja.

—¿Qué? —mantengo los ojos en mi plato.

—Estoy preocupada por ti —pausa—. Realmente me gustaría que vieras a alguien.

—No podemos pagarlo —me pongo de pie y tomo mi plato.

—Hay un centro de terapia en...

—No —abro la puerta hacia la cocina y luego tiro los restos de mi plato en el cesto de basura con la ayuda del tenedor.

Poco después de lo que sucedió, fui a ver a una psicóloga. La mujer quería que hiciera dibujos y hablara de cómo me hacían sentir. Le dije que me hacían sentir como si estuviera en el kínder y salí de ahí lo más rápido que pude.

Nunca volví.

Mamá entra a la cocina.

—¿Hablarías conmigo, por favor?

—Estoy hablando contigo.

—Rob.

Odio tener el mismo nombre que él. Lo odio.

Pero ¿qué opción tengo? ¿Bob? ¿Bert? No.

Comienzo a colocar mi plato en el fregadero, pero lo pienso mejor. Lo enjuago y lo coloco en el lavavajillas.

—La escuela está bien —le digo—. Connor está bien —tomo una de las sartenes que está sobre las hornallas y la enjuago en agua caliente—. Solo quiero terminar este año y salir de aquí.

El agua está caliente, casi imposible de soportar, pero meto las manos y friego con intensidad. El aire detrás de mí está tan quieto que creo que mamá abandonó la cocina.

Apoya sus manos en mis hombros y me sobresalto. La espuma sale disparada.

—Eras un chico tan extrovertido —dice—. No es bueno que estés todo el tiempo encerrado en tu habitación.

—Está bien —agacho la cabeza y limpio la espuma de mi mejilla con mi hombro.

—No está bien —se detiene—. No deberías estar cargando todo esto...

—Tú tampoco.

—Por favor, Rob.

El *por favor* me afecta. Mamá nunca me pide mucho. Intento no pedirle mucho *a ella*. Estamos atrapados en este infierno privado juntos, así que intentamos tratarnos bien.

Dejo la sartén en el fregadero, tomo un paño de cocina y luego me volteo para mirarla. Es quince centímetros más baja que yo y puedo ver cada una de las canas que bordean su frente. No le gustaría que se lo señale. Lo sé por experiencia propia.

El gris no importa. Cuando era un niño pequeño, siempre pensé que era hermosa y todavía lo creo, incluso ahora. Mejillas suaves. Ojos cálidos. Manos amables. La mamá de Connor fue siempre rígida. Articulaciones puntiagudas. Maquillaje severo. Peinados tiesos con laca y prendas inflexibles. Los videos de entrenamiento en la sala de estar reemplazaron al entrenador personal del gimnasio, pero se mantiene activa.

No puedo recordar la última vez que corrí un kilómetro y medio.

—Dime lo que quieres —hablo en voz baja—. Lo haré.

—Quiero que comiences a ir al centro de terapia gratuito en Mountain Road. Una vez por semana.

—Mamá… —pongo los ojos en blanco.

—¿No acabas de decir que podía decirte qué quería y que lo harías?

—Está bien —intento no sonar brusco, sin éxito.

—Y quiero que salgas de la casa y hagas algo de ejercicio. Tres veces por semana.

—Hace cero grados afuera.

—Entonces corre rápido —me da una palmadita en el pecho.

Sonrío, pero ella no devuelve el gesto.

—Saldremos de esta —dice en voz baja—. ¿Sí?

—Sí —respiro profundamente.

Desde el comedor, mi padre comienza a hacer ruidos. Suena

como un tarareo persistente, pero el pánico es inconfundible. Algo lo está asustando. O causándole dolor. O está sintiendo algo que ni siquiera seremos capaces de identificar.

Mamá y yo atravesamos la puerta a toda velocidad.

Sentimos el olor al mismo tiempo.

No sé si se percata de que estamos aquí, pero no detiene el ruido. No se detendrá hasta que lo hayan aseado.

Cuando todo era muy reciente, una vez mamá perdió la paciencia y comenzó a gritarle "¡Cállate! ¡Cállate! ¡Cállate!". Pensé que se estaba volviendo loca. Pensé que lo lastimaría. Tuve que luchar con ella para alejarla de él y estalló en lágrimas y lloró sobre mí.

Entonces tampoco dejó de tararear. Mamá se aferró a mí y sollozó en mi hombro. Detrás de ella, papá estaba sentado en una piscina de sus propios desperdicios gruñendo incoherencias.

No sabía qué hacer. Quería huir.

Es probable que lo hubiera hecho si mamá no hubiera estado sujetándome con tanta fuerza.

Cuando mamá finalmente recuperó la compostura, su respiración era irregular. No me miró. Papá seguía tarareando, un sonido que se transformaba en pánico agudo.

Mamá tampoco miró a papá. Salió de casa y cerró la puerta de un golpe.

No podía dejarlo así. Lo limpié lo mejor que pude.

Era mi cumpleaños número diecisiete.

Suspiro.

—Iré a buscar las cosas.

De una manera extraña, la tarea es un alivio. Las ventanas de mi habitación son oscuras y frías, reflejan mi imagen estudiosa inclinada sobre un libro de Física. Papá está en la cama, sus prendas en la lavadora y mamá está en el piso de abajo quedándose dormida delante del televisor. La casa está silenciosa.

Demasiado silenciosa.

Estoy inquieto, pienso en lo que accedí a hacer por mi madre. Cuando fui a la terapeuta, recuerdo haberle contado cómo encontré a mi padre. La mujer empalideció y dijo:

—Guau, no sé qué decir.

Si una profesional no sabe qué decir, claramente yo tampoco.

No he hablado con nadie más sobre eso. Todos saben que yo lo encontré. No necesitan saber los detalles. Estoy perfectamente satisfecho manteniéndolos encerrados en un rincón de mi cerebro, juntando polvo.

Salvo que… esos recuerdos no están satisfechos permaneciendo encerrados. Salen a la luz cuando está silencioso. Cuando estoy estresado. Cuando estoy solo.

Como en este momento.

¿Todavía hablas con Connor?

Sigo pensando en el billete de diez dólares del comedor. La expresión en su rostro cuando intenté devolvérselo. Cómo, por un momento fugaz, pensó que iba a lastimarlo.

Arrastré tu trasero un kilómetro y medio en el bosque, quería decirle. *¿No pudiste responder un llamado cuando mi papá casi muere?*

Mi teléfono descansa en el escritorio a mi lado. Oscuro y silencioso, al igual que la casa. La única persona que me envía mensajes es mamá. Y ella está en el piso de abajo.

Me pregunto qué haría Connor si le enviara un mensaje.

Ni siquiera sé qué le diría. No sé qué diría *él*.

Conociéndolo, sería una respuesta arrogante.

O lo que es más probable, no respondería.

No puedo concentrarme en esta tarea. Mi cerebro está dando vueltas como un trompo desquiciado. No quiero hablar con nadie y, al mismo tiempo, estoy desesperado por hablar con alguien. Pero ¿quién quiere escuchar sobre la noche salvaje en la que cambiaste el pañal rebosante de tu padre? Nadie.

Guardo mi libro de Física en mi mochila. Me despertaré al amanecer de todos modos, puedo hacerlo en ese momento. Arranco mi versión de *Una llama entre cenizas*, mi lectura de fantasía más reciente.

Un pedazo de papel que estaba atascado en el libro cae al suelo. Lo levanto de la alfombra.

Es el teléfono de Maegan Day.

Marco su número en mi teléfono sin pensarlo.

ROB: ¿Le pediste a la señora Quick un nuevo compañero?

Su respuesta aparece casi inmediatamente.

MAEGAN: ¿Quién eres?
ROB: ¿Estás intentando evitar a múltiples compañeros? ¿Quién crees?

No responde.

Tal vez fui un poco desagradable. Tampoco estoy nadando en un mar de arrepentimiento. Bueno, tal vez lo estoy. Un poquito.

ROB: Soy Rob.
MAEGAN: Tu actitud te delató.
ROB: ¿Entonces? ¿Pediste otro compañero o no?
MAEGAN: No.
ROB: Okey.

Nada. Aunque tampoco tiene mucho para responder.

No sé por qué le envié un mensaje en realidad. No, sí lo sé. Desesperación. La necesidad de enviar palabras al mundo y de recibir una respuesta.

Pero no la conozco. No es como si pudiera iniciar una conversación espontánea. Somos de polos opuestos del espectro. O solíamos serlo. Yo directamente salté del espectro la primavera pasada y he pasado los últimos ocho meses a la deriva.

Pero ella es la única otra persona en mi lista de mensajes.

MAEGAN

MAMÁ

Antes era solo mamá. Esto es tan deprimente.

ROB: ¿Cuándo quieres que nos encontremos?
MAEGAN: Cuando quieras.
ROB: ¿Wegmans en treinta minutos?
MAEGAN: ¿En treinta minutos? Son más de las diez.
ROB: Está abierto hasta la medianoche.

No dice nada. Espero. Y espero.

ROB: Dijiste "cuando quieras". Lo lamento. Entonces, ¿cuándo quieres que nos encontremos?

Nada. Suspiro y tomo mi libro.

Saldremos de esta.

Mamá tiene buenas intenciones, pero siento que hemos estado atrapados aquí por una eternidad. *Saldremos* implica que hay un punto final. Papá no mejorará. Tampoco morirá, no por un tiempo, de todos modos.

Debería haber dicho *"sobreviviremos a esto"*.

Eso tampoco es un alivio. ¿Sobrevivir es lo mejor que podemos esperar? ¿Acaso no es lo que está haciendo papá? Tal vez él es el afortunado en este escenario. Apenas sabe lo que está sucediendo.

Afortunado. Pienso en los desechos humanos que ayudé a limpiar con mamá después de cenar. Y pensar que *antes* quería ponerse un arma en la cabeza.

Pero al menos no lo sabe. Solo nosotros lo sabemos.

Sin ninguna advertencia, mi pecho se tensiona. Me arden los ojos.

Diablos, no. No lloraré por esto. Y, ¿por qué? ¿Porque una chica que no me importa no quiere reunirse conmigo en Wegmans para medir distancias de caídas? Soy tan patético.

Me contengo con un resoplido. Aclaro mi garganta. Suena mi teléfono.

MAEGAN: Necesito tiempo para vestirme. Nos vemos a las once.

CAPÍTULO 10

Maegan

MAMÁ DUERME, PERO PAPÁ SIGUE DESPIERTO. ESTÁ MIRANDO *SportsCenter*. Solo hay una cosa por la que papá me dejaría usar el coche de mamá a las once de la noche sin hacer demasiadas preguntas: tampones. De todos modos, me hace una pregunta.

—¿No puedes tomar algunos de tu hermana?

Esto casi me desestabiliza, pero luego hace un gesto de comprensión y gruñe, sus ojos oscuros vuelven a la pantalla.

—Cierto. Lo olvidé. Ve.

No sé si piensa que todos los artículos de higiene femeninos se evaporaron en el instante en que su óvulo fue fertilizado, pero como sea. Puedo salir de casa. Le digo que solo me gusta la marca que venden en Walgreens porque no me pedirá detalles y tendré una hora antes de que me espere de vuelta.

El automóvil está oscuro y frío, pero no me molesto en esperar a que se caliente el interior. Tiemblo y arranco el motor.

No suelo estar despierta tan tarde, pero tengo demasiados secretos repiqueteando en mi cabeza. Desearía que Samantha no me hubiera confiado su secreto. Esto es tan importante. Es demasiado. Fue un alivio haber evitado la cena hasta que me di cuenta de que tendría que encerrarme en mi habitación para evitar contarle toda esta información a mamá.

Hasta he estado evitando a Rachel. Cada vez que miro la pantalla de mi teléfono, mis dedos desean tipear toda la historia.

Mi pobre hermana. La pobre esposa de ese hombre. Mi pobre familia. ¿Y qué sucederá con su beca? ¿Con su educación? ¿Esto arruinará su vida? ¿La de él? ¿Qué le sucederá al bebé?

En el medio de todo eso está Samantha. ¿Es una víctima? ¿Una cómplice? ¿Se supone que debo sentir lástima por ella o resentimiento? De alguna manera, no tengo suficiente información, pero al mismo tiempo, tengo condenadamente demasiada.

Estos pensamientos rebotaban en mi cerebro con tanta fuerza que cuando sonó mi teléfono, casi atravieso la pared de mi habitación.

Era Rob Lachlan, tan cretino como en el colegio.

Pero al menos le dio a mi cerebro algo nuevo en qué pensar.

Rob está sentado en una banca frente a la tienda, su aliento abandona su boca formando nubes de vapor y luce como si estuviera fumando. Su cabello oscuro cae sobre su frente y aletea sobre sus ojos por el viento. Sus manos están enterradas en sus bolsillos y sus ojos están fijos en algún lugar en la distancia, quizás en las estrellas.

No tiene mochila. Qué sorpresa.

Cuando me acerco, se pone de pie. Sus ojos son oscuros e inescrutables.

—Me sorprende que hayas venido.

No puedo detectar nada en su voz. Me obligo a no decir exactamente lo mismo. Una parte de mí teme que esto sea una especie de broma.

Me doy cuenta de que todavía espera una respuesta.

—Tenías razón —retengo una respiración temblorosa entre mis dientes—. Dije *cuando quieras*.

No dice nada. No se mueve. Luce un poco… disperso. Mis ojos se entrecierran un milímetro. Me pregunto si he malinterpretado esto por completo.

—¿Estás drogado o algo?

Su semblante se oscurece. Antes solo estaba parado delante de mí, ahora me está acechando. Me fulmina con la mirada desde la altura.

—¿Acabas de preguntarme si estoy *drogado*?

—¡Estás parado aquí! ¡Ni siquiera tienes una mochila! Estoy intentando comprender por qué querías reunirte a las once de la noche. Claramente no luces preparado para hacer el proyecto.

Respira profundamente, luego desvía la mirada y pasa una mano por su cabello.

—Genial. Muchas gracias, Maegan —se da vuelta y se dirige a la puerta principal de la tienda.

No sé si espera que lo siga o si me está despachando.

Lo sigo con furia. Las puertas corredizas de la tienda se deslizan como si estuvieran apuradas por salir de su camino. Rob avanza con pasos largos hacia la escalera que lleva al área de cafetería de arriba. Luego sube los escalones de a saltos, dos a la vez.

Me toma un minuto alcanzarlo y, cuando lo hago, me doy cuenta de que está en una mesa cubierta en cuadernos y libros. Está guardando todo en su mochila. La misma que tenía esta mañana en Cálculo.

—Espera —todavía no logré unir todas las piezas en mi cabeza, pero tengo suficientes como para saber que interpreté todo esto mal—. Espera.

Sus ojos enojados se levantan para encontrar los míos.

—Dijiste que no llegarías aquí hasta las once. No podía seguir esperando en casa, entonces vine aquí. Está oscuro afuera y no quería que tuvieras que aparcar y caminar sola, así que salí a esperarte en la banca hace cinco minutos —jala del cierre de su mochila con furia—. O tal vez estoy drogado y desperdiciando tu tiempo, ¿cómo saberlo? —toma su mochila y se marcha.

No solo estaba listo para trabajar, estaba siendo cortés.

—Por favor, Rob —lo sigo—. Espera. Detente. Lo lamento.

—Olvídalo —no se detiene—. Pídele a Quick otro compañero. No importa.

—¿Podrías detenerte? ¿Por favor?

No lo hace. Baja por las escaleras casi tan rápido como las subió. Esta vez, intento llevarle el ritmo.

Prácticamente salta hasta la planta baja para salir disparado por la entrada de la tienda.

Intento imitarlo y mi pie se resbala. Me sujeto de la baranda para recuperar el equilibrio, pero mi mochila sale disparada hacia el suelo y me desplomo en la base de la escalera.

Maldigo como un marinero. El último escalón se está clavando en mi espalda de una manera que seguro me merezco.

Hago tango ruido que Rob se detiene y me mira.

—¿Acabas de caerte por las escaleras?

—No, es una ilusión. Utilicé espejos —gracias a Dios que es invierno y estoy usando jeans.

Para cuando me pongo de pie, Rob está sosteniendo mi mochila.

—Gracias —estoy humillada por tantos motivos diferentes que apenas puedo mirarlo.

Me obligo a levantar la mirada. Los ojos de Rob están tan oscuros como cuando estábamos parados en el estacionamiento, pero ahora brillan un poquito y su boca forma una fina línea.

Cuando mi hermana o yo nos alteramos, mi papá hace siempre lo mismo. Pone una mano sobre nuestros hombros, nos gira un poco y luego dice "tómate un minuto". Pretende ser tranquilizador, nos da un momento para recuperar la compostura antes de enfrentarlo. Como si necesitáramos ese minuto para preservar nuestra dignidad. Estoy segura de que es algo de los policías. Algo que aprendió para cuando es demasiado difícil soportar un crimen, pero no puede derrumbarse delante de sus oficiales.

Tuvo que hacerlo la primavera pasada, cuando estaba parada temblando en la oficina del director, preguntándome si hacer trampa en el SAT arruinaría mi vida.

No lo hizo, pero nunca se siente bien tener que hacer esa pausa momentánea. Nunca había logrado detectar por qué, hasta este momento, cuando la fachada de chico-rico-atleta de Rob se quiebra y puedo ver un brillo de vulnerabilidad asomándose.

—Lo lamento —digo—. Tal vez… podemos empezar de nuevo.

Sus ojos buscan mi rostro.

—Está bien —estira la mano como un hombre de negocios—. Rob Lachlan. Anti-haragán.

—Maegan Day —tomo su mano. La mayoría de los chicos en la escuela estrechan la mano con la pasividad de un cocker spaniel entrenado, pero los dedos de Rob envuelven los míos con seguridad. Puedo sentir la fuerza en su agarre. Tengo que tragar saliva—. Demasiado crítica.

—No es del todo tu culpa —sus ojos se encojen un poquito y me suelta—. Últimamente, no es fácil llevarse bien conmigo.

—¿Quieres un café? —echo un vistazo hacia la cafetería al lado de la escalera.

Vacila.

—Okey.

En el mostrador pido un moca de chocolate blanco y pago. Papá odia los cafés sobrevaluados, pero a mamá le encantan, así que pago los cinco dólares sin siquiera pensarlo. Luego, doy un paso al costado y veo a Rob evaluar el menú en la pared.

—Un café pequeño —pide, después de un momento.

Cuesta un dólar. Tiene tres en su cartera. No veo ninguna tarjeta de crédito. No sé por qué esto se siente significativo, pero es así.

Quizás porque toma el dólar como si estuviera sacando un riñón de su abdomen. Mi corazón se acelera por la adrenalina, pero no estoy segura de qué tipo.

—Invito yo —digo rápidamente y saco la cartera de mi mochila de un tirón—. Te lo debo, después de lo que dije.

Se queda quieto. Sus dedos se tensan alrededor de su dinero.

—No tienes que hacer eso.

Los ojos de la cajera rebotan entre nosotros. Ambos tenemos un dólar en la mano.

—Aquí tienes —empujo el mío hacia adelante.

Después de un momento, Rob guarda en suyo en su cartera. Su mandíbula está tensa. No dice nada. La chica le da un vaso para que llene con una de la docena de jarras alineadas contra la pared y él se voltea. Elije la mezcla de Navidad de galletas de azúcar, se sirve dos centímetros de crema sobre el café y luego le agrega un montón de azúcar. Cada movimiento es lento y controlado.

—¿Señorita? ¿Su bebida…?

Me volteo y me percato de que la barista ha estado intentando llamar mi atención.

Rob me espera con su bebida en la mano.

—¿Quieres que volvamos arriba? —pregunto.

—No sé si confío en que subas las escaleras con una bebida caliente.

Su voz es grave y me toma un segundo darme cuenta de que está bromeando. Pero antes de que pueda reaccionar agrega.

—Podemos sentarnos aquí. No importa.

Así que nos sentamos en el hueco debajo de las escaleras. Hay dos sillones con una mesa baja entre ellos. Nos dejamos caer.

La tensión sigue presente entre nosotros, pero es un tipo distinto de tensión. Ya no es antagónica, es más como si nos hubieran lastimado un poco y nuestras heridas quedaron un poco más expuestas.

Una vez que nos sentamos, no toma su mochila. Sus manos envuelven su café e inhala el aroma.

No podía seguir esperando en casa.

—En realidad, no quieres trabajar en el proyecto, ¿verdad? —digo con tranquilidad.

—No —mantiene su mirada baja. Pero mis palabras parecen haberlo puesto en acción porque lleva una mano al cierre de su mochila—. Pero podemos hacerlo.

—¡No! No. Está bien —dudo—. A decir verdad, no tengo mucho tiempo de todos modos. Puede que haya tenido que escabullirme de casa.

Esto lo sorprende. Finalmente, sus ojos encuentran los míos.

—¿Te escabulliste de tu casa para encontrarte conmigo?

Cuando lo dice así suena como una cita. Como si él me gustara. Recuerdo la mirada displicente de Connor Tunstall delante de la escuela y me arden las mejillas.

—¡No! Quiero decir, sí. Quiero decir, me escabullí para hacer el proyecto —sí, eso es mejor. Hurra Maegan. Me está mirando como si necesitara una evaluación psicológica.

—No era necesario que vinieras hasta aquí.

—Está bien. Estaba despierta —me detengo—. Me escabullí de casa porque no quería demasiadas preguntas. Mi papá es un poco raro con que salgamos hasta tarde. Es policía.

—Sé quién es tu padre —dice Rob después de un segundo.

Uh. Cierto. Lo sé. Y ahora sé *por qué* lo sé.

La voz de Rob es seca otra vez, pero no hay humor en ella.

—Estoy seguro de que también sabes quién es el mío —bebe un sorbo de su café.

—Sí —me muerdo el labio.

Esto es tan raro. No sé cómo haremos todo un proyecto juntos. Dije que no teníamos que hacer tarea, pero ahora desearía poder tomar mi libro.

Entre la cena con Samantha y el café con Rob, mi noche ha sido una larga sucesión de extrañas revelaciones, malas decisiones y silencios incómodos.

—¿Por qué no querías esperar en tu casa? —le pegunto intentando imaginarme cómo debe ser su vida hogareña. Sé que no tiene hermanos, así que solo deben ser él y su mamá, ¿no? Me pregunto si se lleva bien con ella. No puedo formarme una idea de qué tipo de mujer se casaría con alguien que robó millones de dólares. No puedo imaginarme qué tipo de madre es. Todo lo que mi cerebro puede visualizar es una especie de caricatura de una mujer regordeta en bikini nadando en un jacuzzi repleto de diamantes mientras bebe una copa de champaña.

—Fue una noche dura con papá —la expresión de Rob se tensa. Una pausa—. Créeme, no quieres saber los detalles.

Un momento.

—¿Con tu papá? Pero… pero tu papá… —me detengo bruscamente

—¿Intentó suicidarse? Lo sé. Estaba allí —pausa—. Erró.

—Lo sé —me ahogo como si me estuviera tragando mi lengua y mis palabras se traban—. Quiero decir, pensé… pensé que estaba en un asilo. O algo así.

Vuelve a mirar su café. Bebe un sorbo.

—No lo está.

No lo sabía. *No tenía idea.*

Me pregunto si alguien más lo sabe. Nunca veo a Rob hablando con nadie, así que tal vez sea un secreto bien guardado que no es un secreto en absoluto. Si bien la familia Lachlan no es una fuente constante de chismes, al menos ya no, siento que este detalle se le escapa a la mayoría de las personas.

Quiero preguntarle qué sucedió esa noche. Al mismo tiempo, temo incursionarme en aguas en donde no soy bienvenida.

El velo de tensión sigue suspendido entre nosotros.

—¿Por qué tenías tantas ganas de salir de tu casa? —me pregunta Rob.

—¿Qué? —vacilo.

—Bueno, sé que no tienes un gran concepto de mí —lo dice como si no fuera una sorpresa—. ¿De qué te estabas escabullendo?

—Hay… —trago saliva. Debería responder de manera relajada, como si me escapara de casa todo el tiempo. Seguramente me creería. El único problema con eso es que, en realidad, no soy una rebelde. En absoluto—. Están sucediendo muchas cosas con mi hermana. Volvió a casa de la universidad por un par de días.

—Ah —asiente y bebe otro sorbo de café, pero luego sus ojos se encienden con interés y se vuelve a enfocar en mí—. Espera, ¿tu hermana no consiguió una buena beca para jugar lacrosse?

—Duke —digo sin emoción—. Beca completa.

Sonríe y silba a través de sus dientes.

—Qué bien. Connor y yo pensamos que podíamos tener una oportunidad en alguna universidad de la División I, el nivel más competitivo de todos, pero luego… —su voz se va apagando, la luz en sus ojos muere. Es como ver a un avión estrellándose. Encoje los hombros–. Bueno.

–¿Ya no juegas lacrosse?

Sus ojos se posan en los míos y su expresión se tensa como si pensara que estoy jugando con él. Pero no es así y se debe dar cuenta porque su rostro se suaviza.

–No. No juego más.

–¿Por qué no?

–¿Estás escribiendo un libro? –pasa una mano por su cuello.

–¿Qué? –luego lo comprendo y me hundo en el respaldo de mi asiento–. No, lo lamento.

–¿Quieres hablar de lo que sea que esté sucediendo con tu hermana? –por primera vez, su voz tiene un leve filo.

–No.

–Bien entonces –alza uno de sus hombros.

No puedo decidir si estoy irritada o no.

–¿Quieres que nos sentemos en silencio y bebamos nuestros cafés?

–Sí, algo así.

Me sorprende su respuesta, pero no lo dice de mala manera. Como en el pasillo de la escuela o en la cafetería, es una respuesta genuina a mi pregunta. Rob es directo.

–Está bien –digo.

Se hunde en su silla y bebe su café. Las luces fluorescentes sobre nosotros son casi demasiado brillantes para esta hora de la noche pero, en este hueco bajo la escalera, no es tan malo. Podríamos estar en una pequeña tienda pintoresca y no en una cafetería incrustada en un mega supermercado.

Después de un momento, me hundo en mi propio sillón. Repito sus comentarios en mi cabeza.

Connor y yo pensamos que podíamos tener una oportunidad.

Luego su voz cayó por un barranco. Ya no pasa tiempo con Connor. La constante ausencia de Rob en el patio es prueba suficiente. Me pregunto qué fue lo que sucedió.

Lo observo disimuladamente por debajo de mis pestañas mientras bebo mi café. Sus pómulos angulares están ensombrecidos debajo de la escalera y hasta casi inmóviles. Se comporta como un atleta. Como si estuviera muy consciente del espacio que ocupa en el mundo.

Rachel nunca creerá este momento. La mayor parte del tiempo Rob Lachlan se mantiene afuera del radar, pero solía ser una especie de leyenda andante. Me sorprende escuchar que ya no juega lacrosse. No sigo ningún deporte más allá de los equipos y las estadísticas de Samantha, pero recuerdo haber visto su nombre en la cima de las estadísticas cuando buscaba las de Sam. Era jugador ofensivo, como ella.

Pienso en la manera en que Samantha estaba en nuestro jardín, lanzando contra el rebotador.

Me pregunto si Rob lo extraña.

Inhalo para preguntarle. Apenas lo hago, Rob arruga su vaso ya vacío y se pone de pie.

—Gracias —dice—. Hacía mucho que no hacía algo así.

—Cuando quieras —lo miro desde mi lugar, sin comprender a qué se refiere.

—¿Mañana a la noche?

—Mmm, okey —realmente tengo que dejar de decir *cuando quieras.*

—Podemos encontrarnos más temprano, así no tienes que escabullirte. ¿A las siete?

—Seguro.

Se pone la mochila sobre un hombro y luego vacila.

—¿Quieres que te acompañe a tu coche o te quedarás un rato más?

¿De dónde sale toda esta cortesía? Debe ser de su madre. No puedo imaginar a un hombre que le robó a la mitad de las personas en su comunidad tomándose el tiempo para enseñarle a su hijo que debe acompañar a una chica hasta su coche.

O tal vez lo hubiera hecho. Tal vez todo es parte de la ilusión. Tal vez fue así cómo se salió con la suya durante tanto tiempo.

—No —respondo aturdida—. Está bien. Estoy bien. Tengo que… dije que iba a comprar algo.

—Nos vemos mañana —gira en el lugar y se marcha.

Capítulo 11

ROB

Salgo a correr a las cinco de la mañana. Afuera está tan oscuro que me siento invisible. Mis pulmones arden por el frío y ha pasado tanto tiempo desde la última vez que salí a correr que lo estoy detestando. Especialmente, considerando que no me dormí hasta pasada la medianoche.

De todos modos, me obligo a seguir.

Siempre puedes esforzarte un poco más, Robby. Las palabras de mi padre laten en mi cabeza. *Si quieres algo, debes ser capaz de derribar lo que sea que te esté deteniendo.*

No pareció tener muchos problemas para derribar sus valores. Si es que tuvo algunos en primer lugar.

La música brota de mis auriculares y el aire sabe a nieve. Cada vez que mis pies golpean el pavimento es como una bofetada que me recuerda qué tan extraño me comporté anoche.

¿Estás drogado o algo?

¿Lucía tan fuera de mí? *¿Luzco* así?

Me gustó que Maegan estuviera dispuesta a sentarse en silencio. Me tomó por sorpresa porque no me dio la sensación de que fuera de ese tipo. Fue lindo sentarse con alguien quien no comparte mi ADN y no quiere molestarme por los delitos de mi padre. Fue lindo *ir* a algún lugar. *Hacer* algo.

Mi vida ha colapsado hasta tal punto que un café de noventa y nueve centavos con un extraño es significativo.

Este ejercicio me está matando. Demonios, hace frío. Mis pantorrillas están ardiendo. Impulso mis piernas hacia adelante.

Me sorprendió que pensara que papá está en un asilo. Me pregunto si muchas personas piensan eso. Me pregunto si *todos* piensan eso.

No es que importe. Lo único peor que las miradas acusatorias serían las colmadas de lástima.

Un silbido suena en mis oídos sobre la fuerte música. Es mi app para correr. Ya puedo caminar. Treinta minutos, listo. Corrí cinco kilómetros. Mis piernas me odiarán mañana. Probablemente me odiarán en unas horas cuando ayude a mamá a sacar a papá de la cama.

De repente, desearía poder correr otros treinta minutos. Desearía poder seguir corriendo para siempre. Lejos de aquí.

No puedo. Y no puedo dejar a mi mamá.

Bajo el volumen de la música y vuelvo a casa.

En la escuela, llego al salón de la señora Quick antes que Maegan. En realidad, llego antes que la mayoría de mis compañeros. Nunca nadie me demora en el pasillo así que no tengo con qué distraerme en mi camino. Cuando atravieso la puerta, la mayoría de los asientos están vacíos.

Los que están en el fondo. Y los que están en primera fila.

Me quedo allí, deliberando.

—¿Olvidaste dónde te sientas? —pregunta Maegan detrás de mí.

—No —mis defensas se activan como la puerta de una bóveda cerrándose. Perdí mi posibilidad de elegir. No la miro.

Ella pasa junto a mí y se dirige hacia los escritorios. Para mi sorpresa, pasa de largo la primera fila y avanza hasta el fondo. Se sienta justo al lado de la silla que usé ayer.

Me quedo mirándola como un idiota.

También hemos llamado la atención de los otros tres chicos que ya ocuparon sus asientos.

Las mejillas de Maegan se sonrojan levemente.

—Ayer te sentaste adelante. Me pareció justo.

De acuerdo. Obligo a mis pies a moverse. Llegan más personas, pero estamos solos en esta esquina. Es extraño tener compañía, especialmente tan temprano.

Nunca solía ser extraño.

Está sacando las cosas de su mochila y todavía no me miró con atención. Tiene gafas y su cabello está peinado en uno de esos rodetes relajados con algunos mechones que enmarcan su rostro. Una fina bufanda gris con algunos hilos rosados envuelve su cuello.

Nunca le había prestado mucha atención, pero es muy linda. De cierta manera subestimada.

Inclina la cabeza para mirarme.

—Bueno, ¿qué?

—¿Qué? —me sobresalto.

—Me estás mirando.

Sacudo mis ojos hacia mi escritorio. La estaba mirando fijamente. Es como si me hubiera olvidado de todas las convenciones sociales. Pero luego, giro para mirarla.

—Lo lamento. Me sorprendió que quisieras sentarte aquí atrás.

—Como dije —encoge los hombros—. Me pareció justo. Tal vez podemos cambiar de vez en cuando.

La señora Quick entra en el salón y todos se callan para prestar atención.

Excepto yo. No puedo prestar atención.

Estoy demasiado anonadado por el hecho de que, por primera vez en meses, alguien me trató como *Rob* y no como el hijo de mi padre.

Tiene que significar algo. Siento como si estuviera pasando por alto algo importante.

Pero no trabajamos en nuestro proyecto grupal ni un minuto. Apenas intercambiamos tres palabras.

Cuando suena la campana, desaparece en el pasillo, tan misteriosa como antes.

A la hora del almuerzo, la soledad vuelve con todas sus fuerzas. Solo tengo una clase con Maegan. Una parte de mí quiere seguirla como un perro golpeado que busca una palmadita en la cabeza, pero una parte más grande de mí le dice a la otra que se siente y mantenga la boca cerrada.

Esta mañana recordé empacar una botella de agua, así que no me alejo de mi mesa de siempre en la parte trasera del comedor. Tengo un sándwich de carne asada, una bolsa de uvas y una de pretzels.

Y una gran mesa vacía. La novela de hoy da un golpe seco contra la superficie de plástico. Estoy cerca del final. Tendré que volver a pasar por la biblioteca.

Leo tres páginas antes de darme cuenta de que hay alguien parado frente a mí.

Alzo los ojos. Es Owen Goettler. Tiene una bandeja llena, y cuando digo *llena* quiero decir que tiene suficiente comida como para seis personas. Naranjas, plátanos y bolsas de patatas fritas y de pretzels, además de cajas de cereales y barras de granola.

Su postura tiene un aire de confrontación. Quiero preguntarle si está pidiendo donaciones porque luce como si estuviera haciéndolo, pero considerando lo que sé de él, el comentario sería de una crueldad inmensurable.

No puedo creer que le lancé el billete de diez dólares. En retrospectiva, probablemente eso también fue cruel. Despectivo.

Marco con un dedo la página y cierro el libro.

−¿Qué pasa?

−Si me quedo con esto, ¿perjudicarás a mi mamá?

−Ni siquiera conozco a tu madre −me quedo inmóvil.

−Sí, la conoces.

En realidad, no la conozco, pero no quiero meterme en esa discusión.

−Bien, no la perjudicaré. Haz lo que quieras. Disfruta tus seis paquetes de Goldfish −vuelvo a abrir mi libro.

Owen apoya su bandeja de un golpe y luego cierra mi libro de un tirón.

−¿No hay ninguna trampa que pueda arruinar la demanda si acepto algo de tu parte? Porque…

−¿De qué diablos estás hablando?

Y luego me doy cuenta de que su rostro está rojo. Sus manos tiemblan en los extremos de la bandeja. Está listo para llorar o para darme un golpe en el rostro.

−Mamá dijo que debemos ser cuidadosos. Así que si estás intentando engañarme…

−No estoy haciéndote nada, Owen −tengo que desviar la mirada−. El dinero ni siquiera era mío.

Retrocede con brusquedad y sus manos sueltan la bandeja. Puedo escuchar las palabras casi antes de que las diga. *¿Lo robaste?*

−No lo robé −agrego antes de que pueda hablar. Mi voz es áspera−. El billete se le cayó a Connor Tunstall en la fila de la caja y no aceptó que se lo devolviera. Era dinero del suelo. No lo quería. Fin.

Owen se queda de pie, respirando. No toca la bandeja. Vuelvo a abrir mi libro y paso las páginas. Este imbécil hizo que perdiera mi marca. Después de un minuto, se sienta en el banco frente a mí. Comienza a pelar un plátano. Me rehúso a apartar mis ojos del libro, pero me quedo quieto.

–¿Qué estás haciendo?

–Almuerzo –come un bocado de plátano–. ¿Qué estás haciendo tú?

–Leo –pero ahora no me puedo concentrar en las palabras en la página.

No dice nada más, solo continúa comiendo su plátano. Lo hace lentamente, de la misma manera en que come los sándwiches de queso. Pequeños bocados.

No tengo la más mínima idea de qué hacer al respecto. Es raro. Invasivo. Estoy tentado a pararme e irme a otra mesa.

Pero en ese momento Connor Tunstall se detiene al lado de Owen.

¿Qué demonios está pasando hoy?

–Ey, Rob –dice, su voz está teñida con un brillo burlón–. ¿Encontraste un nuevo amigo?

–Vete al diablo –no lo miro.

Frente a mí, Owen sigue comiendo su plátano con precisión meticulosa. Connor se inclina sobre él. Durante un instante, me preocupa que vaya a comportarse como un idiota con Owen, pero no soy tan ingenuo.

–No confíes en nada de lo que diga. Rob sabe cómo estafar a la gente.

Mantengo los ojos en mi libro. Los centuriones que blandían espadas podrían haber comenzado una orgía masiva en lo que a mí respecta. Las palabras se arremolinan en una masa de enojo y arrepentimiento.

Owen traga el bocado que estaba masticando.

—Estaré atento —no puedo percibir si tu tono es sarcástico o genuino. Tampoco importa. Desearía que no se hubiera sentado.

Mi mandíbula está tan tensa que comienzo a ver estrellas.

—Vete, Connor.

—Estoy cuidando a un compañero. Lo comprendes, ¿no?

Me pongo de pie con furia y, como ayer, retrocede de manera imperceptible. Pero luego se ríe y se voltea.

—Ten cuidado, Lachlan. Lo último que necesitas es una suspensión.

Me toma un minuto volver a sentarme. Owen sigue mordisqueando su plátano. Su extraña colección de snacks reposa en la bandeja a su lado.

—¿Sabes que la gente dice que lo puesto al amor es el odio? —dice.

Frunzo el ceño. Este es el almuerzo más surreal de mi vida.

—¿Qué?

—Mi mamá una vez me dijo que eso no es verdad. Dijo que lo opuesto al amor es la indiferencia. Que el amor y el odio requieren enfocar energía en otra persona. Creo que acabo de verlo en acción.

—¿De qué diablos estás hablando? —estoy tan confundido.

—Ese tipo, Connor, solía ser tu amigo, ¿no?

—¿Y?

—No es como si pudieras apagar eso. Quiero decir, ¿acaso no es por eso que la gente divorciada se odia?

—No estaba *enamorado* de él, era... —me detengo y emito un sonido de frustración—. ¿Por qué estás sentado aquí? ¿Qué quieres?

—No lo sé —encoje los hombros. Su rostro ya no está rojo—. Supongo que intentaba descifrar por qué me diste el dinero.

—No lo sé —paso una mano por mi cabello y cierro el libro.

—Sí lo sabes.

—Dios. Está bien —ahora estoy enojado y casi no tiene nada que ver con Owen—. Porque me sentí mal. ¿Eso querías que dijera? Me sentí mal porque tienes que comer un sándwich de queso todos los días.

Termina su plátano y hace un bollito con la cáscara. La lanza en el cesto de basura que está al menos a cinco metros. Y, para mi sorpresa, lo logra.

No toca nada más de su bandeja.

—¿Sabías lo que tu papá estaba haciendo?

Después de ocho meses, es la primera persona que me hace esa pregunta de manera directa.

—No —respondo.

—Está bien —encoge los hombros y guarda el resto de los snacks en su mochila.

¿Esto es todo? Respiro profundamente para pedir más información, pero luego exhalo. No merezco más explicaciones.

—¿Por qué solo compraste snacks?

Cierra la mochila, pero no hace ningún movimiento para abandonar el banco.

—Porque durarán más tiempo.

Ah. *Ah.*

Y solo comió un plátano. Quiero preguntarle por qué no tiene su confiable sándwich de queso, pero quizá no se lo dieron por haberse presentado con dinero en la caja.

Rasgo una tira de papel de mi bolsa de papel madera, apoyo la mitad de mi sándwich de carne asada en él y lo empujo hacia él. Owen duda y luego habla.

–Gracias.

Encojo los hombros. Él encoje los hombros.

Comemos y no decimos nada más.

CAPÍTULO 12

Maegan

A MAMÁ LE GUSTA SUSURRAR CUANDO HABLA DE TEMAS QUE NO discutiría con desconocidos. Samantha y yo hemos sabido qué es el sexo desde el quinto grado, pero mamá sigue hablando en voz baja cuando menciona algo mínimamente relacionado. Uno creería que la esposa de un policía no reaccionaría ante una palabra como "heroína" o "aventura extramatrimonial", pero cuando mamá quiere hacer un comentario sobre el problema de drogas en nuestra comunidad o sobre las preferencias de nuestro vecino, se comporta como si estuviera protegiendo nuestros hermosos oídos.

Nuestra supuesta inocencia no evita que *hable* de estas cosas.

Solo evita que lo haga en un volumen normal. Esta noche, en la cena, susurra la palabra *aborto*.

—Te dije que no quiero hablar de eso todavía —ladra Samantha y toma un pan de ajo de la panera.

Papá se aclara la garganta. Solo ha estado en casa por veinte minutos así que todavía está en su uniforme. Su voz grave retumba mientras pone una mano sobre el hombro de mamá.

—Quizás este no sea el momento, Allison.

—Tiene que tomar una decisión —replica mamá entre dientes, como si nuestra conversación estuviera siendo grabada—. Su futuro está en riesgo.

—No daré a luz debajo de la mesa en los próximos veinte minutos —dice Samantha.

—Ya estás de diez semanas y creo que estás actuando de manera demasiado despreocupada al respecto —mamá señala a Samantha con su tenedor—. Creo que así fue cómo te metiste en esta situación. Siempre crees que sabes más que los demás, pero a veces, no es así.

Samantha bebe un largo sorbo de leche con chocolate. La combinación con espagueti y salsa de carne es suficiente para que se me revuelva el estómago, pero ella dice que es lo único que calma el suyo.

—No escuché quejas cuando conseguí esa beca con mi actitud despreocupada.

—Ah, ¿y qué le sucederá a esa beca si decides conservar este bebé? ¿Qué sucederá si tardas un mes en tomar una decisión?

—¿Me estás diciendo que tenga un aborto? —pregunta Samantha—. ¿Quieres que mate a tu nieto?

Mamá empalidece levemente. Puede que no tenga problemas

con un aborto, pero es claro que no se le había ocurrido el ángulo del nieto. Traga tan fuerte que puedo escucharlo.

—Samantha, estoy pidiéndote que evalúes tus opciones. ¿Hablaste con el director de atletismo?

—No.

—Seguramente no eres la primera chica becada en quedar embarazada.

—Entonces me deshago del bebé o de mi futuro —Samantha parte otro pan de ajo a la mitad—. Genial.

—Nadie está diciéndote que te deshagas del bebé —replica mamá—. Pero te pido que dejes de esconderte en tu habitación y te ocupes del problema que creaste.

—Sí, lo creé yo sola. Inseminarme con una jeringa de cocina fue *tan* sexy. Deberías probarlo, mamá. Puede que encienda tu…

—*Suficiente* —la voz de mi padre no se alza demasiado. No es necesario. Ambas sabemos cuándo callarnos.

El silencio nos envuelve como una manta de lana.

—No le hablarás a tu madre de esa manera, ¿me comprendes? —le dice a Samantha.

Sam se mete la segunda mitad del pan de ajo en la boca y no lo mira. Sus mejillas están levemente sonrojadas.

Giro mi tenedor en los fideos con los ojos fijos en mi plato. Preferiría estar en cualquier otro lugar. Literalmente en cualquier otro lugar.

Me encuentro con Rob a las siete. En sesenta minutos.

No sé si pueda aguantar tanto tiempo.

—¿Sigues negándote a hablar del chico? —dice papá—. ¿Puedes compartir *sus* sentimientos sobre el asunto?

La palabra *chico* me descoloca porque David no es ningún chico. El espagueti en mi boca se transforma en piedra. Odio los secretos. En especial los de otras personas.

Samantha no responde. La tensión silenciosa en la habitación incrementa precipitadamente.

Mamá apoya sus cubiertos en la mesa en silencio. Luego alisa la servilleta sobre su regazo. Cuando habla, su voz es más suave.

—Tal vez deberíamos hablar con sus padres sobre organizar una reunión con su familia. ¿Viven cerca de la universidad? Podríamos encontrarnos en un punto medio.

Samantha bebe un sorbo de leche.

Me obligo a tragar un tenedor lleno de espagueti.

Nos quedamos sentados en silencio por un rato. Finalmente, Samantha habla.

—No cree que sea suyo —su voz es tan bajita que apenas podemos escucharla.

A mi lado, los dedos de mi padre se cierran en un puño. No estoy segura de si está enojado con Samantha o con este "chico", de cualquier manera, nunca es bueno estar en la lista negra de mi padre.

—Él, ¿qué?

—No cree que sea su bebé —Samantha traga—. Él…

—Él, ¿qué? —dice nuestra madre.

—Nada.

La voz de mi padre, que suele ser grave y tranquilizadora, es letalmente tranquila.

—¿Es de él?

—Sí —la voz de Samantha se quiebra. Una lágrima cae por su mejilla.

—¿Estás segura?

—*Sí.*

—Entonces quiero su nombre y su número de teléfono. Lo llamaré yo mismo. No veré cómo atraviesas esto por tu… ¿A dónde vas?

Samantha se paró de un salto y salió disparada hacia la cocina.

Se le escapa un sollozo mientras sube las escaleras con furia. Un momento después, cierra la puerta de un golpe.

Mi padre suspira y hunde su tenedor en sus espaguetis. Su voz es tensa.

—Esto es ridículo. Quiero que averigües quién es este chico, Allison. Nosotros pagamos su teléfono. Si ella no nos da esa información, la conseguiré por mi cuenta —luego me señala con el tenedor—. No le digas una sola palabra al respecto, ¿me entiendes?

Suelto un ruidito y asiento rápidamente.

Papá vuelve a suspirar, se estira y apoya su mano en mi antebrazo.

—Lo lamento. No estoy enojado contigo. Siempre haces lo correcto.

Pero luego se queda quieto, como si se hubiera percatado de lo que acaba de decir. Vuelve a mirar su comida y yo lo imito.

La mesa se queda en silencio por un rato, solo suena el crujido del pan de ajo. No me preguntaron ni una sola cosa desde que nos sentamos en la mesa y no me molesta ni un poquito.

Suena mi teléfono. Es Rachel.

RACHEL: Drew está trabajando y estoy aburrida. ¿Quieres ver una película?

MAEGAN: No puedo. Rob Lachlan y yo trabajaremos en nuestro proyecto.

RACHEL: Raro.

MAEGAN: Ni me lo digas.

Pero apenas envío el mensaje, me arrepiento. Pienso en nuestro encuentro nocturno en Wegmans. Definitivamente fue raro, sobre todo por mi culpa, pero también fue triste.

Parece estar tan solo. No creo haberme dado cuenta de eso antes. Sus ojos se iluminaron cuando mencionó la beca de lacrosse, pero esa luz se apagó rápidamente cuando recordó su situación actual.

—¿En serio quieres que se haga un aborto? —pregunta papá con suavidad.

—No lo sé —responde mamá. Su voz es fina y aguda—. No sé qué hacer.

Siento una presión en el pecho tan fuerte que duele. No somos religiosos y siempre me consideré proelección. Pero es mucho más fácil decirlo cuando la elección no está mirándote directamente a los ojos.

—No me gusta —dice papá, luego suspira—. Tampoco me gusta la idea de que tenga un bebé a los diecinueve años.

—Incluso si la dejaran posponer la beca un año —dice mamá—, ¿cómo hará para conservar una beca atlética mientras cría un bebé?

—Siempre está la adopción —agrega papá.

—¿Entregarías a nuestro nieto?

—¿Preferirías que lo mate?

No puedo soportar esta conversación.

–¿Puedo usar tu coche? –le pregunto a mamá.

–¿Qué, Maegan? –aspira.

–Tenemos que hacer un trabajo en grupo de Cálculo y nos reuniremos en Wegmans. ¿Está bien?

Me sonríe, pero sus ojos están acuosos y distraídos. Mentalmente, sigue pensando en mi hermana.

–Ah, sí. Por supuesto. Ve.

Hoy soy yo quién está sentada en una mesa del primer piso con libros desparramados. Llegué media hora antes, pero tenía que salir de casa. No puedo escuchar el debate sobre el aborto en el medio de la cocina. Cada vez que alguien dice *matarlo*, quiero vomitar.

Necesito pensar en Cálculo.

No puedo pensar en Cálculo.

Intento imaginarme a mi hermana vivaz e impredecible renunciando al lacrosse y a la universidad para criar un bebé. ¿De qué trabajará? No puede vivir con mamá y papá para siempre. Además, nuestros padres trabajan. ¿El bebé tendría que ir a una guardería para que Samantha pueda seguir estudiando? ¿Mamá y papá pueden pagar eso?

Recuerdo que una de nuestras profesoras tuvo un bebé, volvió por una semana después de su licencia de maternidad y luego renunció. Dijo que tuvo que trabajar una semana para conservar lo que le pagaron durante su licencia, pero si seguía trabajando la mayor parte de su salario sería para pagar la guardería. No quería trabajar para que otra persona criara a su hija.

Pero bueno, Sam y yo fuimos a la guardería desde muy pequeñas porque mamá era diseñadora gráfica y no quiso renunciar a su carrera. Así que un bebé no le cerraría automáticamente las puertas a Samantha.

Mamá tenía a papá para ayudarla con los gastos, así que lograron hacerlo funcionar. Sam no tendría eso. Es probable que DavidLitMan no le envíe un cheque todos los meses.

¿Pagaría una orden de manutención? ¿Eso cubriría un alquiler? Nunca me percaté de que esto sería tan complicado y ni siquiera soy yo quién tiene que tomar una decisión.

Planeo sentarme en la banca de afuera y esperar a Rob como una especie de disculpa por haberle saltado a la yugular ayer, pero me desconcierta y llega a las seis y cuarenta.

Está sorprendido de verme. Se saca los auriculares y luego toma el teléfono de su bolsillo para revisar la hora.

—Hola, pensé que tal vez había llegado tarde.

—No —dudo—. Mi casa está un poco extraña ahora. Tenía que salir de ahí —casi pregunto si quiere tomar un café o un refresco o algo, pero pareció desestabilizarlo anoche, así que no digo nada.

Deja caer su mochila en el suelo junto a una silla y luego se sienta.

—Mi casa también está extraña —no da más detalles, pero tal vez no son necesarios. Saca un libro de su mochila—. Pensaba hacer un poco de tarea mientras te esperaba… ¿O quieres comenzar directamente con el proyecto?

Quiero pensar en otra cosa que no sea el desarrollo cerebral de un feto.

—Como sea —respondo—. Tampoco hice la tarea aún.

Sus ojos se entrecierran levemente como si estuviera intentando descifrarme.

—¿Quieres sacártela de encima?

—Seguro.

Me siento allí y miro fijamente mi libro. No puedo lograr concentrarme en los números porque no puedo dejar de pensar en mi hermana.

Desearía saber qué quiere hacer *ella*.

No daré a luz debajo de la mesa en los próximos veinte minutos.

Parece que lo único que quiere hacer en realidad es procrastinar. O quizá solo estoy canalizando a mi madre.

—¿Qué pasa? —la voz baja de Rob me sobresalta.

—¿Qué?

—No has escrito nada.

Miro mi cuaderno. Tiene razón. Por algún motivo, me sorprendo.

—Ah.

Rob apoya su bolígrafo. Su voz suena como un falsete susurrante.

—Me importan mis calificaciones. No puedes ser irresponsable en esto.

Jaque mate. Oír mis propias palabras me hace sonar como una verdadera bruja. Me sonrojo y me abrazo a mí misma.

—Lo lamento. Tienes razón. Comenzaré a trabajar.

—Estoy bromeando. Yo tampoco he escrito nada.

Miro a su cuaderno, también está en blanco. Su expresión parece igualar cómo me siento.

–Tenemos que hacer *algo* –digo.

–Okey. Haré el primer problema, tú ocúpate del segundo y podemos copiar nuestras respuestas.

–Tú… espera –me siento erguida–. Eso es… hacer trampa.

Rob vacila y casi puedo escuchar la pregunta antes de que la haga: *¿Por qué te importa hacer trampa en la tarea cuando hiciste que anularan el SAT de cientos de personas?*

Pero no la hace.

–No es un examen. Puedes revisar mis problemas y yo los tuyos.

Definitivamente es un área gris. Ya estoy en terreno inestable y no sé si me gusta o no.

Rob encoje los hombros y vuelve a mirar su cuaderno. Su expresión se torna reservada una vez más.

–Olvídalo –añade rápidamente–. No importa, puedo hacerlos todos.

Apoya su lápiz sobre el papel.

Miro mi propio libro. Si hago cuatro problemas en vez de ocho, habré trabajado de todos modos. Y tiene razón, al copiar sus respuestas, estaré trabajando en el problema al revisar si lo resolvió correctamente. No es igual que copiarse un informe de investigación o un ensayo de Lengua.

Me muerdo el labio.

Escribo *2* en la mitad de mi página.

Luego comienzo el segundo problema.

Me lleva unos minutos, sin contar el tiempo que estuve dudando. Cuando termino y alzo la mirada, Rob me está observando.

–¿Qué? Puedo romper las reglas una vez cada tanto.

–Eso escuché –sus ojos se posan en los míos.

No me inmuto por su mirada, aunque quiero hacerlo.

–Tenías razón. Podemos revisar lo que hizo el otro cuando copiamos el problema. ¿Cuál es la diferencia?

–Estoy de acuerdo –hace una pausa–. ¿Quieres hacer el tres y el cuatro?

–Está bien –terminamos el resto de la tarea. Mis pensamientos arden por un nuevo motivo, pero estoy un poco contenta por el cambio.

Cuando estoy por terminar el octavo problema, Rob dice:

–¿Qué hace que tu casa esté extraña?

Me pongo tensa, pero luego añade:

–¿Es porque tu papá es policía?

–¿Qué? –mi lápiz se queda quieto sobre el papel.

Mi voz es más filosa de lo que pretendo, sobre todo porque estaba pensando en la discusión de mis padres en la cena y no en lo que está en frente de mí. Rob vuelve a mirar a su cuaderno.

–Lo lamento. No quise inmiscuirme.

–No… está bien. No comprendo la pregunta.

–¿Es raro que tu papá sea policía? ¿Te hostiga todo el tiempo?

Encojo los hombros y apoyo mi lápiz.

–No es raro. Es lo único que conozco –hago una pausa, pienso en la primavera pasada, cuando Samantha se enteró de su beca completa. Y en cómo entré en la sala del examen pensando que nunca podría hacer algo que igualara el éxito de mi hermana–. Papá espera mucho de nosotras.

–Recuerdo ese sentimiento –dice Rob y me quedo quieta.

Desvía la mirada como si hubiera hablado de más. No sé qué decir. Rob se aclara la garganta.

—Si tu papá no te hostiga todo el tiempo, ¿qué pasa?

Vacilo. Es muy directo y yo soy una pésima mentirosa. Inclina su cabeza hacia atrás y mira las luces fluorescentes antes de que pueda decir algo.

—Dios. Soy tan paria de la sociedad. No es asunto mío. No he hablado con nadie en meses, así que parece que olvidé cómo hacerlo.

—Suena solitario.

—No tienes idea —hace una pausa y me mira antes de pasar la página de su libro—. Ahora sueno patético. La mayoría de las personas probablemente piensa que me lo merezco.

Debería decir que no pienso eso, pero no sé qué pensar del chico sentado en frente de mí.

—¿*Tú* crees eso? —pregunto.

—No sé —duda y luego se entretiene con el espiral de metal de su cuaderno—. Mi papá solía decir que trabajar duro y ser dedicado daba sus frutos. Solía pensar que era cierto. Quiero decir, le funcionó. Y también funcionó para mí. Obtenía buenas calificaciones, era muy bueno en lacrosse. Pero luego… bueno. Ya sabes. Y después de que todo salió a la luz, comencé a pensar en ello. Quiero decir, ¿estaba trabajando más duro que los demás en lacrosse o era mejor porque mis padres tenían dinero para pagar un entrenador privado? ¿Eso es una manera extraña de hacer trampa? O sea, *sí*, porque no era nuestro dinero para gastar. Pero más allá de eso… No lo sé —suelta un sonido de desagrado y sus ojos encuentran los míos—. Lo lamento, como dije, paria de la sociedad.

—No eres un paria —pero lo es, literalmente—. La vida en casa debe ser realmente horrible.

Encoge un poco los hombros, pero está tenso. Toma su bolígrafo y lo hace girar entre sus dedos.

—¿La vida en tu casa es horrible?

¿No? ¿Sí? No sé cómo responder a su pregunta.

—Estoy segura de que no es como en la tuya.

—Dijiste que tu hermana está enferma. ¿Sigue igual?

—Sí —miro hacia mi papel.

El aire entre nosotros se espesa por las palabras no pronunciadas.

—¿Cáncer? —dice en voz baja.

—¿Qué? ¡No! —mi lápiz vuela por la página.

—Oh, lo lamento —se inclina hacia atrás—. Parecías estar… triste —pasa una mano por su nuca—. ¿Qué? ¿Está embarazada o algo así?

No puedo hablar. Literalmente siento la sangre abandonar mi rostro.

Debe darse cuenta porque sus ojos se ensanchan un cien por ciento.

—Dios. ¿En serio?

No puedo respirar. No puedo creer que me delaté.

—Por favor, no le digas a nadie —pido casi sin aliento.

—¿A quién demonios le diría?

—Yo… por favor… —siento que estoy hiperventilando—. Por favor.

—Tranquilízate. No diré nada, pero… guau —frunce el ceño—. ¿Qué le sucederá a su beca?

—No sabemos. Todavía no tomó una decisión. Nadie sabe —mi garganta está tensa. Siento como si mi pecho fuera a colapsar. Puede que sea un paria, pero conoce a todos en el equipo de lacrosse de Eagle Forge. Lo único que tendría que hacer es comentarle el jugoso chisme a una persona y ese sería el fin de la historia.

»Por favor, Rob. No digas nada. Mis padres me matarían.

—¡No le diré a nadie! —lanza su bolígrafo en la mesa—. Dios, ¿todos piensan que los estafaré?

Siento el corazón en mi garganta. Me hundo en mi silla, pero Rob ya luce arrepentido. Alza las manos y suspira.

—Lo lamento. Ese comentario no fue por ti —pausa—. Pero, en serio, no le diré a nadie. Solo estoy intentando mantener la cabeza baja y graduarme.

Mi corazón comienza a desacelerarse. De todas las personas a las que podría haberle contado, probablemente él sea la mejor opción. De verdad mantiene la cabeza baja.

Después de un momento, vuelve a hablar.

—¿Proyecto?

—Proyecto —asiento con la cabeza.

Tomo mi lápiz y nos ponemos a trabajar.

CAPÍTULO 13

ROB

Si hiciera una lista de todos los lugares a los que no quiero ir en este momento, la biblioteca estaría en el primer puesto.

Me escabullo antes de la primera campana del miércoles, pero, por supuesto, el señor London está en su escritorio. Puedo verlo a través de las ventanas. Técnicamente, el préstamo de mi libro vence la semana que viene, pero si no lo devuelvo y consigo uno nuevo, más tarde tendré que mirar mi almuerzo.

Tengo que superarlo. Maegan me contó que su hermana está luchando con una decisión que afectará el resto de su vida y yo estoy debatiendo si tengo el valor necesario para enfrentar a un bibliotecario.

Mi padre estaría tan orgulloso.

Ese solo pensamiento es suficiente para impulsarme a través de la puerta. Me detengo delante del escritorio y deslizo mi libro sobre la superficie de fórmica. No hago contacto visual con el señor London. Ni siquiera digo algo.

Qué valiente. Quiero golpearme en el estómago.

—¡Ya lo terminó! —el señor London reacciona como si hubiera atravesado las puertas con un entusiasmo desenfrenado y una pequeña y oscura parte de mí se pregunta si se está burlando—. ¿Qué le pareció este libro?

—Estuvo bien —estoy mintiendo. Es una novela de fantasía de quinientas páginas y lo terminé en dos días. Estuvo fenomenal.

—Ayer, llegó la secuela. Acabo de ingresarla al sistema —hace una pausa—. Si estás interesado —desliza *Una antorcha en las tinieblas* sobre el mostrador. La cubierta es azul y blanca y es tan grueso como el primer libro.

Un año atrás, si alguien me hubiera dicho que estaría emocionado por tener un libro entre mis manos, me hubiera reído en su rostro.

Estoy utilizando todas mis fuerzas para no comenzar a leerlo aquí mismo.

Busco mi identificación estudiantil en mi cartera para que pueda escanearla.

—Cuando lo termine —dice el señor London, su tono implica que somos mejores amigos—, debe hablar conmigo. Acabo de terminar la secuela y tengo una teoría sobre Cook.

También tengo una teoría sobre Cook, del primer libro, pero todavía no puedo detectar si está siendo condescendiente conmigo. No sé por qué me está hablando en primer lugar. Las palabras arden en mi lengua.

Como siempre, me quedo callado demasiado tiempo. Escanea mi identificación, el libro y luego me lo entrega.

Lo triste es que *quiero* hablar con él del libro. Pero cuando hablo con el señor London, siento que cada oración debería estar precedida por una especie de disculpa en nombre de mi familia. No sé cómo hacer eso.

Y como el cobarde que soy desde hace ocho meses, guardo el libro en mi mochila y me marcho.

Está diluviando, así que el comedor está repleto. Odio cuando esto sucede. Por lo menos tengo un libro nuevo. Encuentro mi mesa de siempre y me siento en el fondo. Por ahora está vacía porque yo traigo el almuerzo de casa y la mayoría lo compra, pero no estará vacía por mucho tiempo.

Como era de esperar, después de un minuto, una sombra aparece sobre mi libro y la mesa cruje y se mueve mientras alguien se sienta. Mantengo los ojos en mi página.

Alguien abre un paquete con un crujido.

—Realmente te gusta leer, ¿no? —dice una voz familiar.

Owen Goettler. Está comiendo un paquete de patatas fritas, una naranja descasa al lado de las patatas.

—Sip —respondo.

—¿De qué trata este?

—Literalmente estoy leyendo la primera página —giro el libro.

—Ah —no responde nada. Come sus patatas metódicamente. Una a la vez. Con un descanso notable entre cada bocado.

Algunos estudiantes más jóvenes se sientan en la otra punta de la mesa. Están hablando de algo hilarante que sucedió en la clase de Salud y clavo mis ojos en el libro para evitar suspirar sin disimulo.

Después de un momento, percibo que Owen sigue sentado frente a mí en silencio, con su triste paquete de patatas fritas y su naranja. Debe notar que estoy mirando su comida.

—Mi plan era comprar todos los snacks un día y luego tener un acompañamiento para mi sándwich de queso.

—Buen plan.

—Sí, bueno, la señora de la caja no está de acuerdo. Dijo que debería haber sido más sensato con mi dinero.

Lo dice sin emoción, como si estuviéramos hablando del clima, pero sus palabras encienden un fuego de furia dentro de mí. Ni que la señora comprara el pan y el queso ella misma. Rasgo un pedazo de mi bolsa de papel madera y, como ayer, deslizo la mitad de mi sándwich.

—Gracias —dice con sosiego.

Luego Owen se estira sobre la mesa y vierte la mitad de sus patatas en lo que quedó de mi bolsa.

Vacilo.

—Está bien —dice—. Puedo compartir.

No es verdad y literalmente soy la última persona a la que debería darle algo, ni siquiera un puñado de patatas. Pero no quiero devolvérselas.

–Gracias.

Señala con su cabeza a los estudiantes de primer año en la otra punta de la mesa y se inclina hacia adelante.

–¿Realmente se están riendo de que un chico perdió su ropa interior?

–He estado intentando ignorarlos.

–Ah, cierto. Estás leyendo.

No sé si fue el final de la conversación o qué porque ya no me está mirando.

–Correcto –vuelvo a mirar a mi libro. Tomo lo que quedó de mi mitad de sándwich.

Frente a mí, Owen sigue comiendo como si fuera un procedimiento quirúrgico.

Yo leo. Él está sentado en silencio. Al principio, mis ojos no pueden concentrarse en la página porque siento que me está mirando, pero cuando no dice nada, me relajo y me pierdo en Serra con Laia y Elias.

Estoy pasando la página seis cuando Owen habla.

–Espera, no terminé esa página.

–¿Estás leyendo al revés? –me congelo y alzo la mirada.

–Bueno, era eso o escuchar su plan para sellar con pegamento instantáneo el casillero de un chico –señala con su cabeza al libro–. Y tú tampoco estás generando conversación.

No puedo entender a este chico *en absoluto*.

–¿*Quieres* que genere conversación?

–Como sea –encoje los hombros.

Es posible que esté riéndose de mí así que vuelvo a mirar la página. Que no puedo voltear hasta él la termine.

Suspiro considerablemente.

—Okey —dice después de un momento—. Sigue.

Con un movimiento dramático, paso la página. Leemos por un par de minutos. El capítulo termina.

—Así que tu amigo Connor es medio idiota, ¿no? —pregunta Owen sin ningún preámbulo.

—Creo que es más que "medio" —respondo, aunque ya no es mi amigo. Mi comentario lo hace sonreír.

—Puede que seamos las únicas dos personas que piensan eso.

Sus ojos echan un vistazo detrás de mí, a través de la cafetería, donde una docena de estudiantes se amontonan alrededor de dos mesas contra la pared. Connor está allí, parado detrás de un cartel pintado a mano que anuncia la Venta de Pasteles del Departamento de Atletismo. Una galleta cuesta un dólar; un cupcake, dos. Está tomando efectivo de un puñado de chicos que buscan una dosis de azúcar.

Sé por experiencia que está coqueteando con cada chica que se le acerca. La mitad de ellas hará una donación solo por la oportunidad de hablar con él.

Qué estafa. Especialmente porque es para el departamento de atletismo, la división con mejores fondos de la escuela. Cuando la banda recauda fondos, sus galletas cuestan veinticinco centavos. Incluso así, apenas pueden lograr que alguien las compre.

La verdadera ironía es que Connor está encargándose de la venta. Una vez, su padre le escribió una carta a la junta del colegio para decir que los chicos que no pudieran pagar el almuerzo deberían trabajar con el conserje para ganárselo. Se lo contó a mi papá.

—Les enseñará un poco de ética laboral —dijo.

Owen apoya su sándwich, luego toma otra patata y la come.

Me pregunto cómo es observar a otros chicos entregar dinero sin problemas cuando estás condenado a comer sándwiches de queso todos los días. Y encima que la señora del comedor te juzgue por intentar aprovechar al máximo el dinero que consigues.

Repentinamente, quiero darle el resto de mi comida.

—Luces como si alguien hubiera pateado a tu perro —dice Owen.

Tengo que aclarar mi garganta.

—No tengo perro.

Mis ojos vuelven a dejarse llevar por el comedor. Recuerdo esas ventas. Apuesto que habrán recaudado más de mil dólares al final del día. Especialmente si vuelven a armar la mesa después de clases.

Y, ¿para qué? ¿Nuevas camisetas? ¿Algunos pocos bastones de lacrosse nuevos?

—¿Cambiarás de página o qué? —la voz de Owen me trae a la realidad.

—Lo lamento —volteo la página automáticamente, aunque todavía no la leí—. ¿Qué estás haciendo aquí, Owen?

—Estoy almorzando —su voz baja y se torna seria, una clara burla de mi tono—. ¿Qué estás haciendo aquí, Rob?

—¿Por qué estás almorzando conmigo? —no intento esconder la tensión en mi voz.

—Porque tu mamá hace un sándwich de carne asada increíble.

—Yo lo hice.

—Está bien. Porque *tú* haces un sándwich…

—No juegues conmigo —bajo mi voz todavía más.

Todo rastro de burla desaparece de su rostro y casi retrocede. Por un instante, recuerdo lo que era ser el tipo de chico a quien alguien como Owen no se atrevería a hablarle. Incluso los estudiantes más jóvenes en la otra punta de la mesa perciben mi tensión.

—No estoy jugando contigo —dice con seriedad.

—No seré un camino secreto hacia la popularidad y las chicas lindas —replico severamente—. Ya nadie me habla.

—Okey, para que lo sepas, no necesito un camino hacia las chicas. Ah.

Owen mete otra patata en su boca.

—Aunque no me molestaría un camino secreto hacia Zach Poco, ¿hay alguna posibilidad de que te siga hablando?

Zach Poco juega como lateral derecho en el equipo de fútbol. Sus padres son dueños de varios centros comerciales y son cercanos a los padres de Connor. No conozco bien a Zach, pero incluso si me hablara, sé con certeza que no es gay.

—No.

—Era poco probable —Owen encoge los hombros.

—Bastante improbable —tomo una patata.

—¿Qué hay sobre ti?

—¿Qué hay sobre mí? —pone los ojos en blanco como si yo estuviera siendo tonto.

—¿Necesitas un camino a Zach Poco?

—Ah, no.

—Cierto. ¿Solías salir con esa chica con mechones de cabello violeta? ¿Karly, Kaylie o algo así?

Callie, pero no lo corregiré. Ella quería que tuviéramos una

Relación Seria. Podías escuchar las mayúsculas cada vez que mencionaba el asunto. Entre el deporte, la escuela y la pasantía para mi padre, no tenía tiempo para ser algo serio. Y si somos detallistas, tampoco la voluntad.

Luego mi vida se desmoronó y la palabra "serio" llegó a un nivel completamente distinto. No hablo con Callie desde entonces. Cuando Connor no respondió mis mensajes, no intenté hablar con nadie más.

Nadie intentó comunicarse conmigo. No quiero pensar en el pasado.

—¿Eres alguna especie de acosador, Owen?

—Mi mejor amigo se graduó el año pasado. Tengo mucho tiempo para observar a la gente.

Supongo que eso es verdad. Los ojos de Owen se concentran en algo sobre mi cabeza.

—Alerta de idiota. Doce en punto.

—¿Qué? —digo justo antes de que una mano se estampe contra mi nuca.

Giro en mi lugar y veo a Connor pasar junto a mí.

—Atención, Lachlan —empieza a reírse.

Observo su espalda alejándose. No me golpeó muy fuerte y puedo soportarlo. Como todo lo demás, es un recordatorio incisivo de que nuestra amistad está muerta. Algo que hubiera hecho en el vestuario, si estuviéramos bromeando. Palabras que una vez se dijeron sin veneno.

Atención, Lachlan.

Me alejo a zancadas de la mesa antes de percatarme de que me estoy moviendo. Camino directo detrás de él.

Lo golpeo en la nuca con tanta fuerza que se tambalea y suelta lo que estaba cargando: la caja con el efectivo de la venta de pasteles; se abre por el impacto. Las monedas tintinean sobre el suelo laminado. El dinero se desparrama *por todos lados*.

Connor recupera el equilibrio y se voltea. Sus ojos podrían disparar rayos láser. Luce verdaderamente furioso.

—Eres un *imbécil*.

Por algún motivo, su enojo repentino disminuye el mío.

—Es necesario ser uno para reconocer a otro.

—¡Rob Lachlan! —el señor Kipple, el vicedirector, atraviesa el comedor a toda velocidad—. Vi eso. Recogerás este desastre ahora mismo.

—¿Está seguro de que quiere que se ocupe él? —replica Connor.

Ahora quiero volver a golpearlo, pero no quiero que me suspendan. No me queda mucho orgullo, pero no quiero ser etiquetado como problemático. Mamá ya tiene que lidiar con suficientes cosas.

Apoyo una rodilla en el suelo y comienzo a juntar el dinero en una pila.

Connor se para delante de mí y extiende la caja hacia adelante, esperando a que la llene.

Diablos, no.

Por suerte el señor Kipple llega hasta nosotros.

—Tú también, Connor. No eres completamente inocente.

Connor también se agacha en una rodilla a mi lado. Masculla entre dientes todo el tiempo. Estoy seguro de que piensa que puedo oírlo, que sus palabras están teniendo un gran impacto en mí, pero el latido de mi corazón está rugiendo en mis oídos y hay demasiados murmullos a nuestro alrededor.

Meto un puñado de efectivo en la caja y luego me estiro para tomar un par de billetes de veinte dólares alejados. Se arrugan en la palma de mi mano cuando tomo algunas monedas.

—Contaré todo esto —dice Connor—, así que no te hagas ninguna idea.

Aprieto los dientes con tanta fuerza que puedo sentirla en mi cuello. El señor Kipple está de pie junto a nosotros y Connor habló en un tono que el vicedirector tiene que haber escuchado.

No dice nada. No es el aliado que pensé que podría ser un momento atrás.

Pienso en cómo le negaron a Owen un sándwich de queso. Todo es un desastre.

Coloco mi mano sobre la caja del efectivo y dejo caer las monedas. Los dos billetes de veinte dólares se quedan en mi palma.

El sudor se acumula en mi cuello mientras cierro mis dedos con fuerza y me estiro para tomar más monedas. Espero que alguno de ellos me llame la atención, que griten que vieron que retuve el dinero, pero ninguno dice nada. Me arriesgo a levantar la vista y Connor estar recogiendo centavos. El señor Kipple ni siquiera nos está mirando. Algo en la otra punta del comedor parece haber llamado su atención.

Alguien tiene que haberlo visto.

Nadie dice nada. Los estudiantes en las cercanías ya no nos prestan atención. Ver a gente juntando monedas puede tornarse aburrido bastante rápido.

Connor cierra la caja bruscamente sin hacer contacto visual. Luego, se endereza y se marcha, dejándome allí con el dinero envuelto en mi mano repentinamente sudorosa.

Robé cuarenta dólares.

Esto no es lo mismo que el otro día. Este no es dinero que Connor se rehusó a aceptar.

Robé esto.

Vuelvo a la mesa y me dejo caer en el banco frente a Owen. Los estudiantes más jóvenes ya se marcharon. Pensé que habría estado observando el intento de limpieza, pero, en cambio, se adueñó del libro.

Nadie lo vio. Todavía no puedo creerlo. Owen alza la mirada.

—Como si esos chicos necesitaran que la escuela les compre equipo.

—Es verdad —respondo. Hago una mueca por dentro porque una vez fui uno de esos chicos y, si bien no se siente correcto alinearme con Owen, tampoco se siente mal.

Owen peló su naranja, la dividió en gajos y los está comiendo metódicamente, al igual que todo lo demás.

El dinero arde en la palma de mi mano.

Deslizo mi mano debajo de la portada del libro y suelto el dinero. Mi corazón late como si estuviera siendo grabado y los policías estuvieran a punto de arrestarme en cualquier momento.

—Amigo —Owen frunce el ceño—, luces como si estuvieras a punto de entrar en shock.

—Asegúrate de que tus decisiones sobre el almuerzo sean más sensatas esta vez —señalo el libro con mis ojos.

Owen duda, luego desliza su mano debajo de la portada y la retira. Espía debajo de su palma como si hubiera atrapado un insecto.

Se queda quieto. Sus ojos encuentran a los míos.

Este es un momento importante. Puedo sentirlo. Puede

delatarme. Puede devolvérmelo. Puede alejarse de la mesa. Puede tomar el dinero y ser cómplice de lo que acabo de hacer.

No tengo idea de con qué me encontraré. El tiempo se hace eterno mientras espero a que Owen Goettler determine mi destino.

Sus dedos se cierran alrededor de los billetes y los desliza hacia su bolsillo.

Luego empuja el libro hacia mí.

—Lee las últimas tres páginas. Se está poniendo muy bueno.

Capítulo 14

Maegan

Cuando llego a casa, Samantha está lanzando balones contra el rebotador otra vez. No la he visto desde que se marchó furiosa de la cena ayer por la noche y me pregunto qué humor tendrá ahora.

Mamá y papá todavía no llegaron a casa, así que esta es mi mejor oportunidad si quiero hablar con ella.

Sirvo leche con chocolate en una taza y se la llevo afuera. Mis pies se abren camino entre las hojas secas. El aire es frío y pesado, hay un dejo de humo de la fogata de un vecino.

—Realmente no quiero hablar en este momento —dice tensa sin ninguna advertencia. El balón impacta contra el rebotador con un golpe duro.

—Okey —vacilo—. Pero te traje leche con chocolate —captura su último tiro y luego se voltea.

—Ah, lo lamento. Pensé que eras mamá.

—Nop.

Toma la taza y bebe la mitad de un solo trago.

—Gracias.

—De nada.

Baja la cabeza, mira la taza y la agita en su mano por un segundo.

—También gracias por lo de anoche. Realmente lo aprecio.

—¿Anoche?

—No les contaste —sus ojos se levantan para encontrar los míos—. Sobre David.

No hay nadie en casa, pero mantengo mi voz baja de todas maneras.

—No —pauso—. No es mi secreto.

Hace girar el bastón de lacrosse en su mano y luego lanza el balón por el jardín.

—Si vas a abordarme, puedes ir a pasar tiempo con mamá.

—No te estoy abordando —me detengo—. Estoy intentando ser tu hermana. Estoy intentando apoyarte.

Atrapa el balón cuando vuelve volando hacia ella. Luce como si quisiera hacer una broma sobre mi comentario de hermanas, pero debe ver mi rostro.

—¿Quieres apoyarme? —patea las hojas debajo de nuestros pies—. ¿Quieres jugar conmigo?

—Sí —resoplo—. Seguro, ¿para que puedas golpearme en la cabeza? No puedo jugar contigo —Samantha me superó hace *años*.

–No, lo sé –su rostro se desanima un poco, pero luego encoge los hombros–. Quiero decir, podría tener cuidado.

–Sí, claro –eso es como pedirle a una tormenta de nieve que solo se limite a algunas ráfagas.

Pero luego se me ocurre alguien a quien probablemente no le importaría jugar un rato y, de seguro, no está haciendo nada más interesante que mirar el techo.

–Aguarda –le digo a Samantha–. Tengo una idea.

Rob llega más rápido de lo que esperaba. Me sorprende ver que tiene su propio vehículo. Es un Jeep Cherokee negro resplandeciente. No es precisamente último modelo, pero cuando bajo los escalones del porche para saludarlo, puedo ver el interior impoluto de cuero color tostado y un buen sistema de sonido.

No puedo evitar mirar el coche fijamente. Rob no puede evitar notarlo.

Su expresión era relajada cuando se bajó de él, pero ahora sus ojos están en guardia y sus hombros se tensaron. Todavía no cerró la puerta, como si pudiera necesitar hacer una salida rápida. Habla rápidamente.

–Fue el primer vehículo de mi padre, lo compró antes de… *antes*. Así que no pudieron incautarlo…

–No tienes que darme explicaciones –tengo que sacudirme a mí misma–. Está bien, no debería haberme quedado mirando.

–Todos lo miran –vacila–. Tiene ocho años y más de ciento

sesenta mil kilómetros así que no podemos venderlo por mucho. Y mamá dice que es mejor quedarnos con un coche que sabemos que funciona bien antes que cambiarlo por algo...

—En serio —lo interrumpo—. No tienes que explicar.

Rob se calla. Esto se siente como el momento en que llegué a Wegmans y lo encontré sin libros. Siempre estoy un poquito en guardia, pero Rob parece estar permanentemente en alerta máxima.

Samantha aparece a mi lado y me golpea con el hombro. Tiene su bastón de lacrosse en la mano. Lanza el balón al aire, hace girar su bastón y atrapa el balón.

—¿Trajiste tus cosas? —pregunta. No emite un "gracias por venir" o un "hola, soy Samantha". Cuando hay un balón de lacrosse de por medio, va directo al grano.

—Sí —a Rob no parece molestarle, cierra la puerta de su coche y abre la cajuela. Trajo dos bastones, una pila de protectores y un casco. Todo está sucio y manchado con césped.

Mi hermana no tiene mayor protección que una sudadera, así que Rob solo toma uno de los bastones.

—Estoy oxidado —dice—. Ha pasado un tiempo.

Samantha retrocede, hace un movimiento envolvente con su brazo y lanza el balón. El bastón de Rob estaba descansando al costado de su cuerpo, pero él es rápido y se mueve para atrapar el balón en el aire.

Se lo devuelve.

Samantha lo recibe y sonríe. Es la primera verdadera sonrisa que he visto en su rostro desde que llegó de la universidad.

—Estarás bien —dice—. Ponte el resto de tu equipo. Iré a buscar mis gafas de protección. Megs, ayúdame.

Odio que me llame "Megs" y lo sabe.

—¿Por qué no puedes buscarlas tú mis…?

Toma mi brazo y me acarrea por el porche. Una vez que estamos adentro, su voz se transforma en un susurro sofocado.

—Maegan. Dijiste que le enviaste un mensaje a tu compañero de Cálculo. Pensé que estabas arrastrando a un cerebrito hasta aquí. Rob Lachlan está *buenísimo* ¿Estás saliendo con él?

Suelto un bufido. La idea de que Rob pueda tener un efímero interés romántico en mí es cómica.

—No. Y *es* mi compañero de Cálculo.

—¿Tiene novia?

—¿No tienes suficientes problemas de chicos?

—No para mí, idiota. Ven aquí. Ponte un poco de brillo labial.

—¿No se supone que estás buscando tus gafas?

—Como si eso fuera a tomarme más de dos segundos. Ven aquí, deja que te ponga sombra en los ojos.

Le doy un golpe en la mano.

—¿No crees que lucirá un poco sospechoso, si salgo de casa con el rostro repleto de maquillaje?

—Seré sutil.

—Sam…

—Maegan —sus ojos son feroces y también un poco heridos—. Déjame ser *tu* hermana por cinco minutos, ¿okey?

Esto me obliga a obedecerla. Durante meses, sentí que ella se alejaba de mí. ¿Sam habrá sentido lo mismo? Mientras analizo esta idea en mi cabeza, me pone delineador y sombra de ojos en el párpado, luego me coloca máscara de pestañas.

La culpa me ha estado carcomiendo desde que me agradeció

por mantener el secreto con mamá y papá y no puedo quedarme callada ante todo este amor fraternal.

—Sam, tengo que decirte algo.

—¿Estás embarazada con *su* bebé?

—No, en serio.

—¿Qué pasa? —abre la tapa del brillo labial.

—Rob sabe. Sobre ti —su mano se queda quieta—. No fue mi intención decirle —agrego rápidamente—. Después de la cena de ayer quedé mal y él adivinó. Creo que estaba bromeando, pero dio justo en el blanco y…

—No me molesta —pasa el brillo por mis labios.

—¿No?

—No. Mamá y papá son los que no quieren que se sepa. Pero no soy una monja, sé lo que hice. Aún no me pondré a bailar con una camiseta de maternidad, pero no estoy desazonada —duda—. De hecho, estoy un poquito celosa de tengas a alguien con quien hablar. No puedo contarle a nadie de la universidad porque no quiero que me quiten la beca hasta que sepa lo que haré.

—Rob no… no somos amigos. En realidad, no *hablo* con él.

—Sí, bueno, tienes que cambiar eso. ¿Ves? Sutil.

—Esto es tan obvio —digo al voltear y verme al espejo. Casi no uso maquillaje en la escuela y ahora mis ojos están delineados con negro y mis labios brillan—. Se preguntará por qué tardamos tanto.

—Confía en mí, no lo hará. Sacude un poco tu cabello.

—Sam… —pero luego veo la expresión en sus ojos y suspiro—. Está bien —hago lo que me pide.

Ella busca sus gafas. Mientras lo hace, me hago una cola de caballo suelta y bajo. Quiero decir, por favor.

Rob está en el jardín lanzando el balón contra el rebotador. Los protectores negros se ajustan a sus costillas y ensanchan sus hombros, pero su casco está sobre las hojas al lado de un árbol. Al igual que Samantha, cada tiro y recepción no parecen implicar esfuerzo alguno. El único indicador de velocidad es el movimiento de su bastón y la curvatura en el elástico.

Okey, está bien. Es atractivo.

—¡Volviste a recoger tu cabello! —dice Samantha.

—Sí, bueno, no puedes tenerlo todo.

—Está bien, entonces. Lo haremos a tu manera —se quita la liga del pelo y la lanza sobre la mesa. Agita sus ondas rubias mientras pasa a mi lado para abrir la puerta.

La miro con la boca abierta y luego recupero la compostura para seguirla. Estoy frunciendo el ceño y ni siquiera estoy segura por qué. Acabo de pasar cinco minutos diciéndole que no estoy interesada. Y no lo estoy. Quiero decir, no en realidad.

Okey, tal vez *un poquito.*

Samantha está dando saltitos a través del jardín, su cabello brilla como el oro en la tenue luz del sol. Sus gafas con rayas rosas y azules cuelgan en su mano.

Rob se voltea cuando la escucha atravesando las hojas.

—¿Por qué necesito los protectores? Las chicas no hacen mucho contacto... —Samantha lo golpea con su hombro. Él gruñe y retrocede un paso—. Bien, ya entendí.

Ugh. Tendré qué volver a entrar a casa. *¿Qué* me está sucediendo? Pero luego, Samantha se voltea.

—Ey, ¿Megs? Olvidé dentro mi liga para el cabello ¿Me prestas la tuya?

Ah, lo suyo no tiene nombre. Si no le doy la mía, luciré extraña. Quiero decir, más extraña de lo que luzco ahora mismo, mirándolos desde el porche.

Me quito el elástico con cuidado, sacudo mi cabeza y luego camino hacia ella. Mis mejillas se sienten cálidas y no puedo mirar a Rob. Repentinamente, soy muy consciente del maquillaje en mis ojos.

—Aquí tienes.

Reúne su cabello sobre su cabeza y la miro, porque si no tendré que mirar a Rob y él claramente me está observando.

No comprendo cómo esto se tornó tan extraño.

Por mi hermana. Ella es el cómo. Ni siquiera pensaba en él de esa manera y luego Sam se puso en modo de transformación.

—Conozco algunos ejercicios geniales, pero necesitamos tres personas —es directo de manera tan casual—. ¿Sabes jugar?

Uh. Me estaba mirando porque tenía una pregunta de lacrosse.

—No, quiero decir, no en realidad —me trabo cuando hablo como si me estuviera cayendo por las escaleras otra vez—. No lo suficiente como para jugar con ustedes dos.

—Okey —encoje los hombros y enfrenta a Samantha—. ¿Qué tenías en mente?

Luego se pierden en el juego y en las conversaciones sobre los ejercicios, las reglas de posesión y las defensas. Corren un kilómetro y medio lanzándose el balón entre ellos desde distintos ángulos. He visto jugar a Samantha un millón de veces, así que hoy mis ojos están clavados en Rob. Puedo ver por qué él y Connor pudieron haber pensado en becas: es tan atlético como mi hermana y lanza y recibe el balón como si estuviera atado con un hilo a su bastón.

Comienzan un ejercicio nuevo en el que corren en paralelo y luego uno de ellos lanza el balón al césped y compiten para ver quién puede levantarlo primero.

Al principio, Samantha es más agresiva, saca a Rob de su camino a empujones y puedo notar que él está intentado ser cuidadoso.

—¿Estás segura de que deberías estar haciendo eso? —le grito a mi hermana.

Me ignora, baja su hombro y golpea a Rob justo en las entrañas.

Él se doblega y la deja levantar el balón del suelo, pero está sonriendo. Hace girar su bastón entre sus manos. Se deshizo de su sudadera hace veinte minutos, dejando expuestos sus brazos. Mis ojos están pasmados por la manera en que se mueven sus bíceps. Está respirando con dificultad.

—Siento que estoy en desventaja.

—¿Por qué? —dice Samantha. Está respirando con la misma dificultad, parpadea para quitarse la transpiración de sus ojos. Ella no sonríe—. ¿Por el bebé? No soy una muñeca de porcelana. Juega de verdad o márchate.

Mi hermana, la reina del tacto.

—Está bien —la sonrisa de Rob desaparece.

—Bien —mi hermana hace girar su bastón, lanza el balón y ambos corren hacia él.

Rob es más rápido, pero no por mucho. Esta vez, cuando Samantha intenta empujarlo, él esquiva el movimiento, su bastón está estirado para capturar el balón. Ella intenta golpear su lateral, pero Rob se mueve y la empuja con el hombro.

Sam se rehúsa a retirarse. Sus piernas se enredan y caen al suelo.

Oh, rayos. Me pongo de pie.

La puerta del porche detrás de mí se abre de par en par. La voz de mi padre resuena en el jardín, una mezcla de preocupación y enojo.

—¡Samantha! ¿Estás bien?

Oh, rayos por dos. Sigo a mi padre.

Para cuando llego hasta ellos, Rob está ayudando a Samantha a ponerse de pie. Ambos tienen el rostro colorado y están agitados, pero mi hermana está sonriendo.

—Eso fue increíble.

—¿Estás bien? —los ojos de Rob están bien abiertos y preocupados—. No quise… No quise…

—Ya lo creo que no quisiste —dice mi papá—. ¿Qué crees que estás haciendo aquí?

Rob retrocede un paso, pero no se inmuta por los ojos de mi padre.

—Maegan me invitó.

Oh, demonios. Papá posa sus ojos en mí.

—¿Estás loca?

Su pregunta es tan retórica que ni siquiera tiene signos de interrogación. De todos modos, balbuceo una respuesta.

—Samantha estaba aburrida, quería jugar. Rob es mi compañero de Cálculo…

—Suficiente —se voltea hacia Rob—. ¿Sabes lo que estás haciendo? Podrías lastimar de verdad a alguien.

—Fue un accidente —replica Rob—. Nos dejamos llevar —y añade—, *señor.*

—Bueno, no volverá a suceder —fulmina con la mirada a

Samantha, quien no ha dicho una palabra. Su respiración se ha vuelto normal. Todo rastro de felicidad desapareció de sus ojos, y solo queda su furia justificada.

—¿En qué demonios estabas *pensando*? —demanda mi padre.

—Estaba pensando en que quería jugar lacrosse —ladra. Luego lanza su bastón sobre el pecho de papá y él lo atrapa automáticamente—. Nadie salió lastimado. Ni siquiera el "pequeño problema".

Papá luce como si quisiera partir el bastón por la mitad. Su mandíbula está tensa.

—Entra, hablaremos de esto —mira a Rob—. Y *tú* irás a casa.

Rob da un paso hacia atrás y asiente rápidamente.

—Sí, señor.

—No —Samantha pone un brazo sobre los hombros de Rob y lo deja allí—. Es amigo de Maegan e iremos a cenar.

Rob respira, me mira como pidiéndome ayuda.

—Yo, eh...

Mi padre lo ignora.

—No harás tal cosa. Entrarás a casa y...

—¡No! —grita Samantha—. Tengo dieciocho años e iré a buscar algo para comer. No hice nada malo. Estaba jugando un *estúpido juego*. No me dirás qué hacer —su voz se quiebra y comienza a llorar—. ¿Okey, papá? —su respiración se acelera—. Era un estúpido juego. Y ahora iré a comer una estúpida cena.

Papá respira profundamente y pasa una mano por su nuca.

—Samantha...

—Vamos —me dice a mí—. Necesito salir de aquí —luego se voltea y comienza a arrastrar a Rob hacia su coche.

Los sigo, aunque no sé con seguridad si estoy haciendo lo

correcto. El enojo de mi padre revolotea en el aire y parece seguirme hasta el automóvil.

Rob no se molesta en quitarse los protectores, solo lanza su casco en el asiento trasero. Me muevo para que Samantha viaje como copiloto, pero finalmente suelta el brazo de Rob y me empuja hacia la puerta del acompañante.

Una vez que estamos adentro, me doy cuenta de que mi padre sigue en el medio el jardín y está fulminando el coche con la mirada.

—¿Estás segura de esto? —pregunta Rob por lo bajo.

—Sí —dice Samantha ferozmente—. No puedo regresar *ahora*.

—De acuerdo —enciende el motor y sale de la entrada para vehículos. Se quita el cabello transpirado de sus ojos.

Después de un minuto de silencio, Samantha estalla en risas.

—*Señor.* Oh, por Dios, eso fue demasiado. No eres tonto, Rob.

Él encoje los hombros y la mira por el espejo retrovisor, luego me mira a mí.

—Bueno, ya sabes —sonríe y las mariposas se vuelven locas en mi abdomen—. Él tenía un arma.

CAPÍTULO 15

ROB

DEBERÍA ESTAR PENSANDO EN QUÉ BIEN SE SINTIÓ CORRER CON UN bastón de lacrosse en mis manos otra vez. O tal vez en cuán horrible se sintió tener a un policía en mi rostro. O en el hecho de que podría haber lastimado de verdad a la hermana de Maegan, aunque Samantha podría patearme el trasero de verdad. En el campo y fuera de él.

Siendo honesto, debería estar prestándole más atención al hecho de que Maegan luce verdaderamente linda con el pelo suelto.

En cambio, estoy pensando en el hecho de que su padre fue el primer hombre que vi después de encontrar a *mi* padre y verlo esta noche trajo en una ráfaga todos los recuerdos empapados de sangre. Se rieron porque lo llamé "señor", pero no fue por respeto. Estaba atrapado en un recuerdo en el que mis ojos no querían ver y mi cerebro funcionaba en piloto automático por el shock.

También estoy pensando en el hecho de que tengo tres dólares en mi bolsillo y, según este estúpido menú, un refresco cuesta un dólar noventa y nueve.

Estos pensamientos se enredan entre sí y no llevan a ningún buen lugar. Algunos días, realmente odio a mi padre. Desearía haber dividido los cuarenta dólares con Owen.

Apenas se me ocurre esa idea, me invade la culpa. El dinero que tuvimos en algún momento era *robado*. Papá no perdió el dinero apostando o en la bolsa. Ya he tomado suficiente y no necesito cenar en un restaurante mejicano de poca monta a cuentas de otro. Un refresco está bien. Diablos, solo agua está bien.

No me arrepiento de haberle dado a Owen todo.

Si me arrepiento de algo en absoluto, debería ser de haberlo robado.

Pero no lo hago.

La señora de la caja dijo que debería haber sido más sensato con mi dinero.

Sigo enojado al respecto. Si un chico con dinero pidiera seis porciones de patatas, ¿haría un comentario similar? Por supuesto que no.

Pero bueno, un chico con dinero no hubiera estado comiendo un sándwich de queso gratis todo el año. Todavía no puedo decidir si eso importa. No es culpa de Owen. Él no eligió a su madre.

Y yo tampoco elegí a mi padre.

Me pregunto si mi padre se justificaba de esta manera.

—¿Estás bien? —dice Maegan.

—Sí, no —paso una mano por mi cabello, quitándome el sudor—. Estoy bien —apoyo el menú en un costado y bebo un sorbo de mi agua. Al menos eso es gratis.

—Entonces —no deja de estudiarme—, ¿eso fue un sí o un no?

Puede que su hermana me derribe en el campo de juego, pero Maegan puede acorralarme con palabras. Es más tranquila, aunque eso solo significa que pasa más tiempo pensando. Evito su mirada.

—Estoy bien.

—Papá invita la cena —anuncia Samantha—. Ayer me dio su tarjeta de crédito para cargarle gasolina al coche, así que invita él.

—No es necesario que hagas eso —no puedo tomar dinero de un policía. Especialmente de uno que fue amable conmigo.

—Oh, lo haremos —dice Samantha—. Estoy harta de estar encerrada en casa con ellos. Y estoy en deuda contigo por haber venido a jugar. Lanzar el balón contra el rebotador me estaba matando.

—Cuando quieras —respondo—. Conozco el sentimiento.

—¿Mañana?

Maegan casi se ahoga con su agua. No puedo darme cuenta de si es algo bueno o malo. No puedo darme cuenta de si *quiero* que sea algo bueno o malo. Me he olvidado completamente cómo comportarme en compañía de chicas. No hay desafío alguno cuando ellas se arrojan sobre ti. Es un poco diferente cuando ninguna te da siquiera la hora.

Mis pensamientos están dispersos. Tal vez estoy confundiendo una simple cortesía con un coqueteo. Como cuando se sentó en el fondo del aula con la excusa de que era "justo".

O tal vez no.

Samantha sigue esperando una respuesta. Como siempre, me quedé callado retorciendo mis pensamientos en nudos por demasiado tiempo.

—No puedo dejar a mi mamá sola todas las noches —digo—. ¿El viernes?

—Trato hecho.

—Siempre y cuando tu papá no me espere en el porche con una escopeta.

—Revisaré sus horarios antes —dice Maegan.

Eso es tranquilizador.

Un mesero se acerca a la mesa. Tiene más o menos nuestra edad, pero no lo conozco. Luce como si pasara su tiempo con la gente hípster, su cabello es naranja salvaje y tiene anteojos de marco grueso. Su identificación dice *Craig*.

—Hola, de nuevo —dice, sus ojos se enfocan en Samanta. Su voz es casi un susurro.

Guau. Puede que me haya olvidado cómo actuar con las chicas, pero por lo menos puedo evitar babearme. Este chico ni siquiera es sutil.

Quiero decir, lo entiendo, la hermana de Maegan es un poco demasiado intensa para mí. Definitivamente es demasiado intensa para él. Sobre todo, considerando que Sam lo mira con una expresión en blanco.

—¿De nuevo?

—Hola, Craig —Maegan golpea a su hermana con el hombro.

—Ah, cierto —Samantha cierra su menú—. Queremos el guacamole, una porción de tacos y una de flautas. Unas fajitas. Y las…

—¿Estamos esperado a una multitud? —la interrumpe Maegan.

—Tengo hambre —Samantha me mira—. ¿Qué quieres?

Ahora que estamos hablando de comida, estoy hambriento. Es como si la sola mención del guacamole hubiera activado los receptores de comida en mi cerebro.

—Estoy bien. Nada. Cenaré con mamá.

Samantha mira a Craig.

—Dos porciones de tacos —luego gira hacia Maegan—. ¿Tú qué quieres?

—Estoy bastante segura de que habrá suficiente para compartir.

Craig garabatea algo en su anotador y se marcha, pero no antes de sonreírle brevemente a Samantha.

—Está tan obsesionado contigo —le dice Maegan a su hermana por lo bajo.

—Ay, por Dios. No lo está.

—Lo está —acoto.

Ambos pares de ojos se posan en mí y casi me sonrojo. Todavía me estoy acostumbrando a la idea de tener compañía.

—Me sorprende que no se haya caído accidentalmente en tu regazo —añado.

Los ojos de Samantha se iluminan, pero solo por un momento, luego su rostro se ensombrece.

—Demasiado complicado. Todavía no sé qué hacer respecto a David.

—¿El padre? —aventuro.

—Sí —restriega su rostro—. Sigo esperando para llamarlo, pero me bloqueó. Megs dice que puedo usar su teléfono, pero... ¿qué piensas?

Por un minuto, no comprendo que está pidiendo mi consejo.

—¿Qué pienso *yo*?

—Sí —su mano cae de su rostro—. Eres un chico. Si embarazaras a una chica y luego bloquearas sus llamadas y ella te llamara desde otro número, ¿qué harías? ¿Cortarías la llamada?

—Eso es demasiado hipotético.

—¿Entonces? —sus ojos no se despegan de los míos.

—Si dejara embarazada a una chica, no bloquearía sus llamadas.

—No estás ayudando —sus ojos lucen heridos.

—Es su profesor —dice Maegan con suavidad—. Y está casado.

Desde que encontré a mi padre en su estudio, es difícil sorprenderme. Esto lo está logrando. No sé qué expresión debo tener, pero no debe ser buena.

—¡Dijiste que *sabía*! —Samantha le da un golpe a la mesa con su palma.

—Sabía del bebé. No le conté todos los detalles sórdidos.

Aclaro mi garganta y me siento erguido.

—Deberías llamarlo.

—¿En serio? —Samantha me mira, sus ojos están esperanzados. Es como si deseara que dijera eso.

—Sí. Es su hijo, ¿verdad? Además, no es un novato universitario. Puede comportarse como un hombre y responder una llamada.

Dios. Sueno como mi padre. La idea hace que frunza el ceño, pero Samantha no lo nota.

—Muy bien, de acuerdo —su respiración se acelera—. Megs. Dame tu teléfono.

—¿Lo llamarás aquí? ¿Ahora? —Maegan le da su teléfono.

–Tengo que hacerlo o nunca me atreveré –comienza a marcar–. Iré afuera. Ven a buscarme cuando llegue el guacamole.

–¿Quieres que interrumpa tu llamada con David por *comida*?

–Cállate, está llamando –se aleja de la mesa y quedamos Maegan y yo solos.

Tengo que aclararme la garganta. Destrozo el envoltorio de mi sorbete para hacer algo con las manos.

–Así que, su profesor casado, ¿eh?

–Sí –duda, su voz es muy bajita–. Mis padres no saben *esa* parte.

Pienso en la manera en que su padre se enojó por el hecho de que estuviéramos jugando lacrosse. Probablemente, esto sería otro nivel de furia.

–Supongo que este David no podría salirse con la suya diciendo *señor*.

–No.

–¿El tipo tiene sesenta? Porque *profesor* me hace pensar en alguien con barba blanca y fumando pipa subiéndose en tu hermana.

Maegan se ahoga con su bebida y luego se ríe. Es tan seria todo el tiempo que se siente como un premio haberla hecho reír. Tengo que devolverle la sonrisa.

Me olvidé completamente cómo se sentía esto: sentarme en un restaurante y reírme.

El pensamiento me trae a la realidad. Dios, soy un perdedor.

–No –responde todavía sonriendo–. Pero casi llega a los treinta. Mis padres se volverán locos.

–¿Qué hará tu hermana?

–No lo sé. No creo que ella lo sepa. Y está tornando muy

incómodo el ambiente en casa —vacila—. Nadie quiere presenciar el debate sobre el aborto durante la cena. Por eso estamos aquí por segunda vez esta semana.

Guau. Está considerando terminar el embarazo y ese bastardo ni siquiera responde sus llamadas. ¿No quiere saber? Creo que yo querría saberlo.

—Lo lamento —Maegan hace una mueca—. Estoy segura de que esto es lo último en lo que quieres pensar. No quise que te obligara a cenar con nosotras.

—No me obligaron —encojo los hombros y uso mi sorbete para tocar el fondo de mi vaso de agua—. Y es lindo pensar en otra cosa que no sea si mi padre necesita un cambio de pañal —se queda quieta y su rostro empalidece ligeramente.

Ahora es mi turno de hacer una mueca.

—Lo lamento. Demasiada información.

—¿Tú tienes que… hacer eso?

Lo dije como un comentario improvisado, pero desearía no haber dicho nada. Me muevo en mi silla y mantengo los ojos en mi vaso. No hablo de esto con nadie. Nunca.

—Hay una enfermera que viene durante el día. Pero a la noche tengo que ayudar a mamá.

Hay un silencio absoluto por un momento. El restaurante no está muy lleno, pero nuestra mesa parece cubierta por un arrepentimiento silencioso. Si estuviéramos en el césped y Samantha me golpeara en este momento, me desarmaría en un millón de pedacitos.

Luego, Maegan apoya su mano sobre la mía.

—Rob, lo lamento tanto.

Se me cierra la garganta. Es demasiado, después de que resurgieran los recuerdos de mi padre. Respiro profundamente y encojo los hombros.

—Está bien. Es la vida. Ya sabes.

—Lo sé.

Pero no suelta mi mano. Es la primera vez en meses que alguien además de mi mamá me toca voluntariamente. Sus dedos son un peso cálido sobre los míos.

Había olvidado cómo se sentía esto. Mi respiración se hace superficial. No me merezco esto, pero no logro alejarme.

—¡Hola, chicos! —una chica nos saluda alegremente.

Escondo mi mano y contengo las lágrimas que no me había percatado que estaban tan cerca. Cierro todas mis emociones en una bóveda.

Una chica y un chico se acercan a la mesa. No los conozco, pero los he visto en la escuela. Creo que el nombre de la chica es Rachel. Es alta, casi tan alta como yo, con rizos espiralados. El chico es todavía más alto y es puro músculo, tiene unos jeans y una camisa de lana escocesa. Creo que juega fútbol americano, pero podría estar equivocado. Su expresión es ilegible.

Tampoco estoy haciendo un gran esfuerzo en dilucidarlo. Mi cerebro está dando vueltas, sigue atrapado en el momento de hace dos minutos, cuando la mano de Maegan se apoyó sobre la mía.

—Hola —dice Maegan. Suena sorprendida, lo que es cien por ciento mejor de cómo yo me siento—. ¿Qué hacen por aquí?

—Estaba antojada de tacos, así que le rogué a Drew que me llevara a comer —Rachel se acomoda en la silla que ocupaba Samantha, dejando al chico para que se siente a mi lado.

—¿Por qué no te nos unes? —digo secamente. Quise sonar relajado, pero sueno como un idiota.

Drew acerca su silla a la mesa.

—Lo haremos. Gracias.

Bueno, bien. Él también suena como un idiota. Por lo menos estamos en el mismo nivel.

Una tensión familiar cubre la mesa, o por lo menos es una tensión familiar para *mí*. Es la misma tensión presente en cada interacción en clase, cada discusión con alguien que podría haber conocido a mi padre.

Maegan debe percatarse porque se inclina hacia adelante y habla titubeando.

—Mmm. Rob, ella es mi mejor amiga, Rachel. Y su novio, Drew.

—Hola —digo. Puedo hacer esto. Puedo ser normal. Impulsada por mi saludo, Maegan sigue.

—Drew, Rachel, él es…

—Sabemos quién es —Drew abre el menú. Por supuesto que saben.

Daría lo que fuera para que mi madre me llamara con una emergencia en este momento. La casa en llamas. Mi padre hablando en lenguas. El FBI en nuestro porche otra vez. Cualquier cosa.

Mi teléfono sigue en silencio en mi bolsillo. Traidor.

Rachel se inclina sobre Maegan. Habla en voz baja, pero no hace un gran trabajo.

—¿Están en una cita? ¿Cómo no me contaste?

—No es una cita —responde Maegan rápidamente.

—¿Caridad? —Drew me mira.

Rachel le da una patadita y lo reprende por lo bajo, pero sus ojos no se despegan de los míos. Estoy bastante seguro de que mis ojos están enviando un claro mensaje como respuesta.

—No —balbucea Maegan—, Samantha quería hacer algunos ejercicios de lacrosse, así que invité a Rob…

—¿Tu hermana todavía no volvió a la universidad? —pregunta Rachel—. ¿Sigue enferma?

La boca de Maegan se abre, pero no sale ningún sonido. Nunca he visto a alguien tan malo para guardar secretos. Contará toda la verdad, *otra vez* y creería que estas personas son más capaces de chismosear que yo.

—Dijo que es el primer día que se despierta sin fiebre —ofrezco—. Supuse que no podría contagiarme una infección de un balón de lacrosse.

—Y, de todos modos, tampoco te quedaron muchos amigos, ¿no? —dice Drew.

—Ey —dice Maegan—. Basta.

Un año atrás, hubiera considerado esto una rivalidad entre deportes: el equipo de lacrosse y el de fútbol americano siempre han tenido una competencia no tan amistosa. Pero ahora hay demasiada historia de mi lado y es imposible ignorarlo. No sé si Drew tiene un problema específico conmigo, no llevo registro de *cada* demanda pendiente contra mi familia, pero ya me torturo lo suficiente solo. No necesito que este idiota me ayude.

Hago una bolita con mi servilleta y la lanzo sobre la mesa.

—¿Crees que tus amigos pueden llevarte a casa? —le digo a Maegan.

—Yo… —mira con incertidumbre a Drew, quien estudia el

menú con intensidad extra y luego a Rachel quien claramente está incómoda, pero es obvio que no hablará en contra de su hombre. Los ojos de Maegan vuelven a posarse sobre mí–. Rob, espera, por favor...

—Envíame un mensaje cuando quieras trabajar en el proyecto.

Dice algo como respuesta, pero no puedo escucharla por la sangre que corre en mis oídos. Sabía que esto era una mala idea. No sé cómo dejé que llegara tan lejos.

El aire frío golpea mi rostro cuando salgo con rapidez del restaurante. Mis ojos arden por el viento y hundo mis manos en los bolsillos de mi sudadera. Está lo suficientemente oscuro como para que nadie me vea.

Hasta que llego a mi Jeep y descubro a Samantha sentada sobre el parachoques trasero.

Está llorando con el rostro escondido en sus manos.

Demonios.

Debería ir buscar a Maegan. Ni siquiera puedo enviarle un mensaje porque Samantha tiene su teléfono. Ese restaurante es el último lugar al que quiero ir.

Soy tan imbécil que estoy parado aquí pensando en mi incomodidad cuando la hermana embarazada de Maegan está sentada sola en un estacionamiento frío, llorando en la parte trasera de mi coche.

Esto me pone en movimiento. Avanzo sobre la gravilla a grandes zancadas y me paro delante de ella.

—Supongo que no salió muy bien.

Se restriega los ojos y me mira.

—Respondió su esposa.

Mis pulmones se quedan sin aire y formo una nube de vapor. Giro y me dejo caer al lado de ella. Apenas conozco a esta chica, pero por lo menos no soy el único con problemas. Es un pensamiento tan egoísta que me quiero patear a mí mismo.

—Soy tan estúpida —limpia más lágrimas de sus mejillas.

—No eres estúpida.

—Acabas de conocerme. Confía en mí. Puedo ser muy estúpida —se limpia las últimas lágrimas de su mejilla y señala su abdomen—. Esta es la evidencia.

—No lo pusiste allí tú sola —me apoyo sobre el parachoques—. ¿Qué sucedió con la esposa?

Me mira. Sus ojos siguen húmedos.

—¿En serio te importa?

—Estoy escuchando —tengo un poco de curiosidad morbosa.

—Bueno, al principio pedí hablar con David. Casi no podía hablar, así que soné como un completo desastre. Se quedó callada por una *eternidad*. Me alejé del teléfono porque, de hecho, pensé que había cortado. Pero luego me preguntó quién era y… perdí el control. Comencé a llorar. Y luego, *y luego*, dijo: "Ah, genial, otra más" y cortó, ¿puedes creerlo? *Otra más* —comienza a llorar de vuelta, solloza abiertamente—. Este estúpido bebé hace que llore todo el tiempo. Odio llorar.

—Eres realmente buena en eso.

Se ríe a pesar de las lágrimas, luego levanta la mirada, sus pestañas están brillando.

—¿Viniste a ver cómo estaba?

—No —desearía poder afirmar compasión, desvío la mirada—, vine para marcharme.

–¿Por qué?

–Llegaron unos amigos de Maegan. No les caigo muy bien –pateo la gravilla del estacionamiento.

–¿Rachel y Drew? ¿Cuál es su problema? Suelen ser bastante agradables.

–Solo los he conocido por treinta segundos, pero "agradable" no es la palabra que usaría.

Se abre la puerta principal del restaurante y Maegan aparece envuelta en su chaqueta. Nos ve en la otra punta del estacionamiento y sus pasos se ralentizan por un momento.

–Sigues aquí –me dice. Pero luego debe notar el rostro con signos de lágrimas de su hermana y agrega–. ¡Sam! ¿Estás bien?

–Estoy mejor. Rob me hizo reír.

Ni siquiera estoy intentando ser gracioso. Me impulso en el coche y me incorporo.

–Las dejaré ir a cenar.

–Espera –Maegan pone una mano sobre mi manga. Sus ojos brillan en la oscuridad y nuestras exhalaciones forman una nube entre nosotros–. Drew estaba siendo un idiota. Lo lamento. No debería haberlo dejado decir esas cosas.

–No importa.

–Hay como cuatrocientos tacos, ¿quieres volver?

Echo un vistazo a la puerta del restaurante. La voz de Drew es como un taladro en mi cerebro.

¿Caridad?

No puedo. No debería haber hecho nada de esto. No pertenezco aquí. Sacudo la cabeza.

–Tengo que irme. No me gusta dejar sola a mamá.

La expresión de Maegan se estabiliza. Estoy seguro de que está pensando en lo que dije de papá. Estoy seguro de que está pensando en lo que sus amigos me dijeron directamente y sin reparos.

No sé qué piensa ella de mí. No sé por qué me importa, pero, repentinamente, me importa. Mucho. Me permití querer algo por cinco minutos y ahora es como perder todo otra vez.

–Mi vida es un desastre –le digo–. Acotemos esto a Cálculo, ¿sí?

Maegan parpadea. Sus ojos siguen brillando. Pero luego da un paso hacia atrás.

–Okey. Lo que tú quieras.

Luego, ella y su hermana salen del camino. Me encierro en mi Jeep dejándolas en el frío.

CAPÍTULO 16

LA NOCHE DE AYER CON MIS PADRES FUE UNA PESADILLA. PERO ESTA cena con mis amigos y mi hermana se está acercando.

Especialmente, considerando que Samantha no se muerde la lengua al hablar con Drew.

—¿Qué sucede? —dice cuando todos volvemos a sentarnos—. ¿Otro chico en la mesa te hace sentir inapropiado?

Drew resopla y toma un taco.

—Si estás hablando de Rob Lachlan, lo último que me hace sentir es inapropiado.

—Hace dos días —Rachel me mira a los ojos—, estabas molesta por tener que trabajar con él, ¿y ahora están cenando juntos?

—Yo lo invité a cenar —interviene Samantha—. No Maegan.

—Confía en mí —Drew le dice a mi hermana—. Puedes conseguir a alguien mejor.

—Qué cómico —replica—. Le dije lo mismo a Rachel.

—¡Sam! —estallo.

—Está bien —Drew se ríe—. Puedo soportarlo. No necesito marcharme.

Eso es definitivamente un ataque a Rob. Quiero defenderlo, pero no estoy segura cómo.

—¿Por qué te molesta tanto Rob?

—¿Por qué te sientes *mal* por él? Su padre robó millones de dólares y el chico sigue viviendo en una mansión —resopla—. Si *mi* papá robara algo, te garantizo que nadie diría "ay, pobre pequeño Drew". Estarían esperando a que apareciera en la gasolinera con una máscara de esquí.

Su respuesta hace que me calle. No sé qué decir.

Drew toma otro taco.

—¿Ves? Sabes que tengo razón. *Tú* hiciste trampa en el SAT y ni siquiera te suspendieron. ¡Puedes volver a rendirlo! ¡Sin preguntas! ¿Crees que hubiera pasado lo mismo con un chico negro? Diablos, cuando estaba en primer año, un chico perdió su cartera en la clase de Gimnasia y el primer casillero que revisaron fue el mío.

Trago saliva.

—No la suspendieron porque fue su primera falta —dice Samanta.

—Y es una estudiante de puros dieces —agrega Rachel—. Cometió un error.

Fijo los ojos en mi plato. No me gusta la dirección de esta conversación.

Especialmente porque sé que Drew tiene razón.

–Un error –Drew se limpia la boca con una servilleta–. Ese es mi punto. Ustedes pueden *cometer* errores. Rob Lachlan luce culpable todo el tiempo. No hay forma de que no supiera lo que estaba haciendo su padre, pero sigue haciendo su vida sin una tobillera electrónica –resopla–. Pobre Rob. Por favor.

Hay tantas cosas que quiero decir.

No hizo nada malo.

Está solo.

Está triste.

Está viviendo con el cuerpo vacío de su padre.

Pero nada de eso significa que Rob es inocente. Puede estar triste *y* ser culpable. No sé nada sobre inversiones o sobre lo que implicaría una pasantía, si es que eso era. Si Rob trabajaba para su papá, ¿lo habría sabido? ¿Cómo podía no saberlo?

Con toda la escuela en su contra, es difícil defenderlo. Apenas se defiende él mismo. Drew tiene razón: Rob *sí* se marchó. ¿Es un signo de debilidad o de culpa? ¿O es un chico tan golpeado que ya no puede soportar más?

Las palabras de Drew balancean todos estos pensamientos: ¿solo le estoy dando a Rob el beneficio de la duda por el color de su piel?

–No puede evitar ser blanco –dice Samantha. Se sirvió una cucharada gigante de guacamole en su plato y ahora está hundiendo su taco en ella.

–Nadie dice que tiene que *evitarlo* –dice Drew–. Solo digo que por ser blanco recibe excepciones. Muchas excepciones.

Repentinamente, esto se siente tan complicado. Drew no está

equivocado. Las consecuencias parecen ser maleables. Miren a Samantha. Miren a Rob.

Mírenme a mí.

Quiero a Rachel y me cae bien Drew, pero no quiero estar en esta cena.

Mi teléfono descansa en mi mano. Quiero enviarle un mensaje a Rob y ver si está bien. Rachel me está observando.

—Te gusta —dice en voz baja.

—¿Qué? —levanto la cabeza rápidamente—. No. No me gusta.

—No estás diciendo nada.

—Acabo de decir algo —estoy irritada.

—Estás sonrojándote —esperaba un tono juguetón, pero me equivoco. No parece gustarle la idea. En realidad, nunca hemos hablado de Rob Lachlan, pero pienso en cómo se quedó callada cuando Drew estaba siendo tan desagradable.

—Estás bastante roja —mi hermana concuerda. Carga otro taco con guacamole. Me pregunto cómo lucirá esa comida cuando reaparezca más tarde.

Drew se ríe.

—Tu padre te metería en prisión si intentaras salir con Rob Lachlan.

—No, no lo haría —respondo de mala manera—. Y no quiero salir con él. Es mi compañero de Cálculo. Jugó un rato con Samantha porque estaba en casa. Fin.

Mi voz es demasiado fuerte, demasiado tensa. Un silencio cae sobre toda la mesa. Rachel y Drew intercambian miradas.

Olviden esto. Me pongo de pie.

—Llamaré a mamá para que me venga a buscar.

—Tal vez deberías llamar a Rob —dice Drew. Luego se ríe—. Tal vez serían la pareja perfecta.

Eso es un ataque para mí. Me marcho furiosa de la mesa. El hecho de que estaba pensando enviarle un mensaje a Rob no me hace sentir mejor.

El aire hace que me duela la piel cuando salgo del restaurante. Tal vez Rob merezca ser el paria de los estudiantes de último año. No era precisamente amistoso y acogedor cuando era popular. No puedo reconciliar la imagen de Rob Lachlan del típico atleta con el chico que parecía estar a punto de ponerse a llorar en el medio de Taco Taco.

La puerta del restaurante se abre y mis pies crujen sobre la gravilla. Espero ver a Rachel detrás de mí, especialmente cuando siento un brazo sobre mis hombros, pero es Samantha.

—¿Estás bien? —pregunta.

—Es una noche rara.

—Drew estaba siendo un poco cruel —dice.

—No. Tiene razón —me detengo—. Tal vez le estoy dando a Rob un pase libre. Tal vez sí ayudó a estafar a todo el pueblo.

Samantha se queda callada por un minuto.

—¿En serio crees eso?

—No sé qué creer.

—Recuerdo cuando papá vino a casa esa noche. Cuando el papá de Rob intentó suicidarse. Estaba muy afectado.

Asiento. También me acuerdo de eso. Caminamos en silencio por un par de minutos.

—Todos en la escuela lo odian —digo finalmente—. Todos creen que tuvo algo que ver.

—La gente ama encontrar el eslabón débil que la haga sentirse superior. Lo veo en lacrosse todo el tiempo. ¿Una chica no puede mantener el ritmo? Derríbala todavía más. Si otra persona es débil significa que tú estás en ventaja.

Su voz es triste. Deberíamos llamar a mamá, pero seguimos avanzando, salimos del estacionamiento y caminamos al costado del camino.

—¿Crees que eso te sucedería a ti? —digo.

—Por supuesto, ¿acaso no te sucedió a ti?

Frunzo el ceño. Es la primera vez que me pregunta sobre cuando hice trampa. Honestamente, ni siquiera estaba segura si sabía cuánto cambiaron las cosas para mí.

—Sí —pauso—. No creí que lo hubieras notado.

—Por supuesto que lo noté —duda, luego suelta una larga exhalación de vapor al aire—. Megs…

—No quiero hablar de eso.

Apenas digo las palabras, me doy cuenta de que estoy mintiendo. Quiero que me presione, pero no lo hace. El silencio se agiganta entre nosotras y necesito romperlo.

—¿Quieres terminar tu embarazo? —le pregunto.

—*Yo* no quiero hablar de *eso* —mantiene su brazo sobre mis hombros y seguimos caminando—. Te gusta Rob, ¿no?

—Él es… interesante —miro hacia su perfil ensombrecido—. ¿Crees que es posible que realmente no supiera lo que su papá estaba haciendo?

—¿Sabes todo lo que hace *nuestro* padre?

—No, pero eso es un poco distinto. Papá es policía. No soy su copiloto todas las noches.

—Sí, bueno, incluso si lo fueras, ¿crees que papá te involucraría en algo ilegal?

—Lo dudo… pero papá no haría algo así. Es demasiado honesto. No puedo compararlo con un tipo que robó millones de dólares.

—Seguía siendo un padre.

El pensamiento es desgarrador. Repiquetea en mi cabeza junto al comentario de Rob de tener que cambiar los pañales de su padre. Ni siquiera puedo imaginarlo. No *quiero* imaginarlo.

—Esto es tan complicado —digo.

—Confía en mí —Samantha le da una palmadita a su estómago todavía plano—. Sé mucho de asuntos complicados.

Llamamos a mamá desde un pequeño centro comercial, pero no es ella quien viene a buscarnos.

Viene papá. En su patrulla.

Me meto obedientemente, pero Samantha camina hasta la ventana del conductor y le da golpecitos hasta que papá la baja.

—Llamé a mamá —dice inclinada sobre la ventana.

—Tu madre está en pijama —su voz es mucho más dura con Samantha de lo que es conmigo. Especialmente ahora—. Me tienes a mí.

—No subiré al vehículo si piensas regañarme por jugar lacrosse.

Papá suspira.

—Lo último que me preocupa es que juegues lacrosse.

–¿Estás preocupado PORQUE ESTOY EMBARAZADA? –prácticamente grita y una pareja de ancianos que sale de la lavandería de al lado observa con curiosidad. Nada como una adolescente gritándole a un policía como para llamar un poco la atención.

–Entra. Al. Coche –la voz de mi padre podría cortar un vidrio.

–No hasta que prometas que no me interrogarás.

–Estoy a punto de *arrestarte*. Entra.

–¿ARRESTARÁS A UNA ADOLESCENTE EMBARAZADA?

Mi padre sale del coche con tal velocidad que Samantha, de hecho, empalidece y retrocede algunos pasos. Su voz es letalmente tranquila.

–Entrarás en este vehículo o iré hasta tu escuela e interrogaré a cada chico hasta que encuentre al que te hizo esto.

–¿Ah, sí? –Samanta replica–. Inténtalo.

–Obsérvame.

–¿Puedo antes bajarme del coche? –grito.

Quiebro la tensión. Mi padre suspira y levanta las manos.

–Está bien, Samantha. Tú ganas. ¿Quieres a tu madre? Está bien. Le diré que se vista y te venga a buscar –saca su celular del bolsillo. Espero que eso impulse a Samantha a moverse y se meta en el automóvil. No lo hace. Se queda de brazos cruzados mientras papá hace la llamada y lo escucha explicar la situación.

Pobre mamá.

Papá solo habla por unos pocos momentos.

–… sí, se rehúsa a venir conmigo. No quiero un video mío, forzando a mi hija a subirse a una patrulla, en YouTube –luego presiona el botón para terminar la llamada.

Arroja el teléfono en el posavasos y sube la ventanilla entre él y Samantha.

Esperaba que ella fuera la copiloto, privilegio de hermana mayor solía llamarlo, así que ahora estoy en el asiento trasero como una prisionera. Papá no está de guardia, así que la radio está en volumen bajo, pero siempre prendida. Escucho códigos a través de los cables que informan problemas por todo el condado.

Cuando cerró la ventana, creí que encendería el motor, pero no se mueve. Nos quedamos sentados en una calidez silenciosa, escuchamos un reporte sobre una alarma que se activó en una tienda en Linthicum.

Nos quedamos sentados tanto tiempo que me pregunto si debería haberme bajado para esperar con mi hermana. Por solidaridad o algo. Pero no puedo abrir la puerta desde adentro y ella sigue al costado del vehículo con los brazos cruzados. Su respiración forma nubes de humo.

Quiero preguntar si puedo bajarme y darle mi abrigo, pero no quiero que papá me grite. Ya puede ver que ella tiene frío.

—¿Estamos esperando a mamá? —pregunto con suavidad.

—Por supuesto —su voz es áspera—. No dejaré a tu hermana en el medio de un estacionamiento.

Si mamá hubiera estado vestida y lista para salir cuando papá la llamó, tardaría al menos diez minutos en llegar aquí. Me recuesto contra mi asiento y suspiro.

—¿Qué estás haciendo con ese chico? —me pregunta.

Oh, oh.

—¿Puedo salir y esperar con Samantha?

—Maegan.

—Ya te lo dije, es mi compañero de Cálculo. Sam estaba diciendo que quería hacer algunos ejercicios, él juega lacrosse así que…

—Anoche necesitabas el coche para ir a Walgreens. ¿Te encontraste con Rob Lachlan?

—Sí —pauso—. ¿Eso es un problema?

Papá está callado. Piensa.

—No es como si fuera un criminal violento —agrego—. Tenemos que hacer distintos cálculos y lanzar un balón desde diferentes alturas. Es perfectamente educado.

—No me preocupa que sea educado.

—Entonces, ¿qué te preocupa? —después de la actitud de Drew, esto es casi demasiado. Mi voz se torna filosa—. ¿También crees que es culpable?

—No lo sé. No fue mi investigación —su voz es tranquila. Mamá y Samantha siempre han sido cercanas, pero papá siempre ha sido más suave conmigo que con mi hermana—. Sé que el chico pasó por un mal momento y no mejorará en un futuro cercano —se gira en su asiento para mirarme a través de la red cuadriculada—. Sé que tú también tuviste un mal momento el año pasado y necesitas recuperar el rumbo correcto.

—¿Así que piensas que debería alienarlo como todos los demás?

—Pienso que las personas desesperadas hacen cosas desesperadas —encoje un poco los hombros—. Sabes lo que hizo su padre. Crecer con eso como modelo a seguir… no sabes qué puede hacerle a una persona, cariño.

No sé si se refiere a los millones robados, al intento de suicidio o a ambos. Trago saliva antes de responder.

—Está bien, papá.

–Haz tu proyecto. Sé amable con él como siempre lo eres, pero no lo vuelvas a invitar a casa, ¿de acuerdo?

–Está bien –mi voz es suave–. ¿Piensas… piensas que haría algo malo?

–No quisiera pensar eso, pero perdió todo. Tiene a su madre. Por lo que sé, están en una situación muy delicada.

Rob se estremeció por un café de noventa y nueve centavos en Wegmans. Hoy estudió el menú de Taco Taco y luego se rehusó a cenar, prefirió beber un vaso de agua.

–Lo sé. Lo sé.

Unos focos delanteros brillan contra las vidrieras, luego mamá aparca su minivan en el espacio junto a dónde Samantha espera.

–Cuando has perdido todo –papá destraba su puerta–, a veces no ves nada malo en tomar un poco de vuelta.

Capítulo 17

ROB

Mamá está preparando ensalada César con pollo. Genial.

No tiene nada de malo la ensalada César con pollo, pero es un poco deprimente cuando tu estómago pensó que iba a ingerir tacos y guacamoles.

Mamá siempre hace trampa y le agrega tocino, una gran mejoría, y un montón de queso parmesano genérico. Recuerdo cuando rallaba su propio queso, pero sé que no es prudente mencionarlo. Está escuchando algo de música R&B en la cocina y canta mientras prepara el plato. Quiero decirle que es demasiado grande para ese tipo de música, pero es una rareza que el ambiente de la casa no sea tenso y solemne así que no la molestaré.

Papá está en la sala de estar, su silla de ruedas apunta hacia una repetición de *The Daily Show*. No le presto mucha atención a la política, pero sé que papá odiaba la comedia política. Me pregunto si mamá lo ubicó allí a propósito o si el programa de televisión comenzó mientras ella cocinaba.

No cambio el canal.

Cuando llego a la cocina, está bailando. Corta el pollo con ritmo.

—Estás de buen humor —digo.

—¡Robby! —apoya el cuchillo, luego baila hacia a mí para darme un beso en la mejilla—. Pensé que llegarías más tarde. Pensaba guardar tu ensalada.

—Nop, aquí estoy —vuelve a bailar hasta la tabla para picar.

Entonces noto la copa de vino tinto sobre la mesada y la botella por la mitad detrás de ella.

Guau.

No me molesta que beba. Diablos, me sorprende que no lo haga todas las noches. Me gustaría preguntarle si puedo unirme con una copa. Pero no ha habido una gota de alcohol en esta casa desde que papá jaló del gatillo. No sé si es por el dinero o si a mamá le preocupa lo que pueda pensar la gente —o una combinación de las dos—, pero siempre ha sido bastante conservadora.

—¿Hiciste una parada en la bodega? —pregunto.

—Un cliente le dio a mi jefe la botella y él me la dio a *mí* —enfatiza un poquito demasiado cada palabra y luego vuelve a cantar a la par de la música.

Podría vivir el resto de mi vida sin volver a escuchar a mi mamá cantar sobre lamer la piel de alguien. Me aclaro la garganta.

—¿Quieres que rebane el pollo?

—Nop, yo puedo.

La observo de todos modos, me preocupa que se arranque un dedo.

—¿Cómo está Connor? —pregunta justo cuando pensé que mi noche no podría ser más fastidiosa.

—¿Por qué diablos sabría cómo está Connor?

Me echa un vistazo sobre su hombro mientras el cuchillo vuela sobre la comida. Tengo que utilizar todas mis fuerzas para evitar quitárselo de la mano.

—Dijiste que ibas a jugar lacrosse con un amigo. Asumí que te encontrarías con Connor.

—No, mamá, no —aprieto los dientes—. Sé que estás ebria en este momento, pero tal vez mañana recuerdes que el papá de Connor fue quien…

—Wow —se voltea y me señala con el cuchillo. No de manera amenazadora, sino como para decir algo importante—. Primero, no estoy ni siquiera un *poquito* ebria. Segundo…

—Sí, seguro —resoplo.

—Segundo, lo que hizo el papá de Connor y lo que hizo *tú* papá no debería afectar su amistad. Ustedes eran unidos como bandidos.

—Que buena elección de palabras, mamá.

Hace una mueca y toma su copa para beber un sorbo.

—Cuando todo se estaba yendo al diablo, tenía la esperanza de que pudieras contar con él.

Pausa y su voz se suaviza.

—Éramos todos tan cercanos, Rob. Sabes eso. Fue difícil para Bill delatar a tu padre, pero no lo culpo a él. No puedo culparlo.

Lo que papá hacía estaba mal. Incluso Marjorie vino a casa a hacerme compañía el día después de que vino el FBI –la expresión de mamá se torna solemne–. ¿Sabías eso? Fue muy difícil para ella hacer eso. Significó mucho que no me tratara como…

–No quiero hablar de esto –Connor y yo éramos mejores amigos porque nuestros padres lo eran. Con frecuencia me pregunto qué hubiera hecho yo en la situación inversa: si Bill Tunstall hubiera sido el que estaba robando y Connor fuera el hijo avergonzado.

Pienso en la manera en que Connor se burla de mí en el colegio. Cómo me golpeó la cabeza y cómo me miró desde arriba mientras esperaba que limpiara el dinero desparramado. Su superioridad engreída.

Me gustaría pensar que nunca me comportaría de esa manera. Pero ahora pienso en cómo solía mirar a los chicos como Owen Goettler y me doy cuenta de que, probablemente, haría lo mismo que él.

Ese pensamiento no me reconforta en absoluto. Hace que me alegre haberle dicho a Maegan que mantengamos nuestra relación limitada al trabajo escolar. No merezco su amistad. No merezco la amabilidad de nadie.

Pero sus dedos eran tan cálidos sobre los míos. El aire tan silencioso entre nosotros. El inicio de la confianza.

Luego, llegaron sus amigos.

Sabemos quién es.

Mi padre solía decir: "No soy rencoroso, pero mi memoria funciona bien".

Mencionaba todo el tiempo a personas que lo habían traicionado por negocios, pero siempre tuve presente esa expresión. No dejaré que los comentarios amargos de Drew me revuelvan el estómago, pero tampoco los olvidaré.

—¿Quieres hablar de eso cuando veas al consejero? —pregunta mamá.

Me congelo. No. Quiero hablar de eso todavía menos. Casi me desmorono cuando le hice un comentario improvisado a Maegan sobre el cuidado de papá. No me puedo sentar en una habitación con un extraño durante una hora. No puedo hacerlo.

—Porque te hice una cita —continua—. Una chica del trabajo dice que su pastor trabaja con muchos de los jóvenes problemáticos de la comunidad. No es algo religioso, es solo alguien…

—Ya hice una cita —digo rápidamente.

Las palabras salen de mi boca automáticamente. Espero que mamá note la mentira en el acto, pero quizás el vino está actuando en mi favor. O peor, tal vez nunca le he dado un motivo para creer que podría mentirle.

—¿En serio? ¿En dónde? —su rostro se ilumina.

—Con el psicólogo de la escuela —otra mentira. Pero puedo enmendarla mañana. Puedo hacer una cita. Creo que tenemos un terapeuta. Estoy seguro de que tenemos algo.

En mi cabeza, mi conciencia está repiqueteando. ¿Mi papá mentía con tanta facilidad? ¿Mi madre le creía con tanta facilidad?

—¿En serio?

—Sí —asiento con la cabeza.

Por algún estúpido motivo, pienso en Maegan en el restaurante, en cómo casi cuenta todos los secretos de su hermana en la mesa. Es honesta. Es buena.

Estoy de pie, mintiéndole a mi madre ebria sobre algo

completamente intrascendente. Debería retractarme. Prometerle que veré a este pastor y no volver a mencionarlo otra vez. Pero me hundí demasiado en la mentira. Ya me está envolviendo entre sus brazos.

—Eres un chico tan bueno, Rob. No sé qué haría sin ti.

—Bueno —aclaro mi garganta—, hice una promesa y la cumpliré —soy un hijo horrible.

Esta noche, los ojos de mi padre parecen estar siguiéndome. Estoy seguro de que es mi imaginación, pero siento como si él supiera que mentí. Está juzgándome.

Quiero ir hasta él y voltear su silla.

No, pensándolo mejor, no quiero.

Quiero que se quede allí. Quiero que vea lo que creó.

A la mañana siguiente, necesito volver a la biblioteca. No pude dormir después de todo lo que pasó, así que me acomodé en mi cama y leí el libro entero. No empecé a dormitar hasta después de las cuatro de la mañana así que fue un lindo regalo que la alarma sonara a las seis.

Mi teléfono estaba a mi lado mientras leía y tenía la esperanza de que Maegan me enviara un mensaje, pero no lo hizo, por supuesto. Estamos haciendo un proyecto de Cálculo juntos y específicamente le dije que nos limitáramos a eso. Sus amigos más cercanos creen que ayudé a mi padre a malversar siete millones de dólares. Nada importante.

La falta de sueño no está ayudando a mi estado mental.

—¡Señor Lachlan! ¡Volvió muy pronto! —el falso ánimo del señor London es como una pistola de dardos. Cada palabra es perforante. *Bang. Bang. Bang.*—. ¿Qué le pareció?

Hoy no tengo tolerancia.

—No es necesario qué haga eso —gruño—. Sé que me odia. Solo admítalo, ¿sí?

Se sobresalta. Todo rastro de felicidad de elimina de su rostro. Ahora luce como si le hubiera *disparado*.

—Necesito encontrar una fuente impresa para este proyecto de Sociología. Ven conmigo, Con-con —escucho a una chica a la vuelta de la esquina.

Con-con. Es Lexi Miter. La novia de Connor. Solía burlarme de él por ese apodo. No sé cómo lo tolera hace tanto tiempo. Honestamente, no sé cómo la tolera *a ella* hace tanto tiempo.

Lexi es el tipo de chica que piensa que todo es gracioso, incluso las cosas que en verdad *no* lo son. Si tuviera dinero, apostaría a que hizo alguna broma sobre la manera en que encontré a mi padre.

Tiene una tarjeta de crédito que pagan sus padres sin hacer preguntas. Una vez, alguien en internet consiguió sus datos y gastó unos tres mil dólares en Amazon. Sus padres lo pagaron y no se dieron cuenta de que las compras eran fraudulentas por seis meses. En ese momento, la empresa de la tarjeta de crédito no invalidó las compras. Dijeron que era responsabilidad de los Miter controlar los resúmenes bancarios a tiempo.

Sé todo esto porque a Lexi le pareció *divertidísimo*. "¿Quién tiene tiempo para leer un montón de estúpidos papeles? Tengo una *vida*".

Tres mil dólares. Graciosísimo.

La peor parte es que en esa época, recuerdo pensar que mi papá le haría un escándalo a la empresa de la tarjeta de crédito por rehusarse a invalidar los cargos. No estaba pensando en que Lexi había sido descuidada. O que sus padres lo habían sido.

Unos pocos días después del incidente, Lexi le envió un mensaje de texto con el número de su tarjeta de crédito a nuestro grupo cercano. Dijo:

—Si a mis padres no les importa, todos deberían disfrutar los frutos.

Todavía lo tengo guardado en algún lugar. Recuerdo estar tentado, pero nunca lo usé.

Se sentía demasiado como robar.

Qué ironía.

—Necesito preguntarle al señor London en dónde guardan las revistas más viejas —dice Lexi y su voz me sobresalta levemente. En un segundo, estarán a la vista.

Una vez más, recuerdo la expresión en el rostro de Connor cuando se paró sobre mí con la caja del dinero en su mano. No sé si esconderme detrás del mostrador o hundir mi puño en su cabeza.

Debo ser evidente porque el señor London da un paso hacia atrás y alza la tabla del mostrador.

—¿Quieres esconderte en mi oficina?

Me quedo sin aire, sorprendido. Básicamente acabo de enviar al señor London al diablo. Lo último que merezco es compasión.

Pero luego Connor agrega:

—Como sea, Lex. Pero apúrate, quiero un bagel.

Atravieso la apertura y entro en la oscura oficina del señor London. Mi respiración está demasiado acelerada y suena con intensidad en el espacio que me rodea.

Después de mentirle a mi madre y de robar de la venta de pasteles, no debería sentirse tan humillante sumar *esconderse* a la lista, pero eso siento. Escucho a Lexi pedir indicaciones y el señor London se ofrece a mostrarle lo que sea que necesite.

Entonces me quedo solo, aguardando aquí en la penumbra silenciosa.

Su oficina es pequeña y no tiene ventanas, pero es acogedora. Su escritorio ocupa gran parte del espacio y una de las computadoras antiguas de la escuela cubre casi la mitad del escritorio. Hay libros y papeles apilados por todos lados, pero hay tres sillas: una para él y dos para otras personas.

Hay docenas de fotos sujetas con tachuelas a la pared. Mis ojos se resisten a detenerse en las que está con su marido: el marido que mi papá estafó. Trago saliva y duele. Necesito salir de aquí.

El señor London aparece en la puerta.

—Se marcharon.

—Gracias —no logro mirarlo a los ojos—. No toqué nada —mi enojo rápido de hace un minuto se siente tonto, pero no se me ocurre cómo disculparme.

El señor London se inclina sobre el marco de la puerta.

—No te hubiera dicho que esperaras aquí si me preocupara que tocaras algo.

Repentinamente, me siento atrapado. Confrontado. Se me eriza la piel y desearía que se moviera de la puerta. Mi respiración se vuelve a acelerar y froto mi mano en mi nuca. Todavía no logré mirarlo a los ojos. Mis dedos aprietan la correa de mi mochila.

—Ey —dice, su voz es baja—. Siéntate un minuto.

—Tengo que ir a clase.

—Puedo escribirte un pase.

—Está bien, no es necesario —me muevo en el lugar.

—Rob… Lo que dijiste …

—No lo sabía, ¿sí? —siento tanta presión en el pecho que las palabras salen de mi boca como si estuvieran intentando escapar—. Todos piensan que sabía, que lo estaba ayudando. Pero no lo sabía. No lo ayudé. No lo hubiera… No era…

Me ahogo y no puedo seguir. Tengo que tragar esta emoción antes de que se derrame por mi rostro. Casi estoy temblando por el esfuerzo.

Odio tanto a mi padre.

—Rob —el señor London no se movió—, siéntate. Tómate un minuto.

Su tono no acepta no por respuesta y tal vez necesito que alguien me diga qué hacer porque me dejo caer en la silla y suelto mi mochila en el suelo. Presiono mis ojos con la base de mis manos. Estoy levemente consciente de que el señor London se sentó en la silla de su escritorio cuando sus patas sueltan un chillido en protesta.

Luego, la habitación se llena de silencio que es interrumpido brevemente cuando suena la primera campana. Después de un minuto, bajo mis manos y mantengo los ojos en los bordes del escritorio.

—Lo lamento, no quise perder el control.

El señor London está callado y la silla vuelve a chillar cuando él se mueve en su lugar.

Está en silencio por tanto tiempo que mi emoción se seca y mi respiración se estabiliza. Finalmente, levanto la vista. Me está estudiando, su expresión es inescrutable.

—¿Qué? —pregunto.

—No te odio, Rob —hace una pausa—. No te mentiré, al principio fue… difícil —otra pausa—. Especialmente porque no dejabas de venir a la biblioteca —hace una mueca—. Pensé… pensé que tal vez estabas burlándote de mí.

Frunzo el ceño. Nunca se me ocurrió. Un nuevo tipo de vergüenza se instala en mi estómago. Sacudo mi cabeza rápidamente.

—No fue así. No lo haría. Yo…

—No, ahora lo sé. Al principio, no creía que estuvieras leyendo los libros realmente. Pensé que venías día por medio para tomarme por tonto —se interrumpe y esboza una media sonrisa—. Para *molestarme*. Pero luego tomaste prestado los libros de Harry Potter en orden y luego la saga *La Maldición del Ganador.* Y después todos los libros de *Trono de Cristal* y me di cuenta de que los estabas leyendo en serio. Quiero decir, si solo intentaras molestarme, tomarías cualquier libro del estante, no pasarías quince minutos leyendo contratapas —duda—. Te hubieras rendido cuando yo no reaccionara.

Pienso en el entusiasmo con el que me pregunta sobre cada libro que devuelvo.

—Entonces, se ha estado divirtiendo *conmigo*. Comprendo —tomo la correa de mi mochila.

—Al principio, sí. Pero ya no. No puedo leer todo. Y en serio me da curiosidad escuchar qué piensas.

Dudo. No sé con seguridad qué significa eso.

—No me percaté de que estabas sufriendo —agrega.

—No lo estoy —pero es mentira y ambos lo sabemos. Casi me pongo a llorar sobre su escritorio.

Una parte de mí desea que insista en este punto, pero no lo hace. Probablemente sea inapropiado que yo espere algo de él. Yo debería estar sosteniendo una caja de pañuelos de papel mientras *él* llora.

—¿Terminaste *Una antorcha en las tinieblas*? —pregunta.

—Sí, pero todavía no puedo devolverlo. Owen Goettler quiere leerlo.

—Son amigos —alza las cejas.

—No tengo idea.

Esto lo hace sonreír, pero sus ojos siguen un poco tristes.

—No es necesario que entres y salgas corriendo de aquí, ¿okey?

—Okey.

—En serio.

—Lo sé —pero no lo sé. De cierta manera, su honestidad me lleva al límite.

—Quieres salir corriendo ahora, ¿no? —duda.

—Sí.

—Está bien —toma un bloc de certificados de tardanza, lo firma. Tomo el papel y me voy.

CAPÍTULO 18

Maegan

Las advertencias de mi padre siguen dando vueltas en mi cabeza la mañana del jueves. Cumplo mi parte del trato y me siento en el fondo del salón de la señora Quick y espero a Rob. Todavía no sé si disculparme –porque quiero hacerlo– o si limitarme al proyecto porque eso es lo que él quiere. Sigo esperando saber con claridad qué hacer cuando lo vea.

Pero luego, suena la campana y no aparece. La señora Quick pide orden a la clase y estoy sentada sola en el fondo. Genial.

Todavía estoy nerviosa. Rachel me envió un mensaje ayer a la noche preguntándome por qué estoy tan molesta. Resalta que fui yo quien se había molestado por tener que trabajar con él.

No sé cómo responderle. Así que no lo he hecho.

Dejé el mensaje sin contestar por tanto tiempo que será raro cuando la vea en el almuerzo. La idea hace que se me revuelva el estómago.

Tal vez debería olvidar los últimos días. Nos asignaron un proyecto de Cálculo. No es como si Rob me hubiera invitado a salir o como si hubiéramos estado coqueteando café de por medio. Es Cálculo. Y ni siquiera está aquí.

Espero que esté bien.

El pensamiento surge espontáneamente, acompañado de escenarios imaginarios en los que su padre tiene una especie de emergencia médica o de otro tipo.

La peor parte de mí se pregunta si está faltando a clase a propósito. Dijo que tiene un diez en Cálculo, pero tampoco me mostró un analítico para probarlo. Tal vez sabe cómo mentir con tanto detalle que creería cualquier cosa que diga. El comentario de papá acerca de que Rob perdió todo pesa con intensidad en mi mente.

El chico pasó por un mal momento.

Me muerdo el labio. No puedo decidir si sentirme mal por él o endurecer mis sentimientos o ser recelosa.

Me pregunto si la gente siente lo mismo con respecto a mí.

Luego aparece en la puerta. Luce cansado y demacrado. Da unos golpecitos en el marco de la puerta y, cuando la señorita Quick gira para mirarlo, Rob alza un papel rosa. Un certificado de tardanza.

La profesora asiente y sigue con la clase.

Rob camina entre las filas de escritorios y se deja caer en la silla a mi lado.

No dice nada.

No digo nada.

Ahora esto es extraño.

Tomo un papelito suelto de mi carpeta y le escribo una nota rápida.

¿Estás bien?

Cuando lo deslizo sobre su libro de texto, Rob mira a las palabras por una eternidad. Desearía poder meterme en su cabeza y descifrarlo.

Asiente levemente, dobla la nota a la mitad y la guarda en su mochila.

Y luego, durante el resto de la clase, mantiene sus ojos concentrados hacia adelante y no me mira ni una sola vez.

Para la hora del almuerzo, siento como si se hubiera dibujado una línea en la arena. Bueno, en el piso de cerámica. Me alejo de la caja con mi bandeja y veo a Rachel y a Drew en nuestra mesa de siempre a la derecha, y a Rob sentado con Owen Goettler en el fondo a la izquierda.

Parece ser una extraña combinación. Por un instante, dudo y considero ir a la izquierda. No me gusta cómo terminaron las cosas ayer por la noche ni lo tenso que estaba en Cálculo.

Cuando mis ojos vuelven a oscilar hacia la derecha, Rachel me está mirando. Su expresión dice que ya siguió mi línea de visión. Sabe exactamente lo que estaba considerando.

Si almuerzo con Rachel y Drew, siento como si estuviera poniéndome en contra de Rob. No debería ser así, pero es así.

Pero si almuerzo con él, siento como si estuviera poniéndome en contra de mis amigos y tampoco me gusta esa sensación. Drew actuó como un idiota con Rob ayer por la noche, pero sus puntos eran válidos.

Finalmente, llevo mi bandeja hacia una mesa para sentarme sola. Me ubico de tal manera para no ver a Rob *ni* a Rachel.

Tomo mi teléfono y navego en las redes sociales sin prestar atención.

Mientras estoy sentada aquí, espero que Rachel venga hacia mí. Que me pregunte cuál es el problema. Que ponga un brazo sobre mis hombros y me pregunte si estamos bien después de ayer a la noche.

Tal vez ella estaba esperándome y yo me senté en esta otra punta.

¿Me debe una disculpa? ¿Le debo una yo? ¿Drew le debe una disculpa a Rob? Creo que sí, más allá de lo que haya dicho luego de que Rob se marchara.

Nadie me envía un mensaje.

Nadie se disculpa.

Tomo mi tenedor y comienzo a comer.

ROB

MAEGAN NO ESTÁ ALMORZANDO CON SUS AMIGOS. ESTÁ SOLA EN UNA mesa.

Yo, sin embargo, no estoy solo.

—¿Por qué no dejas de mirar a la chica que hizo trampa en el SAT? —pregunta Owen.

—No la estoy mirando —no dejo de pensar en lo que dijo cuando estábamos en Wegmans, que su padre espera mucho de ella. Nunca me sentí injustamente presionado por mi padre, pero sé que Connor sí. Vuelvo a mirar mi comida.

—¿Sabías que cuando la descubrieron haciendo trampa tuvieron que invalidar los puntajes de todos los que estaban allí?

—No me importa —ya había escuchado eso.

—No pudieron probar que esos exámenes no fueron comprometidos, así que...

—Deja el asunto en paz, ¿okey?

—Okey —Owen saca un paquete de patatas de su mochila y lo abre.

Frunzo el ceño al percatarme de que no tiene una bandeja de comida frente a él.

—Un momento, ¿por qué no compraste algo para almorzar?

—Siento que ya hemos tenido esta conversación.

—Pero... —vacilo—. ¿Le diste el dinero a tu mamá?

—No —se mete una patata en la boca—, no me di cuenta de que el dinero venía con una orden judicial.

—No es así —me sonrojo—. Yo solo... lo lamento. Olvídalo. Haz lo que quieras con él.

Pero me siento irritado. Puse mi cuello en juego por ese dinero, no el de él.

No puedo desprenderme de este sentimiento. Estoy comiendo mi sándwich y me espera una naranja y una bolsa de chizitos mientras él come de un paquete de patatas como si lo estuviera racionando.

—Te molesta de verdad, ¿no? —dice Owen.

—No.

—Mentiroso.

—Mira —apoyo mi sándwich—, ¿qué quieres de mí?

—Quiero que admitas que quieres saber qué hice con el dinero para poder juzgarme al respecto.

—Está bien.

—¿Lo admites?

—Sí —no me gusta este sentimiento en absoluto. Me llevo el sándwich a la boca y le doy un mordisco para no tener que decir nada más.

—Okey —Owen encoge los hombros—. Se lo di a Sharona Fains. Se sienta al lado mío en Historia.

Escarbo en mi cerebro, pero no se me ocurre quién es esta chica o por qué le dio el dinero. Espero una explicación, pero Owen solo sigue comiendo sus patatas.

—¿Por qué? —pregunto finalmente.

—Estaba llorándole a un amigo que *necesitaba cuarenta dólares* —encoge los hombros—, y yo tenía cuarenta dólares así que se los di.

—¿No te preguntó dónde los conseguiste?

—Soy pobre. Probablemente pensó que los robé.

Lo miro fijamente. Se mete otra patata en la boca.

Suspiro y luego parto mi bolsa de papel en dos y le doy la mitad de mi sándwich.

—Gracias. ¿Qué es esto? ¿Ensalada de huevo? ¿Vives en un hogar de ancianos?

—Cállate. ¿Por qué necesitaba el dinero?

—No tengo idea. Pero estaba llorando, así que parecía importante.

Intento imaginar esta interacción, pero no tengo éxito.

—Pero ahora no tienes dinero para el almuerzo.

—¿Y eso por qué es distinto de cualquier otro día?

Abro la boca. La cierro. No sé qué decir. En mi cerebro revolotean ideas de Lexi Miter y el número de su tarjeta de crédito, se lo ofreció a chicos quienes no lo necesitaban en realidad. O la señora de la caja, que no le permitió a Owen comer su sándwich de queso porque no estaba de acuerdo con la manera en que gastó el dinero la primera vez que se lo di.

—Nunca había presenciado una crisis existencial —dice Owen—. Siento que debería sacarte una foto en este momento.

—¿Podrías callarte?

—Mira —Owen apoya el sándwich y lame la mayonesa de su pulgar—. El primer día cuando me diste el dinero, dijiste que te sentías mal, ¿verdad?

—Sí.

—Cuando tu vida implosionó, ¿sabías quién era yo?

Lo sabía, pero solo al pasar. Algunas de las chicas de nuestro grupo solían llamarlo Sándwich de queso, pero nunca en su rostro. Una vez escuché a un tipo murmurar que estaba harto de que Owen demorara la fila del comedor. Ninguno de esos recuerdos son los que quiero invadiendo mi cerebro.

—Un poco, supongo.

—Y supongo que en ese entonces tenías diez dólares en tu cartera, de vez en cuando, ¿no?

Sí. Los tenía. No sé qué decir.

Desearía seguir mirando a Maegan en la otra punta del comedor. Echo un vistazo en su dirección. Sigue sola, come sin compañía en una mesa cerca de la pared.

Me pregunto qué sucedió con sus amigos. Estoy seguro de que soy la causa. ¿La dejaron de lado? ¿O ella se alejó de ellos? Las palabras de Owen no me cayeron bien. Sabía lo que Maegan hizo, por supuesto, pero nunca consideré cómo eso había afectado su estatus social, de la misma manera en que las acciones de mi padre afectaron el mío. Si atravieso el comedor para ir a sentarme con ella, ¿mejoraría o empeoraría las cosas?

—¿Me responderás o qué? —dice Owen y vuelvo a mirarlo.

—Sí. Ocasionalmente tenía diez dólares en mi cartera —pauso y cierto filo se filtra en mi voz sin querer—. ¿Quieres una disculpa?

—Nop —sus ojos echan un vistazo a algo detrás de mí—. Alerta de idiota. Doce en punto.

Esta vez asimilo el mensaje con mayor rapidez y giro mi cabeza para ver a Connor dando zancadas hacia nosotros. Espero que golpee mi nuca o algo igualmente estúpido, pero en cambio, fulmina con la mirada a Owen.

—¿Qué acabas de decir?

Owen mira rápidamente su sándwich y no responde nada.

Connor se acerca todavía más. Nunca ha sido un bravucón, pero tiene poca paciencia con las personas que lo molestan porque no puede hacer nada con respecto a la frecuencia con que lo hace su padre.

Prácticamente está acechando a Owen.

—Te hice una pregunta. ¿Qué acabas de decir?

—Déjalo tranquilo —intervengo.

—¿Acabas de llamarme idiota? —Connor me ignora.

Owen sigue quieto, el sándwich está suspendido entre la mesa y su boca. Sus ojos parecen estar fijos en el pan y en la línea amarilla y blanca del huevo. Me recuerda a la manera en que los conejos se quedan quietos cuando sienten a un depredador. Como si una falta de movimiento total lo hiciera invisible.

—Déjalo tranquilo, Connor.

—¿Nuevo novio, Lachlan?

—¿Por qué? ¿Estás celoso?

Esto llama su atención. Gira su cabeza en mi dirección.

—¿Estás intentando iniciar una pelea?

—Tú eres quién vino hasta aquí.

Pone sus manos sobre la mesa y se inclina. Estoy seguro de que espera que retroceda como Owen, pero algo cambió desde esta mañana cuando estuve en la oficina del señor London. Tal vez es saber que no tengo nada más que perder. Tal vez es darme cuenta de que no soy el único con problemas. No tengo idea.

Sé que estoy cansado de esconderme de Connor y sus amigos como si hubiera hecho algo malo. No dejo de mirarlo a los ojos y uso un tono estable.

—¿Cómo está tu papá?

Se sacude hacia atrás. Suena como una pregunta inofensiva, pero es un golpe bajo porque sé más de la relación entre Connor y su padre que cualquier otra persona, incluyendo Lexi Miter.

Veo sentimientos titilar en los ojos de Connor, una combinación de ira y arrepentimiento.

—Vete al diablo, Rob.

—Dile que le mando saludos.

Connor se levanta. Por un instante, creo que me tumbará del banco y me estampará contra el suelo.

El señor Kipple debe habernos visto porque su voz se escucha a unos diez metros.

—Señor Tunstall, señor Lachlan, ¿hay algún problema?

Las manos de Connor están encerradas en puños a los costados de su cuerpo. Si esto fuera una caricatura, estaría saliendo humo de sus orejas.

—No hay ningún problema —grita con tensión y me mira—. Díselo tú mismo.

—¿Eso es una invitación?

Me mira con una expresión cínica y da un paso hacia atrás.

—Sí, seguro. Ven a casa. Tendré una gran fiesta el sábado a la noche —luego chasquea sus dedos—. Ah, un momento. No puedes. ¿No tienes que masticar la comida de tu padre o limpiar su trasero o …?

—Detente. Rob. Detente —es la voz de Owen, un susurro grave en la otra punta de la mesa. Logró sujetar mi antebrazo. Casi me puse de pie y ni siquiera me di cuenta. Estoy apretando los dientes con tanta fuerza que duele. Solo veo rojo.

Connor se ríe y se aleja.

—Siéntate —dice Owen. Sus ojos están abiertos como platos—. Kipple sigue mirando hacia aquí.

Me vuelvo a sentar en el banco del comedor. Sé que no debo provocar a Connor. Puede que sepa cuáles son sus puntos débiles, pero él también conoce los míos.

—Lo lamento —tomo mi sándwich. Mi voz suena como si hubiera estado comiendo gravilla—. Gracias.

—No lo menciones.

Comemos en silencio por un rato.

Finalmente, Owen suelta una risa nerviosa.

—Pensé que me rompería la mandíbula por haberlo llamado idiota.

—No, Connor es puro ruido —es tan raro hablar de mi ex mejor amigo de esta manera. Como si fuera un espécimen que estudié una vez y no un chico con quién crecí como si fuera mi hermano—. Sería necesario más que eso.

–¿Por qué se enojó cuando mencionaste a su padre?

Vacilo y Owen se da cuenta.

–No es necesario que me cuentes.

–No, está... está bien –no le debo nada a Connor. De hecho, una parte oscura y enojada de mí quiere desparramar todos sus secretos en el suelo del comedor para que nuestros compañeros puedan ver a quién están idolatrando–. Él y su padre no se llevan bien. Solía intentar enfrentarnos. "¿Por qué no puedes ser más cómo Rob?" y ese tipo de cosas. Solía desesperar a Connor.

–Ah.

Por su voz me doy cuenta de que no es suficiente. Vuelvo a vacilar.

–No es solo eso. El papá de Connor es... duro con él.

–¿Qué? ¿Lo golpea?

–No, no es así. Él... –escarbo mi cerebro intentando pensar en un ejemplo adecuado–. El año pasado, Connor obtuvo un siete en un examen trimestral y su padre lo dejó encerrado afuera toda la noche.

–Uh.

–En enero. Debajo de una lluvia helada –al día siguiente lo hizo ir al colegio. Connor me envió un mensaje y me pidió que lo llevara, recuerdo pensar que era raro porque él tenía su propio coche. Se subió en el lugar del acompañante y tembló todo el camino, al día siguiente se engripó.

Su padre le hizo tomar analgésicos e ir a la escuela de todos modos. También lo hizo jugar lacrosse. El entrenador lo sentó en la banca cuando Connor vomitó en medio del campo de juego.

–Me está costando sentir compasión.

—Tal vez porque no estaba llorando por cuarenta dólares.

—¿Irás a la fiesta? —Owen no muerde la carnada.

—¿Qué? No.

—¿No extrañas a tus amigos?

—¿Qué? ¿Tenemos seis años? No. Está bien —pero estoy mintiendo. No los extraño a todos, pero sí a algunos. Extraño la camaradería. Se siente como una debilidad admitirlo. Lo miro—. ¿Por qué? ¿Quieres ir?

—No te ofendas, pero no eres mi tipo.

Un minuto.

—No soy...

—Lo sé. Bromeo —me devuelve la mirada inmediatamente.

No puedo darme cuenta de si estamos peleando, discutiendo o bromeando. Owen es la última persona con la que pensé que compartiría el almuerzo, pero de repente no puedo soportar la idea de perder...

¿Perder qué? ¿Un amigo?

Estiro una mano y robo una de las patatas de Owen.

—No te preocupes. Sé que estás esperando a Zack Poco.

Luce sorprendido y luego sonríe.

—De verdad, no hay competencia —duda—. ¿Qué harás después de la escuela?

Vuelvo a mirar mi comida, pero mi apetito se esfuma en un instante.

—¿No escuchaste a Connor?

—Uh —Owen se petrifica y vuelve a dudar, esta vez es más evidente. Me pregunto en qué está pensando. Al mismo tiempo, evito sus ojos porque no quiero saber.

Respiro. Arremolino el agua en mi botella y escucho mientras el peso del silencio se asienta a mi alrededor.

—¿Tienes que hacer eso todos los días? —dice Owen.

Encojo los hombros. Mi cerebro repite una imagen en la que atravieso la puerta principal de casa. Me recibe el sonido de las telenovelas que mira la enfermera con papá a la tarde. Si está consciente de lo que está mirando, les garantizo que lo odia.

—Mi mamá trabaja hasta tarde los jueves —dice Owen. Su voz es titubeante—. Si quieres puedes venir y podemos jugar a la Xbox o algo. O no. Si estás ocupado, no te preocupes. Olvídalo.

—¿Acabas de invitarme y de retirar la invitación en la misma oración?

—Tal vez —luce avergonzado.

—En realidad, no tengo que estar en casa hasta las cinco —a esa hora se marcha la enfermera y sabemos por experiencia que se marcha a las cinco en punto sin importar si alguien llegó a casa o no.

Una vez, mamá me pidió que comprara algo en la tienda y llegué diez minutos después de las cinco. Entré a una casa completamente a oscuras, mi padre estaba sentado en el medio de la sala de estar, solo. Debería haber sido triste, pero en realidad fue extremadamente espeluznante.

Odio cuando estos recuerdos invaden mis pensamientos.

—Bueno. Si fue una invitación real… —ahora sueno tan dubitativo como él. Me obligo a cambiar el tono—. Podría jugar algo de Xbox.

Owen vive en un dúplex de dos pisos hacia el sur de la escuela. Dice que generalmente camina, pero está ventoso y hace frío y no quiero dejar mi coche así que conducimos hasta su casa. Si está sorprendido por el vehículo, no dice nada. Me sorprende que alguien que no puede comprar el almuerzo tenga una Xbox, pero puedo devolver la cortesía así que mantengo la boca cerrada.

Su refrigerador está casi vacío, pero un estante entero se arquea por el peso de tres cajas de refresco genérico light. Me ofrece uno y lo acepto.

–Mi mamá lo ama –dice–. Es su debilidad. Vamos, podemos instalarnos en el sillón.

Su sala de estar es pequeña, tiene muebles viejos, pero es ordenada. Owen enciende la televisión y, de pronto, estamos matando nazis en *Call of Duty*. Nunca he sido un gran fanático de los videojuegos, el lacrosse y la escuela acaparaban demasiado tiempo. Pero puedo defenderme. O pensé que podía. Owen me está destrozando.

–Puedo ponerte el tutorial si quieres –dice.

–Cállate.

Quiero preguntarle si tiene amigos. La invitación a su casa me sorprendió tanto como la invitación de Maegan para jugar lacrosse con su hermana.

–¿Puedo preguntarte algo? –digo.

–Seguro –gira el joystick como si el oponente de la pantalla estuviera atacándolo de verdad.

–¿Por qué me invitaste? –dejo de presionar botones y lo observo.

–¿Qué? ¿Pensaste que mi mamá estaría en la cocina con un revolver?

—Mmm. No. No hasta que lo dijiste.

Toca un botón y la pantalla se congela, luego me mira.

—Por el mismo motivo por el que me diste diez dólares el lunes.

Porque me sentí mal. Eso fue lo que le dije cuando me preguntó. Mis mejillas se sienten cálidas. Vuelvo a mirar el joystick en mis manos.

—Pareces ser un tipo decente —dice Owen. Le quita la pausa al juego y sus brazos vuelven a agitarse—. Honestamente, siempre pensé que tú eras el imbécil y que Connor era el agradable.

—Guau, Owen, no te contengas.

—Supongo que puedes equivocarte con la gente —sonríe.

—Supongo que sí.

—Solía pasar el tiempo con Javon Marshal. ¿Lo conoces?

Busco en mis bancos de memoria sin éxito. Mi expresión debe delatarme porque Owen agrega.

—Se graduó el año pasado, así que medio que me dejó por mi cuenta. Vivía al final de la calle.

—¿Se mudó a la universidad?

—No —Owen vacila—, se enlistó en el ejército. Su madre dice que puede que no esté en casa para Acción de Gracias, pero tal vez sí para Navidad.

No puedo descifrar nada por su voz. Me pregunto si Owen planea enlistarse después de graduarse.

Me pregunto qué haré *yo* después de graduarme. Recuerdo estar esperanzado por las becas de lacrosse, porque definitivamente tengo las calificaciones para conseguir una, pero no sé si podría abandonar a mamá. Además, incluso si pudiera obtener una beca, hay que tener en cuenta otros gastos. Alojamiento. Comida.

—¿Te unirás al ejército? —pregunto.

—No lo sé —Owen vacila y luego encoje los hombros—. Es un trabajo asegurado y no hay que pagar así que...

Una llave repiquetea en la cerradura de la puerta de entrada y Owen gira su cabeza.

—Rayos, llegó a casa temprano.

Retrocedo, sorprendido por su cambio repentino.

—¿No tienes permitido invitar gente?

—No, está bien. Solo... —hace una mueca—. No le digas quién eres, ¿sí?

—Eh, seguro.

Finalmente, la cerradura cede y la madre de Owen irrumpe en la entrada acompañada de una ráfaga de viento frío. Parece tener unos cuarenta años, tiene ojos cansados y mechones grises entremezclados en su cabello oscuro. Está peinado en una cola de caballo ajustada. Tiene un ambo de enfermera cubierto de dulces, del tipo que usarías si trabajaras en pediatría. Está luchando para quitar la llave de la cerradura.

—Hola, mamá —grita Owen—. ¿Por qué llegaste a casa temprano?

—Uh, es tan estúpido. Se me desprendió toda la base de mi zapato. Es un riesgo de seguridad, así que... —se detiene cuando me ve—. Ah, hola. No sabía que habías invitado a un amigo.

Su voz pone un énfasis ínfimo en la palabra *amigo*. Me pongo de pie. Casi estiro el brazo para estrechar su mano. Las viejas costumbres son difíciles de eliminar.

—Hola —dudo—, soy Rob.

Sonríe. Sus ojos se posan en Owen y luego en mí.

—Hola, Rob.

La señora Goettler está malinterpretando la situación completamente.

Y, ¿qué se supone que debo decir? *Ah, sí, no, soy Rob Lachlan. Mi papá robó su dinero. No estoy saliendo con su hijo. Gracias por el refresco.*

Owen me salva.

—Es solo un amigo, ma. No comiences a imprimir las invitaciones para la boda.

Toso.

—Probablemente debería irme.

—Eres bienvenido a cenar con nosotros —dice.

—No, le prometí a mamá que estaría en casa a las cinco.

—Ah, entonces eres un buen hijo —camina hasta el sofá y revuelve el cabello de Owen—. Tal vez podrías enseñarle algunas cosas a Owen.

Eres un buen hijo. Casi hago una mueca.

Owen empuja la mano de su madre y luego revolea los ojos de buena manera.

—Yo también estoy en casa a las cinco. Vamos, Rob. Te acompaño afuera.

—Toma mis zapatos y lánzalos al basurero —grita detrás de nosotros—. No puedo creer que tendré que conseguir cien dólares para reemplazar esos...

La puerta se cierra y corta la oración, solo hay silencio frío entre nosotros.

—No tienes que acompañarme —le digo a Owen.

—Nah, está bien. Me gusta mantenerla intrigada.

—Graciosísimo.

Nos detenemos en mi Jeep. Owen tiene los zapatos en su mano. Son zuecos blancos. Una especie de zapatos de enfermera supongo. Lucen como si hubieran recibido una paliza y uno está desarmándose completamente.

—¿En serio le costará cien dólares reemplazarlos?

—Probablemente. Son zapatos especiales. Trabaja en un hospital y son muy estrictos.

Pienso en los cuarenta dólares que Owen regaló. Me pregunto si está pensando en lo mismo.

Recuerdo cuando cien dólares era algo sin importancia. Tenía botines de lacrosse que costaban el doble y mi madre nunca se inmutó.

Sé lo que cien dólares significarían para mi madre en este momento. Diablos, lo que significarían para *mí*.

Pienso en la tarjeta de crédito de Lexi Miter, el número descansa en mi teléfono, nunca lo utilicé.

Trago saliva.

—¿Qué sucede? —pregunta Owen—. Otra vez luces como si alguien hubiera pateado a tu perro.

Respiro profundamente. Esto es más que cuarenta dólares de una caja de dinero. Robar de la recaudación de fondos del departamento atlético no es distinto a robarle a cualquier otro estudiante, pero de todos modos se siente distinto.

De alguna manera, no puedo detenerme.

—Quiero ayudar a tu mamá.

—¿Sí? ¿Tienes cien dólares?

—No —vacilo—, pero sé dónde puedo conseguirlos.

Capítulo 20

Viernes por la tarde, cinco en punto. Normalmente, estaría con Rachel y Drew haciendo planes para el fin de semana.

Hoy estoy escondida en mi habitación con un libro. Mi vida social recibió un golpe la primavera pasada, pero aparentemente la llevé de estar asfixiándose en el suelo a morir de camino al hospital.

Siento un golpeteo insistente en mi puerta. Samantha asoma su cabeza sin esperar una respuesta.

—¿A qué hora vendrá Rob? ¿Irás vestida así?

—¿De qué estás hablando?

—Dijo que podía jugar conmigo el viernes, ¿no?

–¿No recuerdas que papá lo echó de casa? ¿O la manera en que lo trató Drew? ¿O…

–No es una cita. Es lacrosse. Envíale un mensaje.

No he hablado con Rob desde el jueves por la mañana, cuando apenas asintió como respuesta a mi nota en clase.

–Ni lo sueñes, papá está abajo. Se volvería loco.

–Entonces iremos a Quiet Waters, *¿por favor?*

Suspiro.

–En realidad, no me habla desde que Drew lo hizo irse de Taco Taco.

–Pensé que estaban haciendo un proyecto juntos.

–Sam, probablemente quiere que lo dejen solo.

–No, Megs –su rostro se desmorona–. No quiere eso –se detiene–. No quiere ser humillado, pero tampoco quiere que lo dejen solo.

Ahora *mi* rostro se desmorona. Tiene razón.

Cierta nota en su voz me dice que no habla solo de Rob.

Hace frío y ya casi es de noche para cuando llegamos a Quiet Waters, uno de los parques más grandes del condado. Suele estar cerrado durante la noche, pero durante el invierno tienen una pista para patinar sobre hielo. Así que aparcamos al costado de la pista que limita con el parque.

El estacionamiento está abarrotado porque es viernes a la noche, pero Rob ya está aquí, sentado sobre la parte trasera de su Jeep. Su bastón de lacrosse gira entre sus manos, se balancea entre sus palmas. A pesar de todo el movimiento, su expresión es cerrada, como cuando me esperó en la banca de Wegmans. Me sorprendió que todavía quisiera encontrarse con nosotras, pero Samantha tenía razón. Está *solo*. Sé que lo está.

Cuando salimos del coche, una brisa fría atraviesa mi chaquetea y siento un escalofrío.

—Gracias por venir.

Encoje los hombros y mira más allá de los vehículos hacia el campo a oscuras.

—No creí que estaría tan oscuro. Será imposible ver algo.

—Intentémoslo de todas maneras —grita Samantha. Ya está poniéndose sus gafas.

Rob gira y toma su casco.

—Tu hermana no pierde el tiempo —me dice por lo bajo.

Su voz baja es una buena señal. Tal vez estamos bien.

Abro mi boca para susurrar una respuesta, pero se marcha y trota tras Samantha.

Bien.

Él tenía razón. No pueden ver el balón. Ambos lo pierden y luego corren detrás de él, su respiración forma nubes en el aire a medida que corren en el campo a oscuras.

La felicidad de la otra noche está ausente. Samantha no está más cerca de tomar cualquier decisión respecto al bebé. No ha mencionado a David o la universidad o lo que piensa hacer. Cada día que pasa parece ser una cuenta regresiva para ella, o tal vez es una cuenta regresiva para toda nuestra familia.

En cuanto a Rob... No sé qué pasa con él. Esto no puede ser *solo* por Rachel y Drew; al menos, eso creo.

Pero nadie está feliz. Nadie está decidido. Nadie puede concentrarse.

No quiere ser humillado.

Las palabras de Samantha me dan codazos de culpa. Desearía haberlo defendido antes. Es solo que no sabía cómo o si siquiera estaba haciendo lo correcto.

Samantha y Rob se dividieron y están caminando por el parque, buscan el balón. Me desenrosco del banco en el que me he congelado hasta convertirme en una estatua y doy zancadas sobre el césped oscurecido para ayudar.

—Tengo otro —ofrece Rob mientras me acerco—. Puedo ir a buscarlo.

—No —dice Samantha. Está agitada y me preocupa que se haya esforzado demasiado—. Está muy oscuro.

—Lo lamento —Rob se lamenta—. Debería haberlo pensado.

Samantha traga saliva. De repente, luce un poquito verde.

—Puede que haya corrido demasiado. O no cenado lo suficiente. O demasiado… —deja de hablar e inhala profundamente por la nariz—. No vomitaré. *No* vomitaré.

—Samantha —estiro la mano—. Dame el bastón.

Casi que lo estampa sobre mi pecho.

—Váyanse a otro lugar, así no hago esto delante de ustedes.

—¿Necesitas algo…? —Rob frunce el ceño.

—Váyanse —Samantha lo golpea en el hombro.

—Andando —tomo su brazo y lo alejo.

Casi inmediatamente, mi hermana vomita en el césped detrás de nosotros y Rob hace un gesto de dolor.

—¿Estás segura de que deberíamos dejarla sola?

—Ayer intenté sostenerle el cabello y me preguntó si tenía un fetiche con el vómito. Te aseguro que quiere estar sola —hago una pausa y levanto la cabeza para mirarlo. El casco envuelve la mayor parte de su rostro en la oscuridad, el protector pinta líneas de sombras sobre su boca.

No sé por qué estoy mirándole la boca. Siento un cosquilleo trepar por mi cuello y sacudo mi cabeza hacia adelante.

—Hay unos bancos al costado de la pista. Nos podemos sentar allí.

Los bancos son maceteros grandes y rectangulares desbordados de flores durante el verano. Ahora, están plagados de personas ajustándose los patines o bebiendo chocolate caliente, pero logramos conseguir una esquina para nosotros. Hay unos parlantes alrededor de la pista reproduciendo música pop a todo volumen.

Rob se quita el casco y luego sacude su cabello empapado de sudor. Espero que diga algo, que empiece algún tipo de conversación, pero no lo hace.

Mientras pienso en cada palabra que Drew dijo en Taco Taco, me pregunto si Rob piensa que siento exactamente lo mismo que ellos.

Estoy sentada esperando a que las palabras se formen mágicamente en mi boca.

No lo hacen.

Rob mira hacia la pista de hielo.

—¿Deberíamos ver cómo está tu hermana? —dice finalmente.

Saco mi teléfono y le envío un mensaje.

MAEGAN: ¿Estás bien?

Su respuesta es casi inmediata.

SAM: Logré llegar al baño, estaré aquí unos minutos.
MAEGAN: ¿Quieres que vaya contigo?
SAM: NO.

—Está bien —digo.
—¿Bien? —repite.
—Bueno, está en el baño y no quiere que vaya con ella. Así que…
—Bien.
Eso es todo lo que dice. Está haciendo rebotar su bastón de lacrosse contra el sendero de pizarra entre los bancos. Una madre pasa por delante de nosotros seguida de un niño y el pequeño en un traje de nieve hinchado nos mira mientras mordisquea una galletita.
Respiro.
—¿Rob?
—¿Sí? —sus ojos no se despegan del bastón.
—Yo no… —dudo—. Lamento mucho lo de mis amigos.
—Estoy acostumbrado —me echa un vistazo.
—Lo sé… —eso duele más de lo que debería—. Y lo lamento.
—No tienes que disculparte —se queda callado por un minuto—. ¿Por eso estuviste almorzando sola?
—Sí —me sonrojo—. ¿Lo notaste?
—Justamente no me siento en una mesa con mucha gente —hace una pausa, su expresión es de desconcierto—. Aunque de alguna manera me hice amigo de Owen Goettler.
—Eso vi —digo sin pensar.

—¿Lo viste?

De cierto modo su voz se hizo un poco más… profunda, tal vez. Más suave, pero más intensa. O tal vez es el frío, la oscuridad y la incertidumbre entre nosotros.

Me estudia por un momento eterno, luego vuelve a mirar la noche.

—Podrías haberte sentado con nosotros. No tienes que comer sola.

—Pensé… —trago saliva.

—¿Qué pensaste? —vuelve a mirarme.

—Pensé que tal vez estabas enojado por lo que sucedió con Drew y Rachel.

—Oh, no. Quiero decir, no contigo —respira profundo—. Pensé que tal vez tú estabas enojada porque causé problemas con tus amigos.

La música de la pista de patinaje es muy fuerte y estridente, pero hemos encontrado este pequeño capullo de honestidad y me inclino hacia él, sin querer quebrarlo.

—¿Por eso no me hablas?

Sus ojos se ensanchan, pero luego sacude su cabeza y mira al suelo.

—Toda mi vida es complicada. No quise que influyera en ti —inhala como si fuera a decir más… pero no agrega nada.

Observo al bastón girar entre sus manos y, por primera vez, noto la tensión en sus antebrazos y la manera en que su rodilla rebota.

Me estiro y sujeto su mano sobre el bastón para detenerlo con gentileza.

—Puedes hablar conmigo, Rob.

Inhala profundamente y exhala, luego voltea su cabeza para mirarme a los ojos.

—¿Crees que sabía, Maegan? —sus ojos apenas se entrecierran—. ¿Crees que sabía lo que estaba haciendo mi padre?

No lo sé. Eso es lo que quiero decir, pero no es una respuesta. No sé qué pasa entre nosotros, pero sé que Rob no es un chico con demasiadas áreas grises en su vida.

Me doy cuenta de que no me está preguntando realmente por su padre.

Lo que está preguntando en realidad es: *¿Confías en mí?*

Apenas comprendo eso, la respuesta es obvia. Ha sido obvia desde el día en que me di cuenta de que estaba esperándome en el estacionamiento de Wegmans en vez de dejar que caminara sola.

—No creo que supieras —mientras digo las palabras, me doy cuenta de que son ciertas. Toda la semana, no era mi instinto el que me decía que tuviera cuidado con Rob Lachlan. Eran los rumores de todos los demás.

Deslizo mi mano dos centímetros hasta que mis dedos rozan los de él.

—No creo que lo hayas ayudado —hago una pausa—. Creo que eres amable. Y honesto. Y considerado.

Sus ojos oscuros se mantienen fijos en los míos y desearía tener un mapa de los sentimientos que veo en ellos.

Unas botas se detienen y deslizan unas piedritas en el camino frente a nosotros, la voz suave de una chica dice:

—¿Rob?

Ambos nos volteamos y levantamos la mirada al mismo tiempo. Callie Rococo nos está mirando. No conozco bien a Callie, pero hemos tenido algunas clases juntas a lo largo de los años. Está en el equipo de baile y tiene la figura para bailar. Es lo que Samantha siempre llamó básica: piel perfecta, ojos azules brillantes, maquillaje impecable y un rostro completamente olvidable. Viste unos ajustados jeans azules y unas botas Ugg, su cabello rubio cae sobre el cuello de un chaleco North Face. Carga un par de patines para hielo sobre su hombro. Definitivamente no son alquilados.

—Callie —dice Rob, suena descolocado—. Yo… hola.

—Hola —dice con suavidad—. Estaba patinando con mis hermanas del otro lado —gesticula vagamente hacia el otro extremo de la pista—. Me pareció que eras tú.

Después de un instante, Rob se pone de pie. Maldita sea su caballerosidad.

—Sí, soy yo.

Los ojos de Callie se posan en el bastón de lacrosse y una pequeña línea aparece entre sus cejas.

—¿Todavía juegas?

—Un poco.

Callie se acerca un milímetro y toca su brazo.

—He estado pensando en ti. ¿Cómo has estado?

—Estoy bien.

No puedo descifrar si le sorprendió la pregunta. Su voz es pareja y no devela nada. Una sombra del viejo Rob Lachlan se filtra en su voz.

—Estaba haciendo algunos ejercicios, pero oscureció.

Luego, Rob se voltea para mirarme y extiende su mano como para ayudarme a ponerme de pie.

—Maegan, ¿conoces a Callie?

Jamás un chico me ofreció su mano así que me toma un momento recomponerme para tomar la suya, aunque puedo pararme de un banco por mi cuenta.

—Sí, hemos tenido algunas clases juntas.

—Seguro —replica Callie—. Hola.

Me preparo para recibir algún comentario desagradable sobre haber hecho trampa o haber perjudicado a mis compañeros, pero su expresión no es despectiva. Tal vez mis modales son demasiado crudos y ahora soy yo quién luce poco amable.

—Hola —ofrezco una pequeña sonrisa. Los ojos de Callie vuelven a enfocarse en Rob.

—Quise llamarte, pero no estaba segura… ah…

—Estoy por aquí —dice.

Estoy por aquí. ¿Qué significa eso?

—¡Ah! —Callie alza las cejas—. Bueno, genial. ¿Están…? —vacila—. Connor tendrá una fiesta mañana a la noche. Pensaba ir un rato. ¿Hay alguna posibilidad de que tal vez quieras…? —su voz pierde potencia y me doy cuenta de que está esperando que Rob llene el silencio.

No lo hace, pero espera a que ella termine.

—Bueno —dice Callie, su voz es titubeante. Sus ojos se posan en mí y luego vuelven a Rob—. ¿Tal vez los veré allí?

Necesito un momento para registrar sus palabras. Estoy tan acostumbrada a que la gente me evite que es una sorpresa ser tratada como si fuera parte de una pareja.

—No creo estar invitado —dice Rob.

Samantha aparece junto a nosotros. Huele como si hubiera mascado un paquete entero de goma de mascar de menta.

—¿Invitado a dónde?

Callie le echa un vistazo a Samantha, luego a Rob y sus mejillas se sonrojan.

—Lo lamento… no quise entrometerme en una… en una… —tampoco termina esa oración. Se mueve en su lugar—. Han sido unos meses complicados. Yo solo… creo que muchas personas te extrañan. Deberías venir.

—No lo creo —responde.

—¿Hablan de una fiesta? —interviene Samantha. A pesar de que acaba de pasar los últimos veinte minutos vomitando, suena interesada—. ¿Esta noche?

—Eh… mañana —dice Callie—. En la casa de Connor Tunstall —la pequeña línea aparece otra vez en su frente—. ¿No eres Samantha Day? Pensé que te habías marchado a la universidad.

—Lo hice —Samantha envuelve mi cuello con un brazo—. Dios, necesito salir. ¿También podemos ir?

Miro a Rob. Samantha no tiene idea de la dinámica de esta interacción, pero apostaría dinero a que Rob preferiría arrancarse las uñas con unas tenazas a ir a una fiesta en la casa de Connor.

—Sam —me aclaro la garganta—, estás en la universidad —*y embarazada*, pienso—. No tenemos que ir.

—No, está bien —agrega Callie—. Habrá otros chicos universitarios. Ya sabes, Connor tiene contactos.

—Lo recuerdo —dice Rob. No puedo interpretar *nada* de su voz.

—Está bien, a Connor no le importará.

—Estoy bastante seguro de que le importará —por primera vez, una nota oscura se asoma en el tono de Rob.

—Bueno, no será el único allí. Ven si quieres, quédate en casa si quieres. Sin presión —echa un vistazo al otro extremo de la pista—. Tengo que volver con mis hermanas —se voltea y se aleja a zancadas.

Samantha también envuelve un brazo en el cuello de Rob y lo acerca formando un abrazo bizarro como si hubiéramos pasado tiempo juntos toda nuestra vida y no solo los últimos días.

—Rob, amigo mío, tienes que llevarnos a esa fiesta.

—No hay forma —la seguridad con carácter desapareció de su voz. Suena tan desbalanceado como me siento yo.

—¿Quién era esa chica? —pregunta Samantha. Todavía no soltó su cuello o el mío—. ¿La conoces?

—Eh… mi exnovia.

Mi rostro vuelve a levantar temperatura. No sabía eso. Tampoco le prestaba mucha atención a ese grupo, pero igual. Explica la tensión. Pero puedo verlos juntos. Chica adinerada, chico adinerado. Bailarina y atleta. Irían a la universidad, se recibirían y luego comprarían una mansión con seis habitaciones y tendrían hijos con una belleza genérica.

—No he hablado con ella en meses —agrega—. No desde antes que… desde *antes*.

—¿Rompió contigo por tu papá? —frunzo el ceño.

—No. Rompió conmigo porque estaba más interesado en el lacrosse que en ella.

Me libero del agarre de mi hermana. Mi rostro sigue cálido por todas estas revelaciones. Ni siquiera debería importarme. Rob ni siquiera coqueteó conmigo.

—No podemos ir a una fiesta.

—Podemos —Samantha me contradice y sacude a Rob—. *Tienes* que llevarnos.

—Estás completamente loca.

—¿Por favor? —presiona su frente contra el rostro de Rob y hace un mohín en broma. Desearía tener una pizca de su seguridad—. Rob, ¿por favor?

Rob me mira como si ella no estuviera pegada a su cuello.

—¿Tengo algo encima? Siento como si tuviera algo encima.

Ahora me estoy sonrojando por un motivo totalmente nuevo. No sé por qué mi hermana se está comportando así. Si tiene tantas ganas de ir, puede ir por su cuenta. Nadie echará a Samantha de una fiesta.

—Si no nos llevas, le diré a todos que es tu hijo —Samantha finge susurrar y Rob explota en risas.

—Déjame avisarle a mi mamá antes.

—Por favor —pide con más seriedad—. ¿Tienes idea lo que es estar encerrado en tu habitación y no poder hablarle a nadie? —eso da en el blanco. Rob recupera la compostura inmediatamente y suspira.

—¿Por favor? —susurra Samantha.

Rob me mira. Mi hermana está colgándose de él literalmente, pero sus ojos encuentran los míos y no se despegan.

—¿Tú quieres ir?

Desearía poder leer su mente. Desearía saber la respuesta correcta.

Samantha suelta su cuello y se cuelga del mío.

—¿Por favor? Por favor, Megs.

Por favor, Megs. Miro de vuelta a Rob.

—Está bien.

Samantha chilla, Rob suspira y pasa una mano por su cabello. Su expresión es oscura e inescrutable. Espero que vuelva a negarse.

—Pasaré por ustedes a las nueve.

CAPÍTULO 21

ROB

Mamá da unos golpecitos en el marco de mi puerta mientras abotono mi camisa. Sus ojos se ensanchan cuando me ve y sonríe.

—Te ves bien.

—Gracias —me siento como en una publicidad. Tengo puesta una camisa verde bosque y unos jeans que recibí para Navidad el año pasado. Todo es de marca, todo de una vida distinta.

Pasé la mayor parte del día pensando en maneras de usar el número de la tarjeta de crédito de Lexi para comprar cosas para personas que las necesitan. Siento que debería tomar una gorra de beisbol y una sudadera con capucha de mi armario.

—¿Vas a salir?

—Sí —dudo un poco mientras intento ignorar el interés en su voz. Antes tenía un montón de libertad y nunca se me ocurrió pedir permiso antes de ir a algún lugar. Nunca me metí en problemas así que tenía un amplio margen—. ¿Está bien?

—Por supuesto —pausa—. Solo estoy sorprendida.

Yo también. Pero no lo digo.

Le dije a Owen que Connor no es el tipo de persona que usa sus puños, pero siento que haría una excepción en mi caso.

Mamá sigue revoloteando en la puerta de mi habitación.

—Luces molesto.

—Estoy bien —le echo un vistazo.

—No has mencionado cómo fue tu reunión con el psicólogo del colegio.

Me volteo, pero eso hace que termine mirándome en el espejo, que es casi peor. Mis ojos están repletos de autocensura.

—Estuvo bien.

—Realmente aprecio que hagas esto, Rob. Sé que será difícil al principio, pero creo que hablar…

—Mamá.

—Lo lamento, lo lamento —alza las manos—. Pero aprecio que cumplas con tu palabra. Has estado saliendo a correr todas las mañanas, hiciste la cita…

—Mamá —tomo mis llaves y la cartera de la cima de mi cómoda antes de que pueda verme hacer una mueca—, realmente tengo que irme.

Pero no se mueve de la puerta así que debo detenerme delante de ella.

—No has salido un sábado desde que pasó eso —dice. Endereza

el cuello de mi camisa–. No quiero llamar a la mala suerte, pero… me alegra que estés volviendo a ser el mismo de antes.

Desde que pasó eso. Odio que siempre evitamos hablar de todo. Como si mi padre no estuviera acostado en la cama en la habitación de al lado, mirando al cielo oscurecido.

Como si ir a una fiesta significara que todo volvió a ser como antes.

Como si fuera posible volver a ser el mismo de antes.

¿Quiero siquiera serlo?

–Saldremos adelante –dice suavemente.

Tal vez ambos estamos engañándonos. Sé que no puedo extinguir su esperanza de la misma manera en que no puedo eliminar la mía, sin importar cuán poco realista sea.

–Lo sé –digo con mayor gentileza–. Realmente necesito irme. Tengo que pasar a buscar a unas personas.

–¿Personas? –alza las cejas.

Genial. Ahora suena todavía más emocionada.

–Solo unas amigas de la escuela. No llegaré muy tarde.

–¿Soy una mala madre si te digo que puedes volver tan tarde como quieras?

Casi me trastabillo.

–No eres una mala madre –grito. *Soy un mal hijo.*

No recuerdo la última vez que pasé a buscar a unas chicas para ir a una fiesta, pero estoy teniendo una extraña sensación de *déjà vu*.

Maegan me dijo que aparcara en la calle y que le envíe un mensaje cuando llegara a su casa. Ella y su hermana seguramente estaban esperando cerca de la puerta porque salen al instante. Está completamente oscuro, pero ambas visten jeans muy ajustados y tops que brillan un poco por las luces distantes. Samantha casi está saltando por el césped en sus botas con tacón mientras que Maegan la sigue más tranquila con los brazos envolviendo su cintura.

Cuando suben al Jeep, aire frío entra con ellas junto a aromas femeninos de vainilla y naranjas. Podría cerrar los ojos e imaginar que es el año pasado. Connor en el asiento trasero con Lexi, Callie adelante conmigo. Connor ya estaría un poco ebrio, porque realmente tenía conexiones, yo solía mantenerme sobrio porque nunca quería decepcionar a mi padre.

Samantha me da una palmadita en el hombro desde el asiento trasero y mi cerebro regresa al presente.

—Gracias por ir —dice inclinándose hacia adelante casi susurrando en mi oído. Su cabello rubio es una cascada de rizos sobre su hombro y el labial rojo oscuro la hace lucir cinco años mayor. Sus ojos están delineados de negro y maquillados con intensidad. La Samantha atleta desapareció y fue reemplazada por Samantha, la *bomba*.

Maegan se sube al asiento del acompañante, sus ojos se concentran en el parabrisas, hay un suave rubor en sus mejillas, sin embargo no puedo distinguir si es maquillaje o cautela. Su cabello castaño también tiene ondas, sus ojos están maquillados con verde y dorado. No la conozco lo suficiente como para saber si suele salir así o si Samantha tuvo algo que ver, pero nunca luce así en la escuela. Una blusa granate con encaje se ajusta a sus curvas y un collar plateado con un pendiente verde cae justo dónde inicia su escote.

Sus manos descansan en sus muslos, juegan con el denim. Está nerviosa.

Pienso en la manera en que rozó sus dedos sobre los míos y quiero hacer lo mismo.

—Hola —dice tímidamente, sus ojos se mueven hacia mí—. Gracias por llevarnos —una pausa—. Podrías haberte echando atrás.

Eres amable. Y honesto. Y considerado. Ella es todas esas cosas. No yo.

—No lo hará —dice Samantha. La miro a través del espejo retrovisor, está poniéndose brillo labial con un pequeño espejo de mano.

—Puedes —dice Maegan, con un poco más de firmeza—. Si quieres —duda y su voz se suaviza—. No tienes que vivir un infierno porque Sam quiere salir de casa.

Mis ojos vuelven a echarle un vistazo a su figura y la parte de mi cerebro que no es para nada caballerosa desea que estuviéramos en camino a un lugar más privado y que su hermana se quedará aquí en el césped.

—No dejes que te engañe —interviene Samantha—. *Ella* está intentando echarse atrás.

Eso hace que vuelva a mirar el rostro de Maegan.

—¿No quieres ir?

—Nadie me quiere allí —dice. Sus mejillas se ruborizan y desvía la mirada—. Sé que muchas personas piensan que soy una especie de rebelde, pero no... no soy amante de las fiestas.

—No tenemos que ir. Nadie me quiere allí tampoco.

—Si nos quedamos aquí, mamá sospechará —dice Samantha.

Enciendo el motor y me alejo de la curva. Estaba nervioso antes, pero ahora la sensación se duplicó.

—Es una fiesta —sigue Samantha—. No un funeral. Escuchen un poco de música, beban algunas cervezas… Les garantizo que después de una hora a nadie le importará quiénes son.

—Mejor dicho, en treinta minutos —digo por lo bajo.

—¿En serio? —Maegan murmura a mi lado.

Encojo los hombros y activo la señal de giro cuando llegamos a la señal de alto al final de su calle.

—Sip —la primera hora, necesitaré mantener un perfil bajo si no quiero ser el blanco de Connor y el resto de sus amigos. En la casa de los Tunstall, no estará el señor Kipple para mantener a todos en su lugar. Pero después de esa primera hora, todos estarán demasiado ebrios como para preocuparse por quién está presente.

—Entonces, vamos —dice Samantha.

Espero que Maegan proteste. Todavía no pasé el cartel de alto. La miro a los ojos. Ella no desvía la mirada.

No dice una palabra. Suspiro y partimos.

Connor vive en una mansión del otro lado de Highland, tiene un frente colonial de ladrillo con pilares blancos que sostienen el techo delantero. Su patio tiene una hectárea y media de paisajismo meticuloso. Una larga entrada para coches, un garaje para cuatro vehículos y una piscina completan la imagen. Una fila de reflectores en el frente de la casa apunta con buen gusto hacia el ladrillo, creando conos de luz y oscuridad. Ya hay vehículos alineados en la entrada de su garaje, pero lo último que quiero es quedarme atrapado aquí, así que aparcamos en la calle y caminamos hasta la casa.

Probablemente, todos en esta fiesta tienen el número de la tarjeta de crédito de Lexi.

Dudo que alguno lo necesite.

En el instante en que se me ocurre esa idea, me arrepiento. Cuando Owen le dio a Sharona Fains los cuarenta dólares, lo juzgué por no saber por qué los necesitaba y aquí estoy, haciendo lo mismo, pero a la inversa.

Samantha mira hacia atrás sobre su hombro porque Maegan y yo caminamos sin prisa como si nos dirigiéramos a nuestra ejecución.

—Vamos, chicos. Me estoy congelando.

—Adelántate —grita Maegan—. Ya entramos —Samantha se voltea y atraviesa el césped trotando—. No sé por qué tenía tantas ganas de venir. Estuvo vomitando todo el día.

—Pensé en hacer lo mismo.

Maegan toma mi mano y hace que me detenga.

—¿Deberíamos esperarla en el coche?

Sus palabras no pretenden ser sugestivas, pero mi cerebro las percibe de esa manera de todas formas. Tengo que obligar a mis ojos a mantenerse al norte de su cuello.

—Podemos —digo—, si quieres.

—¿Qué quieres *tú*? —dice y luego se muerde los labios durante un escalofrío.

—Quiero incendiar esta casa —desearía tener un abrigo para ofrecerle.

—¿En serio? —luce sorprendida.

—¿Por qué? ¿Quieres ayudar?

—Seguro. Tal vez podría mejorar mi reputación de tramposa a pirómana.

Su voz es autocrítica y frunzo el ceño.

—¿Puedo preguntarte algo?

—Por supuesto —me mira a los ojos.

—¿Por qué lo hiciste en primer lugar?

—¿De qué estás hablando? —sus ojos se dilatan.

—Estás en un montón de clases con créditos universitarios. Y te escandalizaste cuando sugerí dividir la tarea el otro día. No es como si *necesitaras* hacer trampa en el SAT. Quiero decir… no lo entiendo.

—Ese es el problema —traga saliva y desvía la mirada—. Ni siquiera sé si *yo* lo entiendo.

—Alguien dijo que tuvieron que anular los puntajes de todos en la habitación.

Cuando vuelve a mirarme, estrellas brillan en sus ojos y me doy cuenta de que es porque hay lágrimas aguardando allí.

—Lo sé. Todos tuvieron que volver a dar el examen. Yo tengo que volver a rendirlo. Es solo… Samantha acababa de obtener su gran beca. Todos estaban celebrando. Había… había tanta presión. Por una vez, quería ser la exitosa. Quería ser la que viniera a casa con un gran logro que mis padres celebraran. Cuando pienso en ese día, se siente como un sueño. Había estado despierta toda la noche estudiando y luego me sentaron al lado de Randall Briggs. ¡Ya había conseguido mil quinientos malditos puntos! Estaba tan cansada y necesitaba un buen puntaje. No fue mi intención afectar a todos los demás. No lo fue.

—Ah, Maegan —ni siquiera sé cómo terminar la frase.

—Por favor, no lo hagas. Por favor, no sientas lástima. No lo merezco. Sé que lo que hice estuvo mal.

—Creo que deberías dejar de castigarte a ti misma —la miro y suspiro.

—*Tú* deberías dejar de castigarte a ti mismo —dice—. Tú eres quien no hizo nada malo. Estos eran tus amigos. Tu padre… lo que tuviste que vivir… —inhala—. No deberían haberte dado la espalda.

Maegan no me hubiera dado la espalda. Estoy seguro.

—Todos piensan que soy un criminal.

—Bueno, todos piensan que soy una tramposa.

—No eres una tramposa.

—Sí, Rob. Lo fui, una vez.

—Un error no te define.

Inhala y se limpia los ojos con cuidado.

—Arruinarás todo el trabajo de Sam.

Eso me hace sonreír. Tengo tantas ganas de tocarla que me duele la mano, pero todavía no me doy cuenta de si ella siente lo mismo o si dice todas estas cosas por ser amable.

—Luces muy linda —digo en cambio.

—Gracias —sus mejillas vuelven a ruborizarse—. Luces… —su rubor se intensifica—. No importa.

—Ah, no. Ahora debes decirme.

—Casi digo que luces como el viejo Rob Lachlan.

Eso hace que me pregunte cómo luce el nuevo Rob Lachlan.

—Desearía sentirme como él.

Pies atraviesan el césped cerca de nosotros y se oye una conversación en forma de murmullos. Un chico y una chica avanzan detrás de Maegan. El chico está cargando dos cajas con seis latas rojas. Nos mira sin darnos importancia, solo otra pareja teniendo una discusión o lo que fuera, pero vuelve a mirar cuando sus ojos registran mi rostro.

—Rob. Guau —es Zach Poco. Debería haber traído a Owen.

Mis defensas se ponen en posición como cuando construyen paredes de ladrillo en una caricatura. Casi puedo escuchar las piedras haciendo contacto entre sí.

—Hola —digo.

Apenas reconozco a la chica que está con él, pero sus ojos se ensanchan y luego se posan en Maegan y vuelven a mí.

Por un instante, me pregunto si Zach tendrá una actitud similar a la de Connor.

Pero luego coloca las cajas debajo de su brazo opuesto y extiende la mano.

—Hola, amigo. No te veo hace tiempo.

Literalmente vamos a la misma escuela y nos cruzamos, por lo menos, una vez al día. Pero bien. Puedo jugar este juego porque lo prefiero sobre la alternativa. Tomo su mano y hago ese movimiento extraño que no es ni un apretón de manos de verdad ni un abrazo.

—¿Conoces a Lily? —dice, señalando con la cabeza a la chica que está con él.

—No, hola —la saludo—. Ella es Maegan.

—Hola —dice Zach—. ¿Van a entrar?

—¿Estás lista? —miro a Maegan.

Sus ojos dicen que está lista para salir corriendo. Pero debe haber algo de su hermana en ella, porque en vez de arrastrarme al coche, se endereza antes de hablar.

—Seguro. Vamos.

CAPÍTULO 22

Maegan

ROB ME GUÍA A TRAVÉS DE LA PUERTA PRINCIPAL HACIA UNA PARED DE oscuridad, sonidos y cuerpos retorciéndose. El aroma a cerveza se siente en el aire, pesado y casi empalagoso. Ninguna de las luces de la casa está encendida en el recibidor principal o en la gran habitación anexa, pero algunas luces brillan en un pasillo lateral. Nos otorgan la luz suficiente como para que no chocar con nadie. La música tiene un bajo envolvente que hace vibrar el suelo. La casa es gigante, pero no logro dilucidar la disposición en la oscuridad. Hay gente *por todos lados*, apenas reconozco a la mitad. Las sombras cubren cada rostro y estoy bastante segura de que ya hemos perdido a la pareja de la entrada que Rob conocía.

Algunas personas echan un vistazo en nuestra dirección a medida que avanzamos por el recibidor, pero nadie nos detiene y nadie dice nada. Pares de ojos se detienen en mi rostro y pierden interés o evalúan el resto de mi cuerpo.

Me acerco más a Rob, tensa. No estoy segura de qué esperar. ¿Guardias armados con dóbermans con correas largas? Nadie nos está prestando atención.

Llegamos al borde de una gran habitación en el fondo. ¿La sala familiar? ¿La sala de estar? No puedo darme cuenta y, en una casa de este tamaño, tal vez tiene un nombre pretencioso como "gran sala". La mayor parte de la pared trasera son ventanas, a través de las cuales se observan la extensión del patio y una piscina cubierta rodeada de antorchas tiki encendidas. Algunos de nuestros compañeros son lo suficientemente valientes como para conversar en el patio, pero aquí, todos están bailando.

Luego veo a Samantha en el centro de la multitud porque *por supuesto*. Está bailando con dos chicos prácticamente en el medio de ellos. Sus ojos están cerrados y está entregada al ritmo y al movimiento. Quiero poner los ojos en blanco, pero al mismo tiempo, me alegra que hayamos venido. Quizás realmente necesitaba esto.

Rob se inclina hacia mí para que pueda escucharlo por encima de la música. Nunca ha estado tan cerca de mí antes y huele a especias, calidez y a cada pensamiento subido de tono que tuve alguna vez.

Luego me percato de que me preguntó si quería algo y está esperando una respuesta.

Quiero que sigas respirando sobre mi cuello de esa manera.

—No —digo rápidamente—. Estoy bien.

—¿Estás segura? —su mano encuentra mi cintura y estoy segura de que es para evitar que me aleje, pero mi mundo se reduce a la sensación de su palma contra el medio centímetro de piel entre mi blusa y mis jeans—. Nunca bebo —dice—. Así que tú puedes, si quieres. Estaré bien para conducir después.

Tampoco suelo beber, pero estoy tan exaltada por su mano, su respiración y el aroma embriagador de su cuello que asiento sin siquiera pensar.

—Está bien —dice—. Ya vuelvo —desaparece dejándome allí contra la pared, cuerpos se mueven a mi alrededor.

Estoy a punto de derretirme en el suelo. Esto es ridículo.

Samantha aparece frente a mí con un vaso rojo en la mano.

—¿A dónde fue Rob? —suena curiosa y demandante.

—Fue a buscarme algo de tomar —me asomo sobre el vaso de plástico que está sosteniendo y me doy cuenta de que su aliento es demasiado dulce—. ¿Estás bebiendo?

—Oh, detente. Es refresco. Necesito algo que evite que vomite.

Un chico se mueve entre la gente y se detiene junto a nosotras. Es alto, tiene cabello claro y me resulta vagamente familiar, pero no sé de dónde.

—Hola, Samantha —grita sobre la música—. No esperaba encontrarte aquí.

—Mmm, hola —Samantha lo mira.

—Craig —se presenta el chico con vacilación y toda la confianza desaparece de su rostro—. Eh… de Taco Taco.

—Hola, Craig —lo saludo.

—Hola —me ofrece una media sonrisa, vuelve a mirar a mi

hermana y pasa una mano por su cabello–. ¿Quieres… eh, te gustaría bailar?

–¿Tal vez un poco más tarde? –Sam engancha su brazo con el mío–. Iba a bailar con mi hermana.

Me arrastra hasta la masa de gente bailando. No soy una gran bailarina, pero puedo defenderme.

–Eres un poco ruda con él –le digo.

–Es demasiado bueno, Megs.

–Claro, de esos tienes demasiados –pongo los ojos en blanco–. Chicos buenos.

–¿Qué? –grita sobre la música.

–No importa –nos movemos con las pulsaciones y comienzo a deshacerme poco a poco de la tensión de mi cuerpo. Nadie aquí me conoce. A nadie le importa quién soy.

Pero saben quién es Rob. En el instante en que lo pienso, la preocupación vuelve de manera estruendosa. Fue solo a buscarme algo para tomar. No debería haberlo dejado ir solo.

Pero Samantha sonríe, me toma por los hombros y me hace girar. Rob está abriéndose camino entre la gente que baila y casi termino chocándome con él. Tengo que poner una mano en su pecho para estabilizarme.

Hola, Rob.

No he bebido ni un sorbo, pero ya me siento ebria.

Pone una fría lata de cerveza en mi mano libre. Se inclina hacia abajo para hablar.

–¿Esto está bien?

–Sí. Por supuesto –en realidad no la quiero, pero tampoco quiero rechazarla después de que haya ido a buscarla por mí.

—Iba a abrirla por ti, pero sé que las chicas a veces son particulares sobre eso.

Huele tan bien que apenas puedo registrar lo que está diciendo.

—Ah, sí. Gracias —rápidamente la abro y bebo un largo trago. Ya levanté temperatura por haber bailado y la cerveza baja con facilidad. Demasiada facilidad.

Rob alza las cejas.

Samantha festeja detrás de mí, pero luego se estira y me quita la cerveza de mi mano.

—Debes estar linda y bailar —grita y luego se aleja bailando con mi cerveza—, no inconsciente en el suelo.

Ahora estoy ruborizándome. Espero que Rob no pueda verlo.

Se acerca a mí. Estamos moviéndonos con la música, pero no bailamos. No nos tocamos. Se inclina hacia adelante.

—Es lindo que Sam cuide de ti.

—Tiene sus momentos —no sé cuán rápido pueda afectarte una lata de cerveza, pero mi cerebro siente como si estuviera tropezándose—. Gracias por la cerveza, estaba preocupada por ti.

De repente, está más cerca. Sigue sin tocarme, pero puedo sentir su calor.

—¿Preocupada?

—Sé qué estás nervioso por haber venido.

—Bajé la cabeza, tomé una cerveza y me fui. Estuvo bien —encoje los hombros levemente—. Y ahora estamos en la oscuridad, bailando. Es un buen escondite.

¿Eso significa que soy un buen escondite? Estoy tan confundida. Todavía no tengo idea de qué le pasa a Rob conmigo.

Tengo varias ideas de lo que me pasa a mí con él. Muchas de

ellas lo incluyen a él quitándose la camisa. Algunas de ellas lo incluyen a él quitándome la mía.

Okey, definitivamente estoy sintiendo la cerveza.

La música cambia y se transforma en algo vibrante y sensual, tiene un ritmo que puedo sentir en todo mi cuerpo. Rob no me pregunta si quiero bailar, toma mi mano y me hace girar con la música. Los cuerpos a nuestro alrededor se tornan borrosos. Parece que no puedo concentrarme en nada más que en sus ojos, oscuros, ensombrecidos y fijos en los míos. Sus manos rozan mi cintura, mis caderas, mis hombros, pero nunca más.

Solo lo suficiente para volverme loca.

Empieza otra canción, pero Rob no muestra ninguna señal de querer detenerse. Su mano roza la línea de mi mandíbula. Mi hombro. Cae en mi cintura. Se queda allí.

Otra canción. Más gente. Más cerca. La sala de estar es una ola de cuerpos vibrando. El ritmo controla mi corazón. Su cuerpo roza el mío mientras nos movemos.

Luego está sobre mí. Su mano acaricia mi cabello hacia atrás y sus labios pasean por mi cuello. Me quedo sin aliento. Podría prenderme fuego aquí mismo.

—Ey —dice, su voz es baja y solo para mí—. ¿Podemos salir de la pista de baile?

Asiento con la cabeza, incapaz de hablar. Me guía entre la gente hacia un pasillo oscuro. De repente, estamos alejados de masa de gente y la música es menos intensa. Mi corazón palpita en mi pecho y siento electricidad en todo mi cuerpo. No sé a dónde me está llevando y, en este momento, no me importa.

Cada puerta de este pasillo está cerrada, quedamos casi en una oscuridad absoluta. Rob se detiene al final, frente a un par de puertas dobles. Pasa una mano por su cabello y respira profundamente.

—Lo lamento —dice—. Connor entró y no quise… no quise que sucediera nada.

Mi cerebro necesita unos momentos para procesar sus palabras. No las comprendo.

¿Todo eso fue una distracción? Mi respiración se acelera y me obligo a calmarme. Me siento tan tonta. Estaba dejándome llevar por ningún motivo. Rob no está interesado en mí. Está intentando mantenerse escondido hasta que podamos salir de aquí.

Desearía haber bebido la otra mitad de mi cerveza. Siento como si estuviera lista para llorar.

—Ey —dice Rob. Se acerca. En el pasillo está más oscuro que en la sala de estar así que es fácil evitar sus ojos—. ¿Estás bien?

—Sí. Solo… —tengo que contener el llanto. *Demonios*—. Solo me quedé sin aire.

—¿Qué pasa? —de alguna manera, está todavía más cerca.

—Nada. Todo está bien.

—Maegan —dice mi nombre como una promesa.

No puedo decir nada. Quiero ser atrevida, estridente y segura como Samantha, pero no lo soy. Soy honesta, abierta y transparente con mis sentimientos. Así que fijo mis ojos en el cuello de su camisa y siento cómo queman mis mejillas mientras hablo.

—Soy una idiota. Me dejé… me dejé llevar.

Rob se queda callado por un momento.

—No comprendo.

—Me olvidé de que me estabas usando como escondite para que nadie te viera —levanto la cabeza para mirarlo a los ojos.

—¿Eso es lo que crees?

—Dijiste que necesitabas alejarte de Connor.

—*Quería* alejarme de Connor —su mano se ubica en mi cintura, cálida y segura. La otra encuentra mi rostro y su pulgar acaricia mi pómulo—. Porque no quería ser interrumpido.

Ah.

Y antes de que pueda procesar por completo lo que dijo, desliza su mano en mi cabello y apoya sus labios contra los míos.

Rob besa como todo lo que hace: lento, con deliberación y lleno de seguridad. Sin titubeo, solo la adictiva calidez de la fuerza de su boca. Cuando su lengua roza la mía, hay una pregunta implícita y la respondo tomando su camisa con una mano y acercándolo hacia mí. Un sonido grave escapa de su garganta y mi espalda encuentra la pared. No puedo parar de tocarlo. Mis dedos recorren la línea de su mandíbula, la curva de su cuello, la suave piel de su clavícula antes de desaparecer debajo de su camisa.

Sus manos están igualmente ocupadas en mí, son peso fuerte en mi cintura y se deslizan por el borde de mi blusa. La sensación de sus palmas en la piel desnuda de mi espalda logra que mis labios suelten un jadeo y Rob se aleja unos centímetros.

—¿Está bien? —susurra.

Respiro con dificultad.

—Muy bien. No te detengas —pero tomo el cuello de su camisa y digo las palabras tan rápido que suenan todas juntas. *Muybien-notedetengas.*

Rob sonríe y cumple.

Mi blusa se levanta a medida que él se atreve un poco más, su pulgar bordea mi abdomen y me hace subir la temperatura al mismo tiempo que tiemblo. Ahora besa mi cuello, susurra mi nombre de una manera que repetiré en mi cabeza una y otra vez más tarde. Una mano baja un poco más, acariciando la línea de piel debajo de la cintura de mis jeans.

Prácticamente estoy jadeando contra la pared y me alegra que esté aquí para sostenerme. Estoy un poco mareada y fuera de mí, como si hubiera salido de este momento y no puedo creer que está sucediendo. Luego, sus dedos encuentran la tira trasera de mi sujetador y acarician la piel debajo.

—Rob —susurro—. Rob.

Sus manos me sueltan. Sus ojos oscuros e intensos están fijos en mí.

—¿Demasiando?

No es suficiente. La música de la fiesta repentinamente se siente más fuerte y estoy muy consciente de que alguien podría caminar hasta aquí en cualquier momento.

—No, es solo que… estamos en un pasillo.

Rob sonríe con ojos interrogativos.

—¿Quieres no estar en un pasillo?

Asiento rápidamente y su sonrisa se transforma en una risa voraz. Toma mi mano y enfrenta las puertas dobles. Sobre el picaporte hay un mecanismo para insertar un código numérico. Espero que Rob se voltee hacia alguna de las otras puertas, pero comienza a pulsar números y la cerradura cede al instante.

—¿Sabes a dónde vas? —vacilo.

—Prácticamente crecí aquí. Ven.

Esperaba encontrar una habitación, probablemente la suite principal, pero las puertas llevan a un pasillo poco iluminado. A modo de paredes, hay ventanas desde el suelo hasta el techo. Al final del corredor hay otro par de puertas dobles. De un lado, puedo ver el jardín y del otro, la piscina iluminada con antorchas. La puerta se cierra detrás de nosotros. Los sonidos de la fiesta desaparecieron y estamos atrapados en una pecera silenciosa de ventanas.

—Esta es una adición al edificio principal —dice Rob—. Lleva hacia la casa de la piscina —esta vez cuando tira de mi mano, lo sigo. El segundo par de puertas no está cerrado y las atravesamos rápidamente. Entramos en una gran habitación con un techo estilo catedral con vigas de madera. El suelo es de cerámica gris, las paredes están cubiertas de piedra, pero mis ojos son atraídos hacia un jacuzzi gigante que lanza vapor en el centro de la habitación. Los jets están encendidos y crean un ruido blanco que rebota en las paredes. La única luz de la habitación proviene de las luces en el centro del jacuzzi que forman patrones acuáticos azules y blancos contra las piedras.

—Dios mío —susurro. No somos pobres, pero no conozco a un solo amigo que tenga algo como *esto* anexado a su casa. Mis ojos se posan en Rob—. ¿Tu casa es así?

—No tengo una piscina —dice. Pero eso es lo *único* que dice, lo que me hace pensar que su casa no es mucho menos extravagante.

Un gran televisor está montado en la pared en el otro lado de la habitación, sobre lo que parece ser el mueble del bar, con un refrigerador de tamaño estándar, dos filas de botellas de alcohol y dos docenas de copas de vino colgando boca abajo, debajo de una repisa. La puerta a la derecha del bar está cerrada y oscura.

—Connor no deja que la gente entre aquí durante la fiesta

–dice. El sonido del agua suaviza cada palabra. Señala la puerta cerrada con la cabeza–. Su padre se volvería loco si alguien entrara a su oficina. Pero sus amigos cercanos vendrán aquí cuando todos comiencen a irse.

Me alejo de él y mojo los dedos en el agua del jacuzzi. Toda esta habitación es como un paraíso secreto.

Mi mano se detiene en la esquina. Hay unos aretes de diamante en una pequeña curvatura en el plástico. Los toco con un dedo.

–Alguien extrañará esos.

–La madre de Connor es un poco descuidada.

–¿Con *diamantes*? –pero luego mis ojos vuelven a examinar la habitación y me doy cuenta de que la mamá de Connor probablemente *puede* ser descuidada con diamantes.

–Con todo –Rob habla detrás de mí. Apoya sus manos en mi cintura y se inclina para besar mi cuello. En medio segundo, estoy sonrojada y loca por la atracción y me olvido completamente de lo que estábamos hablando.

–¿Esto está bien? –susurra, sus labios son una suave caricia sobre mi piel. Su mano descansa sobre mi abdomen, su peso es un peso cálido detrás de mí.

–Sí –digo–. Sí.

Pero luego mi cerebro se activa y giro en sus brazos.

–Espera. ¿A qué estoy diciendo que sí?

Sus ojos se ensanchan por la sorpresa, pero luego se ríe un poco.

–Es claro que eres hija de un policía –quita un mechón de cabello de mis ojos, sus dedos se toman su tiempo mientras acaricia la curva de mi oreja–. Lo que tú quieras –dice, pero luego se avergüenza–. Bueno, no *lo que quieras* porque no vine preparado para todo eso y el piso de cerámica es *frío*, sin mencionar *duro*...

Me rio tontamente casi sin aliento y pongo una mano sobre su boca. Estoy ruborizándome con ferocidad.

–No creo estar lista para todo eso.

Rob asiente detrás de mi mano con ojos serios. Luego toma mi muñeca y besa mis dedos con gentileza.

–Si quieres podemos volver a la fiesta.

–Quiero quedarme aquí. Solo... –vuelvo a sonrojarme–. Lento –mi rubor se intensifica–. Más lento.

–Puedo ir más lento.

Uh, sí puede.

Ahora está más seguro, si eso siquiera es posible, sus manos acarician el largo de mi espalda debajo de mi blusa. Cada vez que su boca se aleja de la mía, siento veneno. Podría pasar el resto de mi vida así, besando a Rob Lachlan en la oscuridad con el sonido del agua cayendo detrás de nosotros.

–¿También trajiste a Callie aquí? –susurro cuando se libera para besar mi cuello hasta llegar a mi hombro desnudo.

–¿Callie quién?

Dios, podría enamorarme de él. Uso mis dos manos para jalar de su camisa y liberarla de sus jeans. Luego, mis manos se posan en la curvatura musculosa de su espalda.

Soy recompensada con un jadeo.

–Dios, Maegan –su pecho está contra el mío. Puedo sentir su respiración. Su corazón late tan rápido como el mío.

Sin pensarlo, me quito la blusa y hago un gesto como para lanzarla, pero Rob la toma en el aire antes de que salga disparada.

—Tal vez no deberías lanzar eso en el jacuzzi.

Estallo en risas. De repente, estoy cohibida y mareada.

—Lo lamento, fui yo quien dijo "más lento".

No se molesta en desabotonarse la camisa, simplemente la pasa por encima de su cabeza.

—No te preocupes. Puedo ponerme al día.

Luego me acerca hacia él y, esta vez, su boca está *en todos lados*. He llegado hasta esta altura con un chico antes, pero nunca así. Nunca con esta electricidad en el aire, esta sensación embriagadora de adrenalina y atracción que hace que quiera quitarme el resto de la ropa. Mis manos abrazan sus hombros, los músculos tensos de sus brazos.

Sus manos se acercan a mi cintura y, antes de que esté lista, me levanta y me sienta en el borde del jacuzzi. Chillo riéndome, pero me sostiene y luego besa fuego en mi estómago.

Estoy tan embriagada de él que no noto el ruido de la puerta, o tal vez no hay ningún sonido. Escucho un paso y luego la voz de un hombre.

—Ahora bien, ¿ese es Rob Lachlan?

CAPÍTULO 23

ROB

BUENO, DEMONIOS.

Antes de que todo sucediera con mi padre, nunca tuve una mala relación con el papá de Connor. Podría llenar un cuaderno con las historias que Connor me ha contado de él, pero el tipo siempre fue educado conmigo. Algunas veces me quejaba con papá de él, especialmente después del incidente de dormir afuera bajo la lluvia y papá suspiraba y decía: "Bill es un buen hombre, Rob. No siempre estuve de acuerdo con tu abuelo, pero ahora puedo respetar las decisiones que tuvo que tomar. Connor podrá estar molesto, pero la relación de un hombre con su hijo puede ser muy complicada". No me digas.

No tengo idea de dónde salió Bill, pero está cerca del bar, luce como el perfecto papá corporativo en caquis, una camiseta estilo polo y unas gafas de marco oscuro sobre su nariz. Por un instante, me pregunto si ha estado aquí todo el tiempo y, de alguna manera, no lo vi. Sigo parado al lado del jacuzzi, pero Maegan se bajó del borde. Ahora está aferrándose a mi espalda, escondiéndose detrás de mí.

Su respiración es una corriente caliente en mi hombro.

—Oh, por Dios, ¿conoces a ese tipo?

—Sí —tengo que aclarar mi garganta. Mi cuerpo no estaba preparado para este giro de emociones de ciento ochenta grados. Estoy ruborizado, excitado, enojado y humillado. Los pechos de Maegan haciendo presión sobre mi espalda no están ayudando. Pero bueno, tampoco ayuda conocer esa expresión de Bill.

No puedo leer su rostro, pero no hay cómo disimular lo que estaba sucediendo aquí. Tal vez llamará a la policía y venderá a un segundo miembro de la familia Lachlan.

Tengo que volver a aclararme la garganta.

—Es el padre de Connor —el hombre nos mira sobre sus anteojos.

—Ha pasado un largo tiempo, Rob. ¿Debería darte a ti y a tu… amiga… un momento para arreglarse?

No espera una respuesta, solo se voltea y atraviesa la puerta hacia su oficina iluminada tenuemente.

¿Estuvo allí todo este tiempo?

—¿Rob? Ven y habla conmigo un minuto cuando termines —sentimos su voz a la distancia.

Eso no suena prometedor.

Maegan se agacha para tomar su blusa del suelo.

—¿Estará todo bien? —susurra rápidamente—. ¿Estamos en problemas?

—Quitarse la blusa no es un crimen —mi voz es filosa, pero nada de mi enojo es dirigido a ella así que acaricio su mandíbula con un dedo para suavizar las palabras—. Está bien. Estará bien.

No tengo idea de si eso es verdad.

Se pone la blusa apresuradamente.

—¿Por qué quiere hablar con nosotros?

—No con nosotros. Conmigo —estoy luchando para desabotonar mi camisa, no es ni remotamente tan fácil ponérsela como lo es quitársela—. No tienes que entrar.

—Pero él dijo…

—No me importa lo que haya dicho. No te arrastraré a esto.

—¿Siguen vistiéndose? —pregunta Bill.

Me pongo la camisa y luego le doy a Maegan un beso rápido en la mejilla.

—Encuentra a Samantha y espérame en la sala de estar.

Solo la mitad de mis botones están abotonados cuando atravieso la puerta hacia la oficina de Bill. La habitación está débilmente iluminada por una pequeña lámpara de escritorio al lado de su computadora. Todos los muebles aquí tienen un sofisticado cuero rojo y madera pulida. Hay diplomas y premios enmarcados en la pared detrás de él, junto con un cuadro de un puerto a la luz de la luna que es un Chagall real.

No pensaba mucho en estas cosas hace un año. Ahora, son difíciles de aceptar cuando pienso en Owen preguntándome si alguna vez tuve diez dólares en el bolsillo cuando lo veía comer un sándwich de queso. La mamá de Connor puede ser descuidada con un par de costosos aretes mientras que la mamá de Owen está estresada por gastar cien dólares en unos zapatos para el trabajo.

Tengo que deshacerme de estas ideas.

A pesar de pedirme dos veces que hable con él, Bill no levanta la mirada cuando me detengo en el marco de la puerta. Hay algunos documentos en el escritorio, en una fila casi perfecta sobre el papel secante. Tiene un lápiz en la mano y está mirando uno de los documentos. Es un movimiento pasivo-agresivo. *No eres importante hasta que decida que lo eres.*

Tengo cero tolerancia para esta basura. Golpeo el marco de la puerta con mis nudillos.

—¿Quería verme?

—¡Rob! Entra. Han pasado mil años —junta los papeles en una pila y los coloca boca abajo. Luego alza la mirada, se quita las gafas, sus ojos están afligidos—. He estado preocupado por ti. No te hemos visto por aquí y sé que las cosas han sido difíciles.

Las cosas.

—Mamá y yo estamos bien —no me muevo del marco de la puerta.

—Marjorie la llamó el otro día. Dijo que tu mamá ha estado incentivándote a que consigas ayuda.

Me enfurezco. No me gusta la idea de que mamá hable de mí con nadie de esta familia. Sé que mi padre es responsable por lo que hizo, pero Bill Tunstall fue quien detonó el derrumbe. Tal vez mamá pueda hacer una separación en su cabeza, pero definitivamente yo no puedo.

–Debería volver con Maegan –digo.

–No quise interrumpir su pequeña... eh, *cita*, pero me alegra que estés aquí –se apoya contra el respaldo de su silla–. Connor dijo que has estado evitándolo. Es bueno ver que vuelven a pasar algo de tiempo juntos.

–No diría eso –dudo–. ¿Ha estado aquí todo el tiempo?

–Siempre estoy aquí cuando vienen los amigos de Connor. Sino es demasiada responsabilidad.

Muevo mis pies y me obligo a detenerme. Estar aquí en frente de Bill me recuerda a mi padre de maneras que no aprecio. Casi puedo sentirlo dándome una palmada en el hombro diciendo "Enderézate, Rob. Sé un hombre".

Siento como si hubiera sido yo quién bebió media lata de cerveza en vez de Maegan.

Bill señala a las sillas al lado de su escritorio.

–Siéntate. Quería hablar contigo.

Quiero salir corriendo, pero es distinto de cómo quería huir de la oficina del señor London. Bill Tunstall representa todo lo que tuve una vez. Si Bill hubiera podido advertido a mi padre –si hubiera podido *advertirnos*–, si hubiera podido ayudarnos a enmendarlo...

Estos pensamientos me están asfixiando. Mis manos se tensan. Doy un paso atrás.

–Realmente no quiero dejar a Maegan sola mucho tiempo.

–Rob. Por favor. Eras como un hijo para mí –no se mueve de su silla.

Sus palabras se sienten como una bala que se atasca en mi pecho y causa un dolor que hace difícil respirar.

—No —respondo. Me cuesta hablar—. No lo era.

—Sí —su expresión no se modifica—. Te mantuve al margen.

—Sí —mi voz se quiebra y tengo que respirar para cubrirlo—. Seguro. Realmente me sentí al margen.

—Lo hice —hace una pausa, se quita los lentes y los dobla sobre el escritorio—. Trabajaste para tu padre. Eres un chico inteligente, Rob.

Me toma un momento comprender lo que está diciendo y, cuando lo hago, es como recibir una segunda bala en el pecho.

—No sabía lo que estaba haciendo. En serio.

—Como dije —Bill alza sus manos—, te mantuve al margen. Era lo menos que podía hacer por tu madre y por ti.

—No actúe como si nos hubiera hecho un favor —mis manos se cierran en puños.

—No fue una situación fácil para ninguno de nosotros, hijo.

—No me llame así —mi voz está acalorada. Nunca suelo estallar en furia, pero ahora prefiero enojarme que llorar—. No tiene idea.

Bill se queda callado por un momento, pero su expresión se tiñe de lástima.

—Puedo ver que te molesté. Lo lamento. Quiero que sepas que estoy aquí si necesitas algo. Lo que tu padre estaba haciendo... estaba mal, Rob. Lo que sea que te hizo hacer...

—¡Yo no estaba haciendo nada!

El padre de Connor sigue hablando como si no lo hubiera interrumpido. Su tono es tranquilo y estable.

—... eres mejor que eso, Rob. Sé lo que estaba sucediendo. Pero tú eres mejor que eso, ¿sí?

Lo estoy fulminando con la mirada, mi respiración se acelera y mi corazón late tan fuerte que siento como si fuera a hiperventilar. O tal vez me convertiré en el increíble Hulk.

Piensa que soy un ladrón. Piensa que estaba ayudando a mi padre. *Realmente* piensa que, de alguna manera, me protegió de la investigación.

—No lo sabía —repito con voz lúgubre.

—Okey, Rob. Si tú lo dices.

Me volteo, de alguna manera logro caminar sin romper las baldosas de cerámica con mi furia.

—Prueba que me equivoco —grita desde detrás de su escritorio—. Solo estoy cuidándote.

—No necesito probar que se equivoca —grito—. Mi padre era el ladrón. No yo.

Camino con furia hacia el jacuzzi.

Y luego, cuando estoy a la vuelta de la esquina de dónde Maegan y yo nos estábamos besando, me contradigo. Deslizo mis dedos sobre el borde del jacuzzi, recojo los aretes de diamante olvidados y los meto en mi bolsillo.

Luego cierro las puertas con un golpe y dejo a Bill Tunstall detrás de mí.

En mi furia casi no veo a Maegan, quien me está esperando en el pasillo de vidrio que conecta la casa de la piscina con la casa principal. Probablemente es un milagro que no la haya golpeado con la puerta. Tiene que tomar mi brazo para detenerme, para llamar mi atención.

–Ey –dice–. Detente. ¿Estás bien?

Soy una bomba activada con segundos antes de detonar. Tomé esos aretes. *Robé* esos aretes. Prácticamente no tienen peso, pero siento como si mi bolsillo estuviera repleto de plomo. Necesitamos salir de aquí.

–Sí. No. ¿Dónde está tu hermana?

–No sé. Estaba preocupada por ti…

–Estoy bien –tomo su mano y avanzo.

Me sigue, casi trastabillándose para mantenerme el ritmo.

–Rob… no estás… tu camisa no está…

–Está bien –empujo el segundo par de puertas y la música golpea mi rostro. Está más fuerte que antes o mis nervios están más volátiles. Las luces titilantes de la sala de estar ya me están haciendo doler la cabeza.

–¿Qué te hizo? –Maegan estruja mi mano.

–Nada –finalmente dejo de dar vueltas y la miro–. ¿Crees que podrías convencer a tu hermana de irnos ahora?

Debo lucir como un desastre porque Maegan asiente rápidamente.

–Encontrémosla y salgamos de aquí.

La gente bailando ocupa toda la sala de estar de pared a pared. Más tempano me pareció embriagador: la música, la oscuridad, la sensación del cuerpo de Maegan rozando el mío. Ahora es nauseabundo, la música está demasiado fuerte y la habitación demasiado calurosa. Los aromas a cerveza, alcohol y humo se enhebran en el aire y golpean mis sentidos. No puedo identificar el rostro de nadie. Espero que Maegan esté buscando a Samantha, porque apenas puedo pensar.

Solo estoy cuidándote.

Seguro, Bill. Muchas gracias.

Al mismo tiempo, estos pensamientos me empapan de culpa. Mi padre no era un buen hombre. Lastimó a muchas personas. Tengo que mirarlos a los ojos cada día. Debería estar *feliz* de lo que hizo Bill.

No lo estoy. Tengo que vivir con las consecuencias. No estoy feliz al respecto.

—Allí —dice Maegan, esta vez ella me guía *a mí* entre la multitud. La gente bailando me empuja, pero me aferro con fuerza a sus dedos mientras me arrastra hacia el medio de la pista de baile.

Samantha tiene los ojos cerrados, sostiene de manera precaria un vaso de plástico rojo con sus dedos y está bailando de espaldas contra un tipo que nunca había visto antes. El chico baila detrás de ella con una mano sobre el abdomen de Samantha.

Maegan me suelta para enfrentar a su hermana.

—Sam. ¡Ey! ¡Sam!

Su hermana abre los ojos con pereza, pero no deja de bailar.

—Hola, Megs.

—Tenemos que irnos.

—Ni lo sueñes. Me estoy divirtiendo —vuelve a cerrar los ojos.

—Sam. En serio —Maegan está gritando sobre la música—. Tenemos que irnos.

El tipo que baila detrás de Samantha abre los ojos irritado. Su voz es un leve murmullo que se pierde en la música.

—Dijo que nos estamos divirtiendo, ¿okey?

—Maegan. Está bien —no quiero pelearme con un extraño. No quiero nada que llame la atención hacia nosotros. Mis nervios están tan golpeados que quiero ir a esperar en el coche. Esos aretes se sienten como pequeñas bolas de fuego en mi bolsillo.

Maegan gira su cabeza hacia mí.

—Él nos trajo y tenemos que irnos. Vamos, Sam.

Samantha se aleja del chico alto y gruñón y empuja a Maegan levemente por los hombros.

—¿No sabes que estoy cansada de que la gente me diga lo que tengo que hacer? —bebe un sorbo de su vaso, luego me empuja a mí de la misma manera y me habla directamente en mi rostro.

»Márchate si quieres. Conseguiré a alguien que me lleve a casa —luego vuelve a voltearse hacia su nuevo amigo.

Tardo medio segundo en darme cuenta de que está ebria.

Tardo un segundo entero en comprender las consecuencias de eso. Una vez más, estoy tan inmerso en mis propios problemas que me olvido de que no todo es flores y arco iris para el resto.

Maegan comprende la situación tan rápido como yo. Sus ojos están bien abiertos.

—Oh, por *Dios*. Sam, ¿estás *demente*? —da un paso hacia adelante y toma a su hermana del brazo.

»No puedo dejarte aquí así. No puedo creer que estés ebria.

—Ey —dice el chico y jala a Samantha detrás de él—, dijo que no quiere irse contigo.

—Es mi hermana —replica Maegan—. Y está ebria.

—Tranquila —digo poniendo una mano sobre su brazo. Maegan tiene un fuego dentro de ella que iguala al de Samantha cuando elige liberarlo, pero lo último que necesito es una pelea en el medio de la sala de estar de Connor.

—Todos están ebrios —dice el chico—. No quiere irse contigo.

—Sí, bueno, está *embarazada* —Maegan se libera de mi mano.

El chico se sorprende. Sus ojos van del rostro de Samantha a su panza una y otra vez.

—¿Estás qué?

—¡Olvídalo! —dice Samantha—. Solo olvídalo.

Se mueve para pasar al lado de su hermana, pero Maegan toma su brazo.

—Por favor, Sam. Vamos, salgamos de… —Samantha gira y la abofetea. Se tambalea, no fue un golpe fuerte, pero Maegan grita y retrocede unos pasos. Su mano vuela hasta su mejilla.

—Ey —me paro delante de ella y bloqueo a Samantha antes de que pueda prepararse para otro golpe.

—Quítate de mi camino, Rob —dice.

—Tienes que calmarte —hemos comenzado a llamar la atención de todos los que nos rodean. Bailan poco y miran mucho.

Samantha me empuja en el pecho. Es fuerte, pero está realmente ebria, así que no me mueve.

—Detente. Nos vamos —sujeto sus muñecas.

—Vete al diablo.

Tengo tantas ganas de salir de aquí que considero arrastrarla físicamente por la puerta.

—Está bien. Quédate. Llevaré a Maegan a casa.

—No —chilla detrás de mí—. No podemos dejarla aquí.

—¡No soy un bebé! —grita Samantha—. Tengo dieciocho años y tú no eres mi madre.

—Tienes suerte —replica Maegan—. Mamá te *matará*.

—Bueno —Samantha libera sus manos—. Supongo que eso solucionaría muchos problemas, ¿no?

Se me acabó la paciencia, pero tampoco quiero dejar a la hermana borracha de Maegan a la deriva.

—Por favor —le digo a Samantha y puedo escuchar la urgencia en mi propia voz—. Por favor, ¿podemos irnos?

Sam inhala. Sus ojos están un poco fuera de foco.

Y luego, porque a la vida le gusta patearme incluso cuando ya estoy en el suelo, Connor se abre paso entre la multitud a los empujones. Sus ojos están clavados en los míos y hace a un lado a Samantha para ponerse en mi rostro.

—Debí imaginar que serías tú causando problemas, Lachlan.

—Déjame en paz, Connor. Estoy intentando marcharme.

—¿Sí? No parece que estés intentando con mucho entusiasmo. Parece que estás molestando a esta chica.

Cuando *él* me empuja, definitivamente tiene la fuerza suficiente para hacerme retroceder un paso. Tengo que apretar los dientes para evitar contraatacar.

—¿Qué demonios estás haciendo aquí? —demanda.

—Pregúntale a tu madre —replico. Me volteo, tomo la mano de Maegan y comienzo a abrirme paso entre la multitud.

Debería haberlo sabido. Connor nunca se echa atrás, especialmente cuando tiene algunas cervezas en su sistema. Toma mi camisa por el hombro y me hace girar. Tiene la boca abierta y sus ojos están oscuros por la furia. Está a punto de hacer algún comentario que hará que quiera desmoronarme en la alfombra.

No le doy oportunidad. Retrocedo y lo golpeo en el rostro.

Maegan suelta un pequeño grito de sorpresa detrás de mí. Connor cae al suelo. Sangre, casi negra en las sombras, brilla en su boca.

Está intentando ponerse de pie. Casi todo el mundo está observándonos. Nada atrae a una audiencia como una pelea. Pero Connor tiene amigos aquí y yo no.

—Tenemos que irnos —casi no tengo aliento.

—Okey —dice Maegan—. Okey. Pero Sam...

No termina la oración. Sam desapareció.

—Vamos —dice luego—. Vamos.

No es necesario que me lo diga dos veces.

Capítulo 24

Maegan

Hemos estado conduciendo por un rato y el aire en el coche es denso por la calidez y la oscuridad silenciosa. Tengo tantas cosas dando vueltas en mi cabeza que no me doy cuenta de que Rob no se está dirigiendo a mi vecindario hasta que activa la señal de giro y veo el cartel de la carretera interestatal.

–¿A dónde estamos yendo?

–No lo sé –Rob respira con dificultad–. Lo lamento. Solo estaba conduciendo –echa un vistazo en mi dirección, las luces de los otros vehículos iluminan sus rasgos–. Puedo llevarte a casa.

–¡No! –trago saliva–. No puedo ir a casa sin Samantha.

–Dime qué quieres hacer –dice Rob.

—No lo sé —mi voz apenas es un susurro.

Sigue conduciendo sin sentido. Ahora lo comprendo.

Quiero sacar mi teléfono de mi bolso, pero me aterroriza lo que pueda encontrar. ¿Samantha habrá ido a casa? No la imagino yendo a casa borracha; pero tampoco me la hubiera imaginado ebria y embarazada, así que mi imaginación no vale mucho. ¿Mis padres estarán buscándome? Papá me dijo que me mantuviera alejada de Rob Lachlan y ahora estamos avanzando como un cohete por la autopista a cien kilómetros por hora.

—Ve más despacio —digo—. Por favor. Lo último que necesito es que nos detenga la policía.

—Lo lamento —libera un poco el acelerador.

—No. Está… está bien —me froto mi rostro con mis manos. Mi mejilla sigue ardiendo en dónde Samantha me golpeó. No puedo creer que hizo eso—. Tal vez no deberíamos haberla dejado allí.

—Envíale un mensaje.

—No quiero mirar mi teléfono.

—¿Crees que puede haberle dicho a tus padres? —pregunta después de un momento.

—Me lo merecería.

—No —por primera vez desde que nos subimos al coche, su voz es segura y estable—. ¿Por qué? Tu hermana embarazada estaba ebria en una fiesta e intentaste sacarla de allí. No tenía derecho a golpearte —hace una mueca y flexiona sus manos sobre el volante—. Yo tampoco debería haber golpeado a Connor.

No puedo descifrar todas las notas oscuras en su voz y me pregunto qué sucedió con el padre de Connor antes de que todo se fuera al diablo en la sala de estar.

—¿Te duele la mano?

—Estará bien.

He pasado el tiempo suficiente entre policías como para saber que esa es la manera en que los hombres dicen "duele, pero no lo admitiré". Me estiro, tomo su mano del volante, la extiendo sobre mi palma y luego acaricio sus nudillos con mis dedos. Está demasiado oscuro como para ver algo, pero se sienten hinchados.

Encierra su mano en la mía y entrelaza nuestros dedos, luego lleva mi mano a su boca y besa delicadamente mis nudillos. Siento escalofríos hasta mi antebrazo.

—¿Te duele el rostro? —pregunta.

—No —digo y es verdad—. No me golpeó fuerte —trago saliva—. Estaba más sorprendida que otra cosa.

—Bien —vuelve a besar mi mano.

Me alegra que esté mirando el camino porque me estoy derritiendo en el asiento del pasajero. Luego, deliberadamente apoya mi mano sobre mi rodilla y me suelta.

—¿Podrías revisar tu teléfono? Tu papá es policía y todos ya piensan que conspiré con mi padre para robar millones de dólares. Preferiría no agregar secuestro a la lista.

No hay ningún rastro de humor en su voz, así que sé que esto debe estar molestándole. Es tan extraño estar sentada aquí juzgando mis propias decisiones mientras él está junto a mí preocupado por cómo otras personas juzgarán las de él.

Toco el botón para desbloquear mi teléfono.

—No tengo mensajes.

Rob suspira, pero no suena aliviado. Deslizo los dedos por la pantalla y escribo un rápido mensaje a mi hermana.

MAEGAN: Por favor, dime que estás bien.

Nada. Escribo otro mensaje.

MAEGAN: Sam. Por favor. Estoy preocupada por ti.

Nada.

MAEGAN: Si no me dices que estás bien, llamaré a mamá.

Por un momento, no sucede nada y me preocupa tener que cumplir mi amenaza. Pero luego, aparecen tres puntitos que me avisan que está escribiendo.

SAMANTHA: Me sorprende que no la hayas llamado aún.

Las palabras me golpean más fuerte que la bofetada. No se me había ocurrido que Samantha estuviera haciendo lo mismo, esconderse porque está asustada de ir a casa. Deslizo mis dedos por la pantalla rápidamente.

MAEGAN: No estoy intentando lastimarte. Estoy intentando ser tu hermana.

SAMANTHA: Estoy bien. Craig me está llevando a Taco Taco para desembriagarme un poco antes de llevarme a casa.

Craig. Mis cejas se disparan hacia el cielo. Leo el mensaje en voz alta para Rob.

—Huh —es todo lo que ofrece.

—¿Crees que estará bien?

—Parecía un buen tipo —se detiene y vuelve a mirarme—. Tu hermana es bastante buena logrando que la gente haga lo que ella quiere, ¿no?

—Esa es una linda manera de decirlo —resoplo.

Volvemos a quedarnos en silencio, pero ahora sé que mamá y papá no tienen a la policía estatal de Maryland buscándonos. Nos relajamos con el ruido blanco de la autopista. Mi mano sigue cosquilleando en dónde él la besó. Cada vez que mi cerebro reproduce la sensación de sus manos y su boca en mi cuerpo, mis mejillas levantan temperatura y tengo que mirar por la ventana. Me alegra que esté oscuro y no pueda darse cuenta.

Quiero saber cuánto tiempo más planea seguir conduciendo, pero me preocupa que piense que estoy lista para volver a casa. No lo estoy. Ni por asomo.

Finalmente, lo miro.

—¿De qué quería hablar el papá de Connor?

—Quería asegurarse de que siguiera por el buen camino —sus manos vuelven a flexionarse en el volante—. Dijo que estaba intentando cuidarme. Sí, claro.

Sé lo que hizo el señor Lachlan, por supuesto, pero no conozco suficientes detalles sobre los Lachlan y los Tunstall como para comprender la dinámica de lo que eso significa.

—¿No te cae bien?

Rob me mira sorprendido.

—Bill Tunstall fue quién lo delató. Descubrió lo que papá estaba haciendo.

—No sabía eso —guau, hago una pausa—. ¿Por eso odias tanto a Connor?

—Sí —hace una mueca—. No. Es complicado.

No dice nada más.

—Solo estamos tú y yo en el coche.

Se queda en silencio por un rato, el coche sigue devorando los kilómetros. Esta vez, su silencio es deliberado así que espero.

—No odio a Connor —dice finalmente, hace una pausa y pasa una mano por su cabello—. A veces sí. No lo sé. Era mi mejor amigo —se ríe sin mucho humor—. Eso suena tan estúpido. Como si estuviéramos en tercer año, ¿no?

Pienso en Rachel, quien no me ha hablado desde la noche que discutimos en Taco Taco.

—No es estúpido.

—Papá y Bill siempre fueron cercanos. No estaba bromeando cuando dije que prácticamente crecí en esa casa. Siempre estábamos allí o ellos en nuestra casa. Cenas, barbacoas, todo lo demás. Solíamos tener una casa en Bethany Beach y pasábamos la mitad del verano allí.

No le pregunto qué le sucedió a la casa de la playa. Papá una vez dijo que todo lo que compró el señor Lachlan con fondos robados sería incautado por el FBI.

—No sé cómo Bill lo descubrió. Ambos eran asesores financieros, pero no eran socios ni nada. Ni siquiera trabajaban en la misma firma —Rob se frota una mano en su nuca—. Solía trabajar como pasante para mi papá, así que todos siempre piensan que sabía lo que estaba sucediendo, pero no lo sabía. No me di cuenta hasta esta noche que incluso Bill piensa que lo sabía –me mira–. No estoy respondiendo tu pregunta, en realidad.

–Está bien. Solo habla.

–Mamá piensa que papá le confesó a Bill. Ella tampoco sabía nada, pero dice que la culpa debería estar carcomiendo a mi padre. Cree que probablemente estaban descarándose con unos tragos y que papá se rindió –duda–. Bill llamó a las autoridades al día siguiente. Ni siquiera sabía qué estaba sucediendo. El FBI me sacó de la escuela. Recuerdo haber pensado…

Su voz se quiebra. Deja de hablar. Creo que ni siquiera está respirando.

Finalmente, se aclara la garganta, pero su voz sigue ronca.

–Recuerdo que la semana anterior, hubo una historia en las noticias sobre un tipo que entró en la oficina de su corredor de bolsa y les disparó a todos. Mamá y papá hablaron de eso en la cena. Mamá dijo algo sobre cómo la gente pierde la cabeza cuando se trata de dinero. Cuando me llamaron a la oficina del director y estaban todos esos agentes del FBI, pensé… pensé que había sucedido eso. Pero no. Quiero decir… obviamente.

–Sí –susurro.

–Lo arrestaron. Congelaron todo. Mamá tenía un fideicomiso de sus padres, así que no pudieron tocar eso, pero fue complicado. Mamá necesitó una semana para poder pagar la fianza de papá. Incluso cuando llegó a casa, no teníamos acceso a nada. Todo lo que era de valor de nuestra casa había sido incautado. Computadoras, joyas, lo que se te ocurra.

»Pero eso no es lo peor –la voz de Rob se agudiza, pero se

recupera–. Empezaron a venir personas a casa –me echa un vistazo–. Gente que había perdido su dinero con él. Golpeaban la puerta a cualquier hora de la noche. Una vez, se metieron en casa y persiguieron a mamá. Fue horrible. Tuvo que llamar al 911 y uno de los policías hizo un comentario sobre cómo no debería estar tan sorprendida por que la gente quisiera recuperar sus cosas. Como si hubiera sido *ella* quien robó su dinero.

»Cuando papá salió de la cárcel, mamá lo apoyó en público, pero dentro de casa siempre le estaba gritando. La última noche, mamá estaba tan encolerizada que ni siquiera podía comprender lo que estaba diciendo. Papá lloraba. Podía escucharlo a través de la pared. Nunca antes había escuchado a mi padre llorar. Me puse una almohada sobre la cabeza.

Se detiene. Su voz no se quiebra ni nada, solo se detiene. Toda emoción se ha desvanecido. No parece ser una buena señal.

–¿Qué sucedió? –pregunto con suavidad.

–Mamá se marchó furiosa. Escuché el portazo. Luego la puerta del garaje abriéndose y cerrándose. Luego, silencio. Y un disparo.

Su voz es muy tranquila y pareja, pero el aire del coche pesa por el temor. Estamos volando por la autopista, pero siento como si nos estuviéramos dirigiendo a una pared de ladrillo. Quiero plantar mis pies sobre el suelo del vehículo y detener lo que está por venir.

Pero por supuesto, ya llegó. Su padre jaló del gatillo el último febrero.

Quiero que Rob se detenga. No quiero escuchar esto. No con esa voz fría y desapasionada. Quiero poner mi propia almohada sobre mi cabeza.

–Conoces el resto –dice.

No. No lo conozco. No, en realidad. Pero siento que me dio un respiro.

O tal vez tampoco quiere revivirlo.

—Y todavía no he dicho nada sobre Connor —sacude la cabeza y respira—. No pude contactarme con mamá esa noche. Después de que papá... después —traga saliva—. No podía comunicarme con ella. Estaba... estaba solo. La casa estaba llena de policías y paramédicos y la sangre estaba... bueno. Puedes imaginarlo. No sabía qué hacer, así que llamé a Connor. No tenía permitido hablar con él desde que todo sucedió, pero no tenía a quién llamar. Así que lo llamé.

—¿Qué dijo?

—Nada —Rob me mira—. No respondió. Dejé un patético mensaje de voz balbuceando, rogándole que me llamara.

—Y no lo hizo —no es una pregunta. Ya sé la respuesta.

—No —resopla y mira hacia la oscuridad—. No lo hizo.

No sé qué decirle, qué tipo de frase trillada mejoraría la situación. No hay ninguna. No puedo arreglar al padre de Rob. No puedo arreglar su amistad con Connor, si es que hay algo que valga la pena arreglar. No puedo imaginar recibir una llamada de un amigo que necesita ayuda y no responder. Ni siquiera puedo imaginar hacérselo a mi peor enemigo.

—¿Por qué? —frunzo el ceño.

—¿Qué? —mi pregunta parece sorprenderlo. Rob desvía la mirada del camino brevemente.

—¿Por qué no te llamó?

Sus manos se aferran al volante y vuelve a mirar al camino. Debe presionar el acelerador porque el coche levanta velocidad.

—Porque es un bastardo.

—No, pero... —muerdo mi labio. No quiero enojarlo—. Era tu mejor amigo, ¿no?

—Sí.

—Como... —pienso en Rachel—. Un amigo *de verdad*, ¿no? ¿Del tipo con el que puedes llorar?

Sus ojos se desvían en mi dirección. Luce como si quisiera negarlo, pero también dijo que Connor fue el primer amigo al que llamó después de encontrar a su padre en un charco de sangre.

—Sí —dice sin inmutarse, arrastra la palabra en tres sílabas.

—¿Y te abandonó por lo que hizo tu padre?

—Me abandonó porque pensó que era parte de la estafa. Como todos los demás —Rob me mira—. ¿Te das cuenta de que eres la única persona que me habla en la escuela? —revolea los ojos—. Tú y Owen Goettler.

—Tal vez Connor nunca fue tu amigo en realidad —porque todavía no puedo comprender como un amigo cercano podría darle la espalda a alguien de tal manera.

—No creo que nos reconciliemos pronto —aferra su mano al volante.

Volvemos a quedarnos en silencio.

—¿Qué quieres que haga? —pregunta después de un tiempo—. ¿Quieres que te lleve a casa?

Vuelvo a sonrojarme y me alegra que no pueda verlo.

—¿Está mal si digo que no?

—¿Está mal si te cuento que mi mamá me dijo que podía regresar tan tarde como quisiera?

Okey, *ahora* me estoy sonrojando.

—No. Pero creo que mi mamá tendría un problema con eso —hago una pausa—. ¿Quieres un café?

Toma mi mano y vuelve a besar mis nudillos. Me pregunto si eso alguna vez se sentirá normal.

—¿Wegmans? —dice—. Abre hasta la medianoche.

—Sí —concuerdo, relajándome en el asiento—. Wegmans.

CAPÍTULO 25

ROB

DE ALGUNA MANERA, ME OLVIDO DE LOS ARETES. ME OLVIDO DE QUE soy un ladrón.

Llego a casa después de medianoche y meto mis manos heladas en mis bolsillos para la caminata hasta la puerta principal. Siento los bordes cuadrados contra la punta de mis dedos. Miedo y culpa se desploman sobre mi cuerpo, como una roca que cae sobre mis entrañas.

Esto es más grande que un par de billetes de veinte dólares. Esto es más grande que un par de zapatos. Mi respiración es tensa y superficial y me estoy congelando en el camino entre mi coche y la puerta principal.

Quiero deshacerlo. No puedo deshacerlo.

Otro pensamiento me golpea: me pregunto si mi padre tuvo un momento como este. Me pregunto si alguna vez tuvo estos mismos pensamientos.

La idea es suficiente para hacer que me mueva. Me vuelvo a subir al coche, abro la guantera y meto los aretes bien adentro. Luego cierro la guantera, el Jeep y me dirijo a la puerta.

Está bien. Está bien. Ni siquiera se darán cuenta. Sé que no lo notarán.

Estos pensamientos no hacen nada para aliviar la bola de culpa que se formó en mi abdomen. Se niega a desaparecer.

¿Qué dijo Bill? *Hice lo mejor que pude para mantenerte al margen.*

El enojo se arremolina con la culpa y se la devora. Pongo mi llave en la cerradura.

Después del ruido de la fiesta y de la calidez por compartir un espacio con Maegan, mi casa se siente como una cripta. Mamá mantuvo su palabra y no me esperó despierta. La única luz en el nivel principal es la pequeña luz sobre la cocina. Tomo una botella de refresco del refrigerador, presiono el pedal del cesto para reciclar para levantar la tapa. Hay una botella de vino vacía arriba de todo. Es distinta de la que mamá estaba bebiendo el otro día.

Huh.

Me dirijo hacia las escaleras en la oscuridad. Quiero ducharme, pero tengo más ganas de dormir. Ha sido una larga noche. La mejor parte de dormir es que no tengo que pensar en nada.

La puerta de la habitación de mi padre está abierta, su bomba de alimentación hace un ligero ruido mecánico cada tanto. No entro a mirarlo. A veces solo está observando el techo y me hace sentir incómodo.

La puerta de mamá está cerrada.

Debe haber sucedido algo esta noche mientras no estaba. O algún desastre o un ataque de pánico inexplicable o algo con lo que no quiso lidiar por su cuenta. Siento una nueva puñalada de culpa debajo de las costillas.

No puedo hacer nada al respecto ahora. Paso de largo por sus habitaciones y entro en la oscuridad de la mía inclinando la botella de refresco hacia atrás para beber un sorbo.

Algo sólido golpea mi estómago, fuerte. Me ahogo con el refresco y toso. Otro golpe y me doblo en dos. La botella sale volando.

Luego un puño se estrella en mi rostro. Caigo al suelo. Apenas registro el impacto del suelo —madera pulida, gracias, Mamá— antes de que una bota me patee justo en el abdomen.

Mi cuerpo se queda sin aire. Me arde la nariz por haberme ahogado con el refresco. Todavía nada duele, pero siento la promesa del dolor. En cualquier segundo. Vendrá con el oxígeno. Lo recuerdo por recibir golpes en lacrosse.

Una mano toma el cuello de mi camisa y me vuelve a golpear contra el suelo. Tengo que gritarle a mi mamá. Tiene que salir de la casa. Tiene que llamar al 911.

No puedo emitir un sonido. Todavía no puedo respirar.

Luego, una ronca voz masculina me habla en mi rostro.

—¿Cómo se siente, Lachlan?

Connor. No debería ser una sorpresa, pero lo es.

El oxígeno finalmente lucha por llegar a mis pulmones y cada órgano en mi abdomen se siente como si hubiera sido reubicado. Quiero hacerme un bollito, pero sigue sosteniendo el cuello de mi camisa con su puño. Pequeños jadeos dolorosos escapan de mi garganta.

Se está vengando. Debe saber lo que robé. Estoy intentando lograr que mi cerebro encienda las neuronas indicadas para poder devolverle los golpes o gritar por ayuda. Su próximo golpe podría dejarme inconsciente.

Pero no vuelve a golpearme. Me suelta y se endereza, dejándome tirado en el suelo.

—¿Qué estabas haciendo en mi casa? —demanda.

—Tú... tú me invitaste —logro ponerme de rodillas, pero el dolor en mi estómago mantiene mi frente contra el suelo—. ¿Cómo entraste aquí?

—Todavía tengo una llave, idiota —se mueve en el lugar y ese sonido hace que encoja los hombros de miedo. Estoy listo para otra patada.

No llega.

No está pidiéndome los aretes de su madre. No me está acusando de ladrón.

—¿Qué estabas haciendo allí? —vuelve a preguntar. Su voz es baja, amenazadora.

—Me encontré con Callie, ella la mencionó y me pidió que fuera —me interrumpo para inhalar con dificultad. Connor espera como una especie de sicario en una película—. Samantha Day quería ir y nos convenció a Maegan y a mí de ir con ella.

Mi respuesta no debe ser lo que espera, o tal vez es demasiado aburrida u honesta. No me golpea. No dice nada.

Puedo escucharlo respirar. Está pensando.

Juzgándome.

El oxígeno aclaró mi cerebro. Me doy cuenta de que he estado babeando en el suelo. Perfecto. Apoyo una mano en el piso de madera y me impulso. Toda una mitad de mi rostro me duele, llevo una mano con cautela hacia mi boca. Tal vez he estado *sangrando* en el suelo.

—¿Eso era todo que querías? —pregunto—. ¿Devolver el golpe?

—¿Cuál es el verdadero motivo por el que estabas allí?

—Acabo de decírtelo.

—Sí, bueno, no confío en ti —me tiene aquí. En la oscuridad, sus ojos desparejos están oscurecidos y me fulminan—. Tienes suerte de que no te mate.

—Me estarías haciendo un favor —lo fulmino con la mirada.

Estas palabras lo afectan. No estoy seguro de cómo me doy cuenta, pero lo afectan. No dice nada.

Un pitido intermitente suena en el pasillo. *Bip-bip. Bip-bip. Bip-bip.*

—¿Qué es eso? —Connor se aleja un paso.

Debería darle el susto de su vida y decirle que es una alarma.

—El tubo de alimentación de papá.

Da otro paso hacia atrás. No sigue lanzándome miradas asesinas.

El pitido solo significa que hay un bloqueo en el cable y no es como si papá se fuera a morir de hambre si no lo arreglo. Dependiendo de la noche, suelo esperar para ver si mamá se levanta para solucionarlo. Pero su puerta está cerrada y esa botella de vino vacía probablemente es garantía de que no se despertará en un futuro cercano.

Le doy la espalda a Connor y camino hacia el pasillo. No tengo idea de si me esperará, me seguirá o se marchará y, en realidad, no me importa. Entro en la habitación de papá y enciendo el pequeño velador de su mesa de noche.

Está despierto y mirando el techo. Su respiración está un poco acelerada. Me pregunto si lo despertó el pitido o si fue el altercado con Connor. De cualquier manera, su respiración denota señales de ansiedad.

Puede que esté enojado con mi padre, pero no me gusta que esté asustado.

—Estás bien —digo con gentileza—. Lo solucionaré.

Un golpecito en la pantalla de la máquina de alimentación silencia la alarma. Libero el tubo y encuentro el bloqueo y lo vuelvo a colocar. Después de un momento, el pitido rítmico comienza de nuevo. Su respiración se estabiliza.

—¿Ves? —digo, aunque no me da ninguna señal de reconocerme—. Ya estás mejor.

Espero un momento, como si *esta* fuera a ser la vez que parpadee, me mire y diga "Gracias, Rob". Pero, por supuesto, no lo hace. Nunca lo hará. Apago el velador y me dirijo a la puerta.

Connor está allí parado.

Me alegra que las luces estén apagadas. Esto es más humillante que cuando se paró encima de mí en la cafetería.

—No inicies algo aquí —le digo y hago un esfuerzo para mantener la voz baja—. Si se altera mucho, puede ser difícil calmarlo.

Connor no se mueve. Si me quedo aquí parado, comenzaré algo yo mismo. Así que lo empujo para salir y camino de nuevo hacia mi habitación.

Esta vez enciendo el interruptor de luz. La botella entera de refresco aterrizó sobre mi cama y de desparramó sobre mi edredón. A simple vista, lo empapó de lado a lado.

Genial.

Estoy tan cansado.

—No sabía que estaba así —Connor habla detrás de mí, en el pasillo.

—¿Sí? —digo sin mirarlo—. ¿Cómo creíste que estaba?

—No lo sé. No… No sabía.

—¿Hubiera hecho una diferencia?

—No.

Por lo menos es honesto. Suspiro y comienzo a quitar las sábanas de mi cama. Connor se desvanece.

Bien. Espero que cierre la puerta.

Hago una pila con mi ropa de cama en una esquina, luego tomo una toalla de mi baño para apoyarla sobre el área húmeda de mi colchón. Justo cuando estoy por ir hasta el armario de la ropa blanca, Connor reaparece con unas sábanas y un edredón.

Esto puede ser más sorprendente que el hecho de que estaba acechando en mi habitación.

—¿Les pusiste ántrax? —pregunto sin hacer ningún esfuerzo por esconder la sorpresa de mi voz.

—Cállate —toma una sábana con elástico y la sacude, luego se mueve hasta la esquina de mi cama—. ¿Te quedarás allí parado o te ocuparás del otro lado?

Quiero quedarme quieto y mirar cómo se quita un poco de la culpa que claramente siente. Quiero sentirme superior, solo por una fracción de segundo.

Pero también quiero dormir. Sé que, si me comporto como un idiota, no terminará de hacer la cama. Se marchará.

Así que tomo la otra esquina. Hacemos la cama.

No le agradezco. Me duele el abdomen todo el tiempo.

Cuando terminamos, estamos en lados opuestos de la cama. Finalmente lo miro a la luz. Tiene un moretón en dónde lo golpeé. Probablemente tengo uno idéntico formándose en mi propio rostro.

Maegan tenía razón. Sí tengo preguntas.

¿Cómo pudiste ignorarme cuando te llamé?

¿Cómo pudiste dejar que pasara por esto solo?

¿Cómo pudiste pensar que soy un ladrón?

¿Cómo pudiste?

No le hago ninguna. No es que no quiera respuestas. Tengo miedo de lo que podría decir. Así que nos miramos mutuamente y no decimos nada.

Se forma una línea entre las cejas de Connor. Inhala.

—Vete —le digo antes de que pueda hablar—. Estoy cansado. No tengo nada para decirte.

Sentimientos fluyen en sus ojos. Una rápida explosión de enojo, luego lástima, luego conformidad. No hay remordimiento ni arrepentimiento.

—Está bien —dice—. Como sea —se voltea y se marcha. Espero, escucho sus pasos mientras baja las escaleras trotando. Abre y cierra la puerta con delicadeza. Su llave encuentra la cerradura.

No me meto en la cama hasta que escucho el motor del coche encenderse.

Gracias a esos aretes en mi guantera, no duermo en absoluto.

Capítulo 26

Maegan

Llegué a casa hace una hora y Samantha todavía no regresó. Le escribí antes de entrar, no sabía cómo quería lidiar con mamá.

MAEGAN: ¿Qué quieres que le diga a mamá?

Espero un largo rato antes de recibir una respuesta, ya me estaba preocupando que no fuera a responder en absoluto. El teléfono pareció vibrar por la tensión.

SAMANTHA: Dile que me encontré con una amiga del secundario que estaba en casa por el fin de semana.

Eso fue fácil. Mamá estaba medio dormida, mirando un documental de comida y apenas murmuró "okey" cuando le dije las noticias.

Pero ahora pasó una hora y Samantha todavía no llegó.

Vuelvo a enviarle un mensaje.

MAEGAN: Voy a dormir. ¿Estás bien?

SAMANTHA: Tan bien como puedo estarlo considerando que le dijiste a toda la fiesta que estoy embarazada.

Hago una mueca. Es verdad que hice eso.

MAEGAN: Estaban todos borrachos, nadie lo recordará.

No dice nada. Le envío otro mensaje.

MAEGAN: Todo está bien con mamá por aquí.

SAMANTHA: Bueno.

Bueno. Qué sorpresa.

Culpa y responsabilidad luchan en mi cabeza. Rápidamente hago una búsqueda en mi teléfono. Diez segundos después tengo más información de la que puedo manejar: desde el síndrome alcohólico fetal hasta informes de cómo beber algunos tragos durante el inicio del embarazo no importa en absoluto. No sé cuánto bebió, pero no estaba desmoronándose. Pudo salir de allí con Craig.

Dijo que quería ir a la fiesta porque quería olvidarse de todo lo que estaba sucediendo. Tal vez debería haber prestado más atención. Es tan segura y determinada que me olvido de que puede estar sufriendo.

Siento un suave golpecito en mi puerta y mamá asoma la cabeza.

—Vi que todavía estaba encendida tu luz.

—Estaba a punto de dormir.

—¿Puedo entrar?

—Seguro.

Me muevo en la cama y me siento contra la cabecera para que mamá pueda sentarse conmigo. Solía hacer esto cuando era una niña pequeña y me leía cuentos. En ese entonces, en la primaria, escuchaba todas mis quejas angustiosas sobre los primeros chicos que me gustaban y sobre chicas crueles.

Ahora que estoy en la secundaria, sus visitas nocturnas no han sido tan frecuentes, pero tiene una asombrosa manera de saber cuándo estoy conflictuada.

Pone un brazo sobre mis hombros y me inclino hacia ella. Suspiro, ya somnolienta.

—Maegan, ¿Samantha habla contigo? —pregunta.

Me quedo quieta.

—No estoy intentando obtener información de ti —agrega mamá—. Estoy tan preocupada por ella. Me sentiría mejor si supiera que está hablando contigo.

Trago saliva, insegura de si siquiera esto es seguro.

—Siempre solía contarme todo —la voz de mamá se agudiza—, pero ahora no habla conmigo.

Mamá se mueve para limpiar su rostro y me doy cuenta de que está llorando. Me alejo para mirarla.

—Mamá.

—¿Puedes contarme algo? —caen más lágrimas y su voz vuelve a agudizarse.

Mantengo la respiración. Seguramente mi rostro está pintado de indecisión.

Mamá rompe en llanto. Presiona su rostro con sus manos.

—Mamá —susurro y toco su hombro—. Mamá, está bien.

—¿Va a abortar? —pregunta. Se toma su estómago con una mano y casi se dobla a la mitad—. ¿Está haciéndolo esta noche? ¿Estaban allí?

—¿Qué? ¡No! Mamá, no —no puedo soportar sus lágrimas. Ahora estoy llorando solo porque ella está llorando. ¿Sabe Samantha cómo esto está afectado a nuestra madre? Necesita saberlo—. Mamá. No, está en Taco Taco con un chico que se graduó con ella. Puedes ir hasta allí ahora mismo.

—¿Estás segura? —sigue llorando.

—Quiero decir, bastante segura. La vi hace una hora —me detengo y limpio mi propio rostro. No puedo mentir así. No a mi madre, no cuando está llorando en mi regazo—. Pero no fuimos al cine. Estábamos en una fiesta.

—¿Una fiesta? —mamá casi se ríe entre las lágrimas—. ¿Fueron a una fiesta?

—Por favor, no te enojes —vacilo—. Te lo hubiera dicho, pero…

—No estoy enojada —se seca las lágrimas de sus mejillas y luego me abraza—. Ay, Maegan. Estoy tan aliviada.

Me está abrazando muy fuerte. Todavía debe estar llorando. Su cuerpo sigue temblando.

—No estaba preocupada antes, pero cuando llegaste a casa sola y empecé a pensar —su voz se quiebra—. Pensé que tal vez estaba en un hospital o algo. Mi imaginación sacó lo peor de mí.

—No. Sigue embarazada —trago saliva—. Si es que eso es un alivio.

Eso hace que suelte una risa ahogada.

—Lo es. No puedo creer que lo estoy diciendo, pero lo es.

Cuando me suelta al fin, miro su rostro manchado con lágrimas.

—No quieres que se haga un aborto en realidad.

—No —su rostro se contorsiona y mira sus manos mientras la retuerce en su regazo—. ¿Eso me hace egoísta? Trabajó tanto por esa beca. Esto complicará su vida de maneras que todavía no comprende.

—No te hace egoísta —susurro.

—Desearía que nos contara sobre este chico. Podríamos conocer a sus padres. Podríamos llegar a un acuerdo. Podríamos ayudarlos.

Cierto. *Este chico*. No puedo decir nada.

Mamá se enfoca en mi rostro.

—Un momento. ¿Con quién está en Taco Taco?

—¡Eh! Solo es un chico con el que fue a la escuela.

Las cejas de mamá se alzan. La emoción del aborto imaginado desapareció y deja sospechas en su lugar.

—¿Lo conoces?

—Mamá, no es él. Confía en mí. No es él.

—¿Y entonces por qué Sam está con él?

—Porque es un buen chico —si no hubiera mencionado al alcohol, le mostraría los mensajes de texto. El rostro de mamá vuelve a desmoronarse.

—Entonces está evitándome.

Vacilo.

–Por favor –pide mamá–. Por favor dime, Maegan. Sin importar lo que sea.

Mis pensamientos están tan enredados. Rob dijo que hubiera deseado que el padre de Connor les hubiera dado una advertencia. ¿Sería mejor que mamá y papá supieran que está sucediendo antes de que sea demasiado tarde? ¿O es diferente?

–Ahora tú tampoco hablas conmigo –mamá frunce el ceño.

–Mamá… –inhalo, no sé cómo terminar esa oración.

–No respondiste mi pregunta –dice–. Por lo menos, ¿Samantha está hablando contigo?

–Sí –respiro, esperando no estar a punto de enfrentar una línea de fuego por esto.

Mamá apoya sus manos en mi rostro y luego me acerca para darme un beso en la frente.

–Está bien, entonces te permitiré mantener sus secretos. Me alegra que esté hablando contigo.

–¿Por qué?

–Porque eres una buena chica, Maegan. Sé que la ayudarás a descifrar qué es lo correcto.

Eres una buena chica, Maegan. Mi madre no me ha dicho algo así hace mucho tiempo. No me di cuenta cuán desesperada estaba por escuchar esas palabras. Mamá se inclina hacia atrás, sus manos siguen en mi rostro.

–No tiene que lidiar con esto por su cuenta, ¿sí?

–Sí.

Mamá vuelve a besarme y luego se aleja de mi cama. Se inclina para apagar el velador.

–Te dejaré dormir un poco.

–Gracias, mamá. Te quiero.

–Yo también te quiero.

Se detiene en la puerta y se inclina hacia mi habitación antes de cerrarla.

–¿Maegan?

–¿Sí?

–Tú tampoco tienes que lidiar con eso por tu cuenta.

Las palabras me llenan de emociones. Quiero contarle todo. Tengo que envolver mi cuerpo con mis manos para evitar que las lágrimas caigan de mis ojos. Necesito respirar antes de poder hablar con normalidad.

–Está bien, mamá.

Mamá duda. Va a indagar y le contaré todo.

Pero no lo hace. Sale de mi habitación y cierra la puerta, dejándome en la oscuridad.

Samantha no abre la puerta de su habitación hasta después de mediodía. Lo hace con extremada delicadeza, casi como si estuviera escapándose de casa y luego avanza en puntas de pie hasta el baño, donde cierra la puerta con igual delicadeza. Debe estar escondiéndose de mamá y papá.

Estoy en mi habitación trabajando en un ensayo para Literatura Estadounidense, espero que Sam vuelva a salir. Pero no lo hace. Escucho la ducha.

Mi teléfono vibra al lado de mi laptop.

ROB: Hola

Cuatro letras y explotan mariposas en mi corazón. No he sabido nada de él desde que me dejó en casa ayer a la noche y he estado cruzada de brazos toda la mañana para evitar escribirle primero.

La parte insegura de mí estaba preocupada de que no me enviara ningún mensaje hasta que nos viéramos el lunes por la mañana, o peor, que se despertara y se diera cuenta de que no estaba interesado en absoluto.

Pero no lo hizo. Y no me hizo esperar *en absoluto*.

Soy tan ridícula. Estoy ruborizada antes de comenzar a tipear una respuesta.

MAEGAN: Hola
ROB: ¿Cómo estás?

¿Cómo estoy? Mmmm.

Sigo pensando en su voz baja cuando me contó sus secretos.

Sigo pensando en cómo nos besamos en la casa de Connor Tunstall.

Sigo pensando en la sensación de sus manos y la calidez de los músculos de sus brazos y la manera en que mis dedos acariciaron su espalda.

Me estoy ruborizando todavía más.

MAEGAN: Bien, ¿y tú?

Soy horrible en esto. Mi cabeza está llena de fantasías prohibidas para menores de trece años mientras que mi teléfono está repleto de mensaje que no son más ilícitos de lo que le enviaría a mi padre.

ROB: Igual. Estaba pensando en ti.
MAEGAN: Ah, ¿sí? ¿En qué estabas pensando?
ROB: Quería asegurarme de que todo esté bien después de anoche.

Ah, bueno, eso es menos emocionante de lo que deseaba.

MAEGAN: Todo está bien. Sam llegó tarde a casa.

Eh… ¿Está preguntando para asegurarse de que todo esté bien para saber si estará involucrado en algún drama familiar?

Desearía que Rachel no estuviera tan distante. Si Rob fuera cualquier otro chico, estaríamos inclinadas sobre mi teléfono, analizando cada palabra.

Entro en nuestros últimos mensajes, cuando me preguntó sobre Rob. Nunca le respondí. Nunca me habló el viernes. Pero no me disculparé por Rob. Fueron crueles. Ellos deberían disculparse con él.

Mi cerebro se niega a olvidar que compartí su ira el día que me lo asignaron como compañero. Vuelvo a entrar en la conversación con Rob. Aparece un nuevo mensaje.

ROB: ¿Hay alguna oportunidad de que quieras encontrarte más tarde conmigo para trabajar en nuestro proyecto?

Me muerdo el labio y deslizo mis dedos sobre el teléfono.

MAEGAN: ¿Solo nuestro proyecto?
ROB: Como dije ayer a la noche, lo que tú quieras.

Luego añade el Emoji con los anteojos de sol.

ROB: Eso luce peor en la pantalla que en mi cabeza. No soy un depravado, lo juro.

Estallo en risas.

MAEGAN: Un depravado hubiera enviado la berenjena. ¿A qué hora?
ROB: Owen quiere ir a correr esta tarde. ¿Después de cenar?
MAEGAN: ¿Owen corre?
ROB: Eso dice.
MAEGAN: ¿A las 7?
ROB: A las 7.

Utilizo todas mis fuerzas para evitar poner mi teléfono sobre mi pecho y girar en mi silla.

Luego escucho a Sam salir del baño.

—Ey, ¿Sam? —la llamo—. ¿Quieres venir y hablar?

Me responde un silencio, pero noto que está en el pasillo.

–No creo que nadie lo recuerde –digo–. Lo que dije –hago una pausa–. O no les importa. Si Rachel se hubiese enterado me habría llamado.

Contengo la respiración mientras espero una respuesta.

–No quiero hablar –dice Sam.

Luego cierra su puerta y pone el seguro.

Capítulo 27

ROB

No me dormí hasta las seis de la mañana, cuando supongo que mi cuerpo se rindió. Así que cuando Owen llamó a las ocho, mis nervios estaban tan alterados que casi lanzo el teléfono contra la pared y casi lo destruyo cuando me preguntó si quería ir a correr.

La alternativa era quedarme en mi habitación, dejando que la culpa me atacara por todos los ángulos así que accedí a ir a buscarlo. Estamos corriendo por el sendero B&A, un largo camino pavimentado que se extiende entre Baltimore y Annapolis. Pensé que tal vez correríamos por media hora o algo así, pero ya hemos pasado los treinta minutos y Owen sigue avanzando. Estoy manteniendo su ritmo, pero secretamente, me estoy muriendo. Estuve corriendo casi todos los días desde que se lo prometí a mamá, pero no estoy ni siquiera cerca del estado físico que tenía cuando jugaba lacrosse.

Para cuando giramos y comenzamos la vuelta, mis pulmones comienzan a gritar y tengo menos tiempo para pensar. Mi cerebro se concentra meramente en respirar. Owen apenas jadea. Sigue avanzando como si corriera una maratón cada fin de semana.

Hay grandes probabilidades de que me trastabille y me desmorone en el sendero.

—¿Quieres hacer una carrera el último kilómetro? —pregunta.

—No —me cuesta decir una sílaba.

—Vamos —se ríe—. El perdedor tiene que hacer cien abdominales —sin esperar una respuesta, acelera la velocidad.

Corro a toda velocidad detrás de él. Mis pies empujan el suelo más fuerte con cada paso. Solía ser rápido. Puedo alcanzarlo.

Estoy equivocado, pero no por mucho. Me gana por unos cien metros. Se detiene y me espera en la cerca al lado del estacionamiento y me aplaude en cámara lenta.

Le hago un gesto grosero.

—Dame tus llaves —se ríe—. Iré a buscar agua.

Hago lo que me pide y me dejo caer en el césped. El suelo está frío, el césped me hace cosquillas en el cuello. Ahora que dejé de correr, mi sudadera liviana se siente como un abrigo. Me la saco, cierro los ojos e intento recordar cómo respirar.

Una botella de agua golpea mi pecho y luego rebota para rodar por el césped a mi lado.

—Abdominales, perdedor.

Pongo mis manos detrás de mi cabeza, pero apenas hago

el abdominal, suelto un insulto. Es como si la bota de Connor siguiera alojada en mi panza.

—No puedo hacer esto —me doy vuelta y pongo mis manos en el suelo—. Haré flexiones de brazos.

—Como sea.

Cuando ya hice veinte, Owen dice:

—Tienes un gran moretón en el rostro. ¿Alguien te golpeó?

—No.

—¿Te golpeaste con una puerta?

—Harás que pierda la cuenta.

—¿Por qué no podías hacer abdominales?

—No te preocupes.

Se estira y clava su dedo en mi mandíbula. Veo cómo se acerca, aprieto los dientes y lo ignoro, pero igual duele.

Cuando no digo nada, él no dice nada.

Sigo contando en mi cabeza. Las flexiones de brazos son más sencillas que correr, pero las endorfinas del ejercicio están desapareciendo rápidamente y son reemplazadas por irritación. Hace tanto frío que estamos aquí solos y está tan avanzado el año que no hay sonidos de pájaros o insectos. El único ruido es el murmullo ocasional de un vehículo al pasar.

No puedo descifrar el silencio, pero puedo sentir a Owen pensando.

—¿Qué? —digo finalmente.

—¿Qué "qué"?

—Está bien, estuve en una pelea. Perdí. ¿Eso es lo que querías saber?

—Ah. No. Solo estaba mirando tus bíceps.

Eso me hace reír.

—Okey, terminé —me dejo caer sobre mis codos y me estiro para tomar mi sudadera en el césped. Owen la patea lejos de mi alcance.

—Solo hiciste como cincuenta. Termina. Habla.

Apoyo mis manos en el césped y hago lo que me ordenan, pero todavía no estoy listo para hablar de Connor, o de lo que hice. Todavía no lo procesé mentalmente.

—¿Cómo estás en tan buen estado físico? —le pregunto a Owen en cambio.

—Correr es gratis.

Mmm. Supongo que eso es verdad.

Owen se acomoda para sentarse cruzado de piernas.

—Comencé cuando Javon estaba intentando ponerse en forma antes de marcharse a su entrenamiento básico. Era algo para hacer, así que lo mantuve.

—Deberías correr a campo traviesa —digo las palabras sin pensar, pero luego me doy cuenta de que Owen probablemente tenga razones para no participar de los deportes en la escuela. Pero bueno, como dijo, correr es gratis. De todos los deportes, correr debe ser el más barato. Lo único que necesitas es calzado adecuado.

—En realidad, no comencé a correr hasta el año pasado —encoge los hombros.

—Las carreras cubiertas todavía no comenzaron. Todavía podrías unirte —no dice nada—. O a las de pista en la primavera —agrego.

Owen se muerde la uña de su pulgar.

Me detengo con los brazos extendidos y lo miro. Ahora mis brazos están muriendo, así que es una buena excusa para detenerme un segundo.

–O no.

–Tal vez no lo notaste, pero no soy material para deportes escolares –dice.

–Acabas de destruirme, Owen, así que no sé de qué hablas.

–No sé si podría correr una carrera. No con un montón de otros chicos –se detiene por un momento largo–. Tengo un punto ciego en mi ojo derecho –vuelve a mordisquear la uña de su pulgar y mira hacia el estacionamiento–. Veo puntos con el izquierdo. Ni siquiera puedo tener una licencia de conducir, así que... –no termina la oración.

No sé qué decir. *Lo lamento* se siente raro.

–No lo sabía.

Owen encoje los hombros y sigue mirando al estacionamiento.

–Amigo –dice–, hace frío. Termina.

Así que termino mientras él se queda sentado con la mirada perdida. Cuando terminamos, volvemos a mi coche.

El jueves hablamos de que su amigo Javon se unió al ejército. Le pregunté a Owen si *él* se iba a enlistar, no le dio mucha importancia. No sé nada sobre enlistarse, pero sí sé que tienes que pasar un examen físico. Estoy bastante seguro de que un punto ciego que no te permite conducir también te excluiría del entrenamiento básico.

Cuando enciendo el motor, el ambiente se siente extraño. Mis piernas y brazos están cansados y solo quiero dormir una siesta mientras el coche se calienta, pero me doy cuenta de que Owen está incómodo. Me preparo para conducir.

–Estuve en un accidente cuando tenía tres años –dice.

–Lo lamento –le echo un vistazo.

—No, es solo que... quiero explicar.

—Me callaré.

Pasa sus dedos sobre la costura del tapizado de la puerta.

—Mi papá estaba conduciendo y aparentemente se estiró hacia atrás para tocarme o darme o sacarme algo, no sé. Tenía tres años y no me acuerdo, solo nos podemos guiar por las declaraciones de testigos. Pero no estaba mirando el camino y cruzó un semáforo en rojo. Era un cruce importante. Nos golpearon de ambos lados. Murió en el instante. Yo tuve una fractura de cráneo. Traumatismo craneoencefálico. Estuve en el hospital por meses.

—Demonios —echo un vistazo en su dirección. Pienso en mi padre y me pregunto si esto es peor. No lo sé.

—Sip, no se lo cuento a muchas personas. Y, en realidad, no me acuerdo de él, ¿sabes? Aparentemente otro tipo murió en el accidente y demandaron a mamá, así que perdimos lo que fuera que papá tuviera de seguro de vida. Y como estuve en el hospital tanto tiempo, el seguro médico dejó de cubrir los gastos... ya sabes cómo es.

Hasta este preciso instante, nunca había pensado en *por qué* Owen era pobre. Solo acepté que lo era.

—O tal vez no lo sabes —agrega mirándome.

Se me cierra la garganta. No sé si es un ataque o un pase libre o qué. Mi padre le robó a la madre de Owen. Sabía eso. Ahora se siente doblemente mal.

Ni siquiera sé por qué. Estaba mal. Sigue estando mal.

Cuando llegamos a su casa, detengo el coche, pero no apago el motor. Owen no hace ningún movimiento para bajarse. No puedo interpretar el silencio en absoluto.

—¿Qué quieres que diga? —logro decir finalmente.

—¿Quién te golpeó?

—Connor Tunstall —las palabras casi son arrancadas de mi boca en contra de mi voluntad. Owen acaba de contarme este secreto monumental y se siente horrible no contarle mi secreto.

—¿Por qué?

—Ayer por la noche llevé a Maegan a una fiesta en su casa. Estaba siendo un idiota, así que lo golpeé —pauso. Si menciono los aretes en voz alta, hará el robo real. Respiro profundo—. Connor estaba esperándome en mi habitación cuando llegué a casa —desvió la mirada en dirección a Owen—. Todavía tiene una llave.

No dice nada y fijo mis ojos en el parabrisas.

—¿Quieres que salga del coche así también puedes golpearme?

—¿De qué diablos estás hablando? —su respuesta me sorprende y todavía más cuando dice—. ¿Quieres venir a jugar a la Xbox?

—Pensé… no importa. Sí —giro la llave y apago el motor.

Todavía no se mueve.

—¿Pensaste qué?

—No lo sé —y es verdad.

—Entonces entra —encoje los hombros.

La madre de Owen está secando los platos cuando entramos, se detiene cuando me ve.

—Rob —dice cálidamente—. Esperaba volver a verte.

—Detente —dice Owen. Toma dos plátanos de la mesa de la cocina y me lanza uno.

—¿En qué andan chicos?

Tengo que recordarme que está demandando a mi familia. Que mi papá la estafó. Que no sabe quién soy en realidad, porque si lo supiera, no estaría sonriéndome.

Soy un ladrón. Soy un ladrón. *Soy un ladrón.*

Comienzo a pelar el plátano, feliz de tener algo que hacer con mis manos.

—Salimos a correr.

—Hace frío para correr.

—Por eso entramos para jugar con la Xbox —Owen le da la espalda y se dirige hacia la angosta escalera.

Lo sigo. Muy consciente de que los ojos es la señora Goettler están sobre mí.

Me preocupa que haya atado los cabos y comience a lanzarme cuchillos por la espalda, hasta que habla.

—Deja la puerta de tu habitación abierta —dice con tono conocedor.

—Es heterosexual, mamá —grita Owen—. Termina con eso —y cierra la puerta.

Su habitación es pequeña, tiene una cama de una plaza y una cómoda angosta en una esquina. Hay un escritorio debajo de la ventana y un pequeño televisor ocupa la mitad de su superficie. Su Xbox está aquí arriba hoy, la enciende y me da un controlador.

Su puerta se abre casi inmediatamente. A pesar del hecho de que estoy parado en el medio de la habitación, mis mejillas se encienden. Espero que su mamá grite, pero habla con suavidad.

—Dije abierta, chicos.

—Sí, señora —respondo.

Owen pone los ojos en blanco y su madre se marcha.

—Tu mamá es muy agradable —digo mientras prende la televisión.

—Suele ser genial —desliza un disco en la consola—. Comenzó a llorar cuando le traje los zapatos —hicimos que los entregaran en un casillero anónimo de Amazon. Me mira y baja la voz—. Le dije que había estado ahorrando para un regalo de Navidad.

—¿Te arrepientes? —no suena muy feliz al respecto.

—Me arrepiento de que piense que estaba ahorrando —dice después de tragar saliva y echarle un vistazo a la puerta.

—Lexi ni siquiera sabrá que el dinero no está.

—Lo sé —sonríe con poco entusiasmo—. Ni siquiera puedo imaginar gastar cien dólares en un par de zapatos sin pensarlo. Sin siquiera *notarlo*.

Sus palabras se quedan en mi cerebro. La señora Tunstall ni siquiera notará que le faltan sus aretes y esos cuestan mucho más que cien dólares.

El juego carga. Presiono los botones de mi controlador para elegir a mi jugador y luego me siento al lado de Owen en el borde de la cama. Jugamos en silencio por un rato.

Sigo luchando con el aspecto moral del asunto. Papá robó para él. Indirectamente para nosotros, pero, en realidad, el dinero era para él. Para su imagen, para su placer, para lo que fuera que quisiera. Robé el dinero con Owen, pero su madre necesitaba los zapatos. Lexi no lo extrañará. Si vendo los aretes y uso el dinero para ayudar a otras personas, la señora Tunstall no los extrañará.

¿Eso es importante? ¿Qué una persona pueda soportar el gasto, pero la otra no? No lo sé. Mi padre les robó a personas que le confiaron sus pocos ahorros.

Eso claramente está mal.

Pero no sé en dónde está el límite.

—¿Puedo hacerte una pregunta extraña? —digo finalmente mientras veo cómo su personaje destruye al mío.

—Seguro.

—¿Cómo tienes una Xbox?

Presiona un botón, la pantalla se congela y Owen gira su cabeza para mírame. Sus ojos están oscuros y enojados y desearía poder aspirar la pregunta de vuelta en mi boca.

Owen suspira y vuelve a mirar al televisor sin decir nada. Presiona un botón y sigue jugando.

—Owen…

—Detente —su voz es entrecortada—. Estoy pensando —espero.

Finalmente, vuelve a pausar el juego y se pone de pie.

Busca algo en su armario angosto y recupera dos cajas de juegos. Uno es de un videojuego de básquet que fue furor hace unos años. El otro no lo reconozco. Los desliza en sus manos y se deja caer en la silla de su escritor, bloqueando el televisor.

—Cuando tenía trece años —dice, en voz baja—, mamá me compro la Xbox en Craigslist por cincuenta dólares.

Siento tensión en mi garganta.

—Cuando tenía catorce —sigue—, mamá había ahorrado algo de dinero para Navidad. No mucho, pero un poco. El coche se rompió mientras volvía a casa de trabajar y todo ese dinero fue a la reparación. Tuvo que llegar al límite de sus tarjetas, también

—vacila—. Estaba bien. Quiero decir, lo entendía. No creía en Papá Noel. Tiene que ir a trabajar para que podamos comer, ¿no?

Mis hombros están tensos. Yo hice la pregunta, pero no me gusta lo que recibí. Al mismo tiempo, siento que me merezco escuchar esto. Me obligo a mirarlo a los ojos.

Owen desvía la mirada al suelo y baja todavía más la voz.

—Pero se sintió mal. Se anotó en una de esas cosas de "Ángel de Navidad". Ya sabes, donde anotas algunas cosas que deseas y alguna buena persona las compra por ti. Es todo anónimo. Mamá escribió dos cosas en la lista: un abrigo de invierno y juegos de Xbox.

—Lo lamento —mis ojos se posan en los juegos que está sosteniendo—. No estaba… no quise…

—Míralos —extiende los juegos hacia mí—. Fueron los juegos más importantes ese año. Los nuevos cuestan como sesenta dólares. Bastante generosos, ¿no?

—Sí —los tomo de sus manos, aunque no quiero.

—Esas cajas estaban sin abrir cuando las recibí. Antes de eso, solo tenía dos juegos, así que estaba muy entusiasmando.

—Seguro.

—Ábrelas. Mira qué increíble son los juegos.

No quiero abrirlas. Están vacías. Puedo sentir que están vacías. Puedo ver hacia dónde está yendo.

—Owen…

—¡Ábrelas!

No están vacías.

No hay ningún disco, solo una nota adentro de cada uno.

Consigue un empleo y compra tus propios regalos.

Estoy congelado, miro fijamente la línea de texto impresa en cada caja.

—¿Sabes qué es lo que más me molesta? —dice Owen—. Esas cajas estaban sin abrir. Incluso tenían la cinta en los bordes. Quien lo haya hecho, fue a la tienda para comprarlos y quitó los discos para probar un punto —me las arrebata de las manos y las cierra con violencia—. Probablemente, pensó lo mismo que tú. *¿Cómo tiene una Xbox este niño pobre?*

—No, Owen, no quise...

—Por favor —la manera en la que me mira podría fulminar a hombres más fuertes que yo.

El problema es que tiene razón. Recuerdo haber escuchado comentarios similares en la oficina de papá cuando trabajé como pasante durante la Navidad pasada y la familia que "adoptamos" anónimamente pidió un reproductor de Blu-ray. *¿Quién se piensan que soy?*

—Mi mamá trabaja sesenta horas a la semana —dice Owen—. No puedo conducir y no vivimos en un lugar donde pueda conseguir fácilmente un trabajo.

Mi garganta está tan tensa que hace que me duela el pecho.

—No sé qué decir.

Él tampoco debe saber porque se queda sentado en silencio.

Su madre pasa por la puerta cagando un cesto con ropa limpia y debe sentir la tensión porque vacila en el pasillo.

—¿Están bien, chicos?

—Genial —el tono de Owen es monótono y parejo.

De repente, estar aquí se siente cruel. Como si me estuviera aprovechando. ¿Estaba tan desesperado por tener compañía que me aferré a la última persona en el mundo que debería querer pasar tiempo conmigo? Su situación ya era frágil y luego mi papá terminó de desmoronarla.

Esto es peor que esconderse en la oficina del señor London.

Me pongo de pie y me dirijo hacia la puerta sin mirar a Owen.

—Tengo que ir a casa.

La señora Goettler toma mi brazo y me detengo en el pasillo.

—¿Qué sucedió? Rob, ¿estás bien? —no puedo soportar su amabilidad. No ahora.

—Soy Rob Lachlan —digo—. Hijo.

Su expresión se transforma mientras asimila el impacto de mis palabras. Suelta mi brazo y da un paso hacia atrás.

No puedo mirarla a los ojos.

—Lo lamento —mi voz se quiebra—. No debería… lo lamento —me volteo y bajo las escaleras volando. La puerta apenas me detiene. Mi coche está al final de la manzana y un viento amargo golpea mis ojos, los hace arder con desaprobación.

Casi llego a mi Jeep cuando siento unos pasos sobre el pavimento detrás de mí.

—Ey —dice Owen, casi sin aliento.

—Ya te di una oportunidad de golpearme —no lo miro.

—Rob. Detente. Mira… espera, ¿estás *llorando*?

—No —limpio mi rostro y le doy la espalda. Estoy llorando. Genial, esto puede ser doblemente humillante.

—Detente —toma mi manga—. Detente. Lo lamento. No debería haber explotado contigo de esa manera.

—¿*Tú* lo lamentas? —sonrío sin entusiasmo—. Owen, arruiné tu vida.

—No —no me suelta—. No lo hiciste, tampoco tu padre.

—Por favor.

—Quiero decir, no directamente. Mamá logró finalmente ahorrar un poco y un amigo le dijo que tu papá podía ayudar… —hago una mueca y Owen no termina la oración—. No estábamos viviendo de eso. Es solo que… —frunce el ceño—. Por un minuto, me olvidé de que ya no eres tú.

Qué declaración intensa. Resoplo y desvío la mirada.

—Ah, bien.

—Odio cuando la gente me hace preguntas como esa. No eres tú. Es… es todo.

—Lo lamento —su mano sigue sujetando mi manga—. Me marcharé, ¿sí? Solo déjame ir.

—No tienes que irte.

Echo un vistazo a su casa. La cortina está parcialmente corrida, pero no puedo ver a la señora Goettler.

—Estoy bastante seguro de que tu mamá me odia.

—Mamá no odia a nadie.

—Vi su rostro.

—Estaba sorprendida. Iba a contarle, no quise herirla…

Herirla.

—Lo entiendo. Solo déjame ir, ¿sí?

—Rob —no suelta mi manga—. Lo que dije. No era… no era sobre ti.

—Era sobre quien solía ser.

El rostro de Owen se queda quieto y me pregunto si se está dando cuenta de que tengo razón. Espero que me suelte y marcharme. En cambio, modifica su expresión.

—¿Quizás? A decir verdad, no. No puedes ser *tan* diferente.

Pienso en mi padre, de seguro está sentado en su silla en la sala de estar, babeándose encima mientras la televisión reproduce a todo volumen *Plaza Sésamo*. Pienso en mi madre y en la repentina aparición de botellas de vino.

Pienso en mí mismo arreglando el tubo de alimentación bajo los ojos críticos de Connor.

—Soy diferente, Owen.

—Sí, bueno, me gusta quién eres ahora.

Es más de lo que puedo soportar. Especialmente después de todo lo que pasó con Maegan, Connor y con la mamá de Owen recién. Se me cierra la garganta y me arden los ojos. Cubro mi rostro con mi mano libre.

—Amigo —Owen suelta un suspiro.

Su mano libera mi sudadera y me limpio los ojos, listo para salir corriendo.

En cambio, me da un abrazo. Es tan inesperado que ni siquiera puedo recomponerme para alejarme. No *quiero* alejarme. Me apoyo sobre él e intento tranquilizar mi respiración.

—¿Seguimos siendo amigos?

—Mereces un amigo mejor que yo —mi voz suena como si saliera de un niño llorón.

—Acepto lo que puedo —baja la voz—. Pero será difícil convencer a mamá de que eres heterosexual si está viendo esto.

Eso hace que me ría y retrocedo.

Los ojos de Owen están llenos de arrepentimiento con un toque de preocupación. Muy distintos a los ojos de Connor de anoche.

—No debería haber reaccionado así. Solo hiciste una pregunta.

—No debería haber preguntado.

—No, está bien. Mamá siempre dice que no debemos escondernos de las preguntas. La gente que pregunta quiere saber la respuesta. No es lo mismo que la gente que juzga sin preguntar —su expresión se serena—. Supongo que eso también se aplica a ti. Todos piensan que eres un ladrón, pero no lo eres. No en realidad.

Es una afirmación generosa. Como todo lo demás sobre Owen, no estoy seguro si me la merezco. Mirándolo a los ojos, sé que habría respondido mi llamada después de encontrar a mi padre. Sin duda.

—Robé unos aretes —las palabras caen de mi boca apresuradamente.

—¿Qué?

—Robé unos aretes.

—¿*Qué?*

—Robé unos aretes. De la casa de Connor. Su madre los había dejado en el jacuzzi. Ni siquiera sabrá que no están. No sé por qué lo hice —paso mis manos por mi cabello—. Supongo que… pensé… quería hacer algo para herirlos… pero también quiero hacer algo para ayudar a alguien más. Como la chica a la que le diste los cuarenta dólares. O tu mamá.

—Tú… tú *robaste*… —sus ojos están abiertos como platos.

—Sí, lo hice. Están en mi guantera.

—¿Cuánto valen?

—No sé con exactitud.

—Vamos.

—Y, al menos, dos mil dólares —hago una mueca—. *Soy* un ladrón.

—Guau.

–Sip.

Volvemos a quedarnos en silencio. Mi corazón está bombeando sangre a través de mis venas.

–Pero no estás robando para *ti* –dice Owen finalmente–. Ni siquiera te quedaste con los diez dólares que me diste ese día.

–Sigo siendo un ladrón.

–Sí, pero es diferente.

–¿Cómo?

–Tu padre estaba robándole a gente que no podía afrontar las pérdidas. Lo hacía para poner dinero en su propio bolsillo. Es como si fuera… como si fuera el Sheriff de Nottingham.

–¿Y qué? ¿Yo soy Robin Hood? –revoleo los ojos.

–¡Sí! –me da una palmadita en el hombro y sonríe–. Porque significaría que soy Will Scarlet.

Capítulo 28

Maegan

Me pongo sombra de ojos en mis párpados deseando ser tan habilidosa como Samantha. Todavía no me habla. No ha abandonado su habitación en todo el fin de semana. Mamá le estuvo subiendo sus comidas.

Mi teléfono se ilumina con una llamada. Es Rob.

Suelto un gritito de sorpresa y casi tiro mi teléfono de mi tocador. Deslizo para responder con mi corazón en la garganta.

—¿Hola?

—Hola.

Tiene la voz más sexy de la historia del universo. No sé cómo nunca lo había notado antes. Casi me derrito en mi silla.

–¿Maegan? –pregunta.

–¡Sí! –buen trabajo manteniéndote tranquila–. Sí. Aquí estoy. Lo lamento.

–No puedo salir esta noche.

Me congelo. Puede que su voz sea sexy, pero no comprendo lo que esto significa.

–Lo lamento –añade apresuradamente–. No lo pensé. Mamá nunca sale a ningún lugar, así que no pensé que fuera a importar. Pero tiene planes con amigos del trabajo, y no podemos... Papá no puede quedar solo en casa.

–Está bien.

–Quería avisarte antes de que salieras. En serio no sabía.

Hay algo escondido debajo de su voz, no puedo descifrar qué.

–Suenas molesto.

–Ha sido un día largo –respira profundamente–. Quería salir de casa por un rato.

Inhalo, pero demoro mi respuesta.

–¿Qué? –pregunta. Su voz es monótona, como si esperara algo malo y ya estuviera resignado.

–Podría ir a tu casa –digo.

Silencio absoluto.

–No es necesario –sigo–. No quiero autoinvitarme. No... no quiero ponerte en una situación rara.

–Toda mi vida es una situación rara.

–Sí. Bueno –estoy inquieta. No dice nada–. Está bien. No debería haberme autoinvitado.

–Podría asustarte –Rob habla apresuradamente–. No quiero... A veces está bien, pero otras es un desastre, o se molesta o es...

—Rob. Rob, detente. Está bien. Está bien.

—Okey —respira profundamente.

—Quiero decir, todo eso está bien por mí —vacilo—. No tienes que esconder a tu papá.

—Estás equivocada —se ríe sin humor.

Está tan callado. Desearía saber qué sucedió entre ayer a la noche y esta mañana.

—¿Rob? —susurro.

—Siento que no debería tener permitido decir que sí —dice en voz baja y tengo que aclarar mi garganta.

—Entonces no lo hagas, envíame tu dirección. Entraré a la fuerza —termino la llamada.

Por un rato largo, la pantalla se queda en blanco. No creo que vaya a enviarme la dirección.

Finalmente, después de una eternidad, suena un mensaje.

La casa de Rob es gigante. Su entrada para vehículos atraviesa dos kilómetros de árboles que dan lugar a una espaciosa zona abierta con una gran casa azul de estilo artesano. Su porche delantero bordea todo el largo de la casa, con pilares rectangulares angostos que sostienen lámparas de gas encendidas. Los techos con gabletes deben ser increíbles con luces de Navidad. El garaje para tres vehículos parece que solía estar separado, pero una pequeña sección azul lo conecta con el edificio principal ahora.

Cuando me bajo del coche, no puedo dejar de mirar. Esperaba una mansión como la de Connor, pero, incluso en la oscuridad, es hermosa. Una casa salida de una revista o un catálogo.

La puerta principal se abre y Rob sale a recibirme completando la imagen de revista. Tiente un suéter azul de punto trenzado y jeans. Sus pies están descalzos.

—Hola —dice. Su voz no devela nada y está demasiado oscuro como para poder ver alguna emoción en sus ojos.

Me detengo en los escalones del porche. Rob está enmarcado por la luz cálida del interior.

—Estaba a punto de entrar a la fuerza —digo. Para mi sorpresa, mi voz se parece a un susurro.

—Adelante —dice con una leve insinuación en su voz—. Derríbame.

Mi corazón se acelera. De pie allí, con su tono insinuante, esta condenadamente sexy.

Estoy tentada a derribarlo, pero no tengo la confianza. Vacilo.

—Estaba bromeando —dice, como si no hubiera sido claro.

—Lo sé —mi cerebro hace *clic* y, por un instante, no es el Rob Lachlan de ahora, es el Rob Lachlan de hace un año. En algún momento, fuimos de dos mundos distintos: chico popular y chica estudiosa. Seguimos perteneciendo a dos mundos distintos: hija de policía e hijo de criminal.

De cualquier manera, nunca seré una chica como Callie y Rob nunca dejará de ser Rob Lachlan, a pesar de lo que hizo su padre. Ayer por la noche estaba un poco desinhibida por la cerveza. Esta noche estoy completamente sobria y no estoy segura de qué estoy haciendo aquí.

—Hace frío afuera —afirma Rob y abre un poco más la puerta—. ¿Quieres entrar?

—No… No sé si pueda —digo apresuradamente.

—Uh —se queda quieto—. Okey. Está bien.

—¡No! Espera —está haciéndose la idea equivocada—. No es por tu padre.

—¿Entonces por qué? —luce cauteloso.

—Porque tú eres tú y yo soy yo —una línea se forma entre sus cejas y veo que sigue sin comprender—. Rob. Yo no… tú eres… tú eres… —gesticulo hacia su casa, a él, a nuestras vidas completamente distintas.

—Maegan —pone los ojos en blanco y luego da un paso hacia atrás y abre bien la puerta—. Cállate y entra.

Rob no se mueve mientras paso junto a él, lo que es algo bueno porque me preocupaba que intentara besarme. No hubiera sido malo, pero mi cerebro necesita un minuto para analizar todo esto.

Considerando que el exterior de la casa luce tan lujoso, esperaba que le interior fuera igual: pinturas al óleo, muebles de caoba y jarrones de cristal o lo que sea que tengan las personas ricas.

En cambio, el interior de la casa de Rob está sorprendentemente vacío. No hay cuadros, ni siquiera fotos en la pared. La puerta principal da hacia un recibidor con hermosas estanterías del suelo al techo, pero están todas vacías. Luego, está la sala de estar con un sofá y una silla reclinable. Hay un pequeño televisor en una mesa esquinera. En algún momento, hubo una gran pantalla plana sobre la chimenea, porque los soportes siguen allí. A la izquierda hay una cocina por la que mi madre mataría:

mármol blanco, cerámica gris y herrajes plateados. No hay electrodomésticos además de una pequeña cafetera de plástico Mr. Coffee. Hasta el cesto de basura, de plástico blanco liso, parece fuera de lugar.

—Sé que es raro —dice Rob detrás de mí.

—No lo es —giro para mirarlo, pero lo es.

Debe saberlo porque levanta levemente los hombros.

—Para mí es raro. Es como si estuviera viviendo en la casa de otra persona.

Lo entiendo. Luce como si ocupantes ilegales vivieran aquí, pero no quiero decir eso. Dudo que luciera así cuando el señor Lachlan era un pilar de la comunidad.

—Creciste aquí, ¿no? —digo.

—Sí. Pero… no era así. Incluso ahora, siento como si estuviéramos viviendo en tiempo prestado. Mamá dice que no pueden quitarnos la casa, pero… —encoje los hombros. Claramente piensa que pueden quitarles la casa.

Miro a mi alrededor las habitaciones casi vacías y me doy cuenta de que es probable que Rob haya visto cómo las desmantelaban. Debe ser horrible no saber lo que te espera en el futuro. Sé lo que quiero, o por lo menos lo que siempre quise: ir a la universidad, seguro, y enfocarme en matemática e ingeniería. El consejero de la escuela dijo que la empresa de los SAT no puede reportar el motivo por el cual los puntajes fueron invalidados, así que no creo que ir a la universidad sea un sueño completamente imposible, pero junto a todo lo demás, es una fuente constante de culpa. Una decisión equivocada y mi vida se descarriló de su camino.

Pero tomé mi decisión. Rob no lo hizo. No es responsable por lo que hizo su padre.

Tan pronto lo pienso, me pregunto en dónde está su padre.

—Hay una maratón de Harry Potter —dice Rob—, si quieres mirar una película.

Me pregunto qué expresión tengo en mi rostro porque se avergüenza.

—O no —agrega.

—Podemos ver Harry Potter —no puedo decidir si yo estoy haciendo rara la situación o si es él. No es el mismo Rob estoico y seguro de sí mismo y me está desconcertando—. ¿Rob?

—¿Sí?

—¿En dónde está tu papá?

—Eh. Arriba.

¿Puedo verlo? No hago la pregunta, pero quiero hacerlo. No porque quiera mirarlo embobada, sino porque es raro saber que hay alguien más en la casa.

—Nunca he llevado a nadie allí —dice Rob rápidamente—. No desde… antes —sacude la cabeza desvía un poco los ojos—. No está como antes. Está…

Espero, pero no termina la oración.

—No te avergüences —susurro. Se ruboriza levemente y desvía la mirada.

—Es imposible no avergonzarse. Viviendo en esta casa… es ridículo.

—No puedes elegir a tu familia —le digo.

Hace una mueca y luego toma mi mano. Su pulgar acaricia mis nudillos y casi tiemblo.

—Me alegra que hayas venido.

—A mí también.

Nos miramos por un largo rato.

—¿Quieres verlo? —pregunta Rob al final—. Puedo llevarte arriba —hace otra mueca—. Odio esto. Siento como si estuviera hablando de una mascota.

No está equivocado: suena como si tuviera una tarántula o una serpiente. Su voz es tan tensa que un escalofrío congela mi columna, pero no quiero tomar la salida cobarde. Él tiene que vivir con su padre. Puedo mirar al hombre a los ojos y decir hola.

—Sí, si tú quieres.

—Si quieres irte… después… está bien.

—Ahora me estás asustando.

Rob no responde nada, lo que no es alentador. Usa su agarre en mi mano para guiarme hacia las escaleras detrás de la cocina. El resto de la casa está tan vacío como la entrada. Pasamos un comedor con una mesa simple y cuatro sillas, luego una habitación completamente vacía con ventanas desde el suelo hasta el techo que debe haber sido una oficina. Es el único ambiente sin pintura y suelos meticulosos. Las paredes blancas están desnudas, a diferencia de los grises y azules a la moda del resto del nivel principal. La alfombra ha sido arrancada, dejando expuesto un viejo piso de madera sin restaurar.

Pienso en la historia de cuando encontró a su padre. Me pregunto si fue aquí.

—Mamá dice que probablemente la venderemos pronto —dice Rob, como si el silencio se hubiera tornado demasiado pesado—. Pero es complicado con todas las demandas y eso.

Su voz está cargada de incertidumbre. No puedo imaginarme vivir con ese tipo de futuro precario, sin saber lo que traerá el mañana. Estrujo su mano. Devuelve el gesto y me detiene en la cima de la escalera.

—Es tonto, pero no me di cuenta de lo solo que estaba hasta que dejé de estarlo.

—Sé exactamente a qué te refieres —digo con suavidad.

—Vamos.

Me guía por un corto pasillo hacia una puerta cerrada que abre sin golpear antes. Eso me sorprende —¿quién no golpea antes?— hasta que veo al hombre en la silla de ruedas cerca de la ventana.

Debería haber preguntado qué esperar. Sabía que su padre estaba incapacitado de alguna manera, pero por algún motivo, esperaba algo más parecido a un paciente con un derrame cerebral: con algún tipo de debilidad en un lado del cuerpo, o a alguien con la capacidad mental de un niño que no puede hablar bien. Un amigo policía de papá recibió un disparo en la cabeza y sobrevivió y, si bien no pudo volver a trabajar como policía, pudo funcionar como un adulto.

El papá de Rob no es ninguna de esas cosas.

No esperaba encontrarme a un hombre que parece ser una versión mayor de Rob con cabello levemente cubierto de canas y una curvatura en su cráneo. No esperaba una mirada fija en la máquina anexada a un poste a su lado o al tubo que desaparece debajo de sus prendas a la altura de la cintura.

No esperaba el leve aroma a orina mezclado con algo más medicinal.

—Solemos dejarlo en frente del televisor a la noche —dice Rob—, pero es difícil subirlo por las escaleras solo y Mamá no quería tener que lidiar con eso cuando volviera. Lo ubiqué en frente de la ventana porque me pareció mejor que la pared. Si lo acuesto en la cama, se queda dormido y eso significa que se despierta a las cuatro de la mañana.

—Tiene sentido —trago saliva. No tiene sentido en absoluto. Mi voz suena como si fuera de otra persona.

—No hace ninguna diferencia —sigue—. A veces me pregunto si hacemos todo esto por nosotros, ¿sabes a qué me refiero?

No. No tengo idea. No tenía idea de que vivía con esto. Me volteo y miro a Rob. Su rostro está inmóvil en algún lugar entre resignación y miedo.

—Cuidas de él —digo—. No creo… no creo que lo supiera.

—Mamá hace la mayor parte. Algunas enfermeras nos ayudan.

—¿Responde a algo?

—No de la manera en que piensas. Puede sentir dolor. A veces distintas cosas lo alteran o lo molestan. Pero ¿responder a su nombre o algo? Nunca —sus ojos se posan en su padre—. ¡Papá! ¡Ey, papá!

Nada. Después de un momento, el hombre parpadea. La máquina continúa con su pitido rítmico.

Vuelvo a mirar a Rob. He estado tan preocupada por Samantha y por cómo estará mi familia, independientemente de su decisión, pero eso no es nada como esto. Me imagino a mi padre en una silla como esta, sin saber quién es o lo que sucede a su alrededor. Rob Lachlan padre cometió crímenes contra docenas de personas, pero seguía siendo un padre. Seguía siendo el padre de *Rob*.

Sin pensarlo, doy un paso hacia Rob y envuelvo mis brazos alrededor de su cuello.

—Lo lamento tanto —susurro y las palabras no parecen ser suficientes—. No lo sabía.

Es tan retraído en lo referente a su familia que me sorprendo cuando no se aleja y, en cambio, me devuelve el abrazo. Me sorprendo todavía más cuando su respiración tiembla.

—Eres la segunda persona que me abraza espontáneamente hoy. Debo lucir patético.

—No eres patético —no lo suelto, como si pudiera transmitirle una pizca de esperanza solo por el contacto físico—. No lo eres, Rob.

—Lo soy.

—No lo eres —susurro y presiono mi rostro en su hombro—. No lo eres. No lo eres.

Su pecho se expande cuando inhala, siento una brisa cálida de su respiración en mi cabello mientras dice mi nombre.

—Maegan.

Abruptamente, se aleja.

—Ven conmigo —toma mi mano y me arrastra de vuelta hacia la puerta, unos metros por el pasillo hasta otra habitación oscurecida.

Apenas tengo tiempo de identificar mi entorno antes de que tome mi rostro entre sus manos y me bese. Tiene todavía más confianza que ayer por la noche, si eso es siquiera posible. Pero hoy no hay vacilación ni incertidumbre. Es gentil y cálido y su boca es tan adictiva. Estoy mareada por el sabor de su aliento y me alegro cuando posa sus manos en mi cintura y se aleja.

—Lo lamento —dice de manera pragmática—. Puede que no sepa lo que estoy haciendo, pero igual no quiero besarte delante de papá.

Suelto una suave risita y captura mis labios con los suyos. La casa está tan silenciosa y no estamos exactamente solos, pero nunca me sentí tan segura. Es como si hubiéramos creado un espacio ajeno a la realidad, donde podemos escondernos del mundo real por un momento. Cuando sus manos se deslizan debajo del borde de mi camiseta, mi interior comienza a derretirse.

Abandona mi boca para besar el camino hasta mi cuello, sus dedos finos cosquillean la parte inferior de mi caja torácica. Jadeo y me río, pero Rob me mantiene quieta.

—¿Quién te abrazó espontáneamente antes? —le pregunto.

—Owen Goettler —apenas deja de besar mi cuello el tiempo necesario para responder.

—¿También te besaste con él? —bromeo.

—No —las manos de Rob se quedan quietas y se aleja lo suficiente como para que la luz de la luna brille en sus ojos.

Estamos en una habitación. *Su* habitación, me doy cuenta al ver el equipo de lacrosse en una esquina y libros escolares desparramados sobre un escritorio debajo de la ventana.

—¿Quieres que bajemos y veamos una película?

—¿Quieres ver una película? —no tengo idea cómo responder.

—Yo pregunté primero —su boca se curva.

Me ruborizo y bajo la mirada, estudio el patrón del suéter que lleva puesto.

—Estoy de acuerdo con lo que sea que quieras hacer —el color en mis mejillas se intensifica cuando me doy cuenta lo que eso significa en su habitación, de todos los lugares posibles—. Casi todo —enmiendo.

—Casi todo —vuelve a besarme, más lento esta vez. Su cuerpo se presiona sobre el mío, sus manos son más fuertes repentinamente. Me sostienen contra él. Está tan seguro de sí mismo que me quita la respiración con cada beso.

Cuando sus manos vuelven a deslizarse debajo de mi camiseta, me alejo.

—Siento que… Siento que necesito definir "casi todo".

Sonríe y se detiene, sus manos se quedan quietas. Apoya su frente sobre la mía.

—Te escucho —no hay urgencia en su voz ni decepción. No tiene expectativas. De todas las cosas que me sorprenden de Rob, esto debe estar primero: es respetuoso. Caballeroso. Considerado. Paciente. No actúa como si tuviera derecho a manosearme, no intenta desabotonar mis jeans con torpeza.

Algo de eso es intrínseco de Rob, estoy segura. Pero algo de eso tiene que venir de sus padres. Es extraño pensar en un hombre que le robó a la mitad del condado le enseñó a su hijo a ser respetuoso con las mujeres.

Me he quedado callada demasiado tiempo porque una línea aparece entre las cejas de Rob y se aleja unos centímetros.

—Maegan, no tenemos que hacer nada. De verdad podemos mirar una película.

—No. No es eso —me sonrojo y desvío la mirada—. Estaba pensando en que eres muy respetuoso.

Espero que lo tome como un cumplido, pero se petrifica y luego frunce el ceño.

—¿Qué? —pregunto con suavidad—. ¿Qué sucede?

—Es estúpido. Es... —hace un sonido de asco y luego se aleja de mí para dejarse caer en el costado de la cama y pasa una mano por su cabello—. A veces pienso en algunas cosas que mi padre solía decir y son completamente opuestas a lo que hizo. Entonces me pregunto qué hay de malo conmigo que escuchaba *todo* lo que decía.

—¿Qué dijo? —me siento con cautela a su lado en el borde del colchón.

—No es... no es así —vacila.

Espero.

Finalmente, se gira y me mira.

—Okey, como esto. Una vez estábamos en una fiesta en un club de campo y Connor vio a una chica con la que quería hablar. Su padre dijo algo como "si la quieres, ve a buscarla" —pone los ojos en blanco.

—Correcto —digo.

—¿Qué? —luce sorprendido.

—Eso suena como el tipo de cosas que un chico como Connor escucharía de su padre —hago una pausa—. Se sienta en el patio cada mañana y las chicas se desviven por él. Solían desvivirse por ti también —Rob luce avergonzado.

—Bueno, no podía evitarlo.

—Ay, pobrecito —bromeo. Espero hacerlo sonreír, pero no lo hace—. Continúa, te interrumpí. ¿Tu papá no era de "ve por ella, Tigre" como el de Connor?

—No —todo su cuerpo está tenso—. Connor fue a hablar con ella y la chica no estaba interesada. Se tornó bastante extraño porque ella intentaba alejarse y él seguía persiguiéndola. No suele ser así, pero su papá estaba justo allí, observando. Cuando finalmente se rindió, su padre dijo algo como "un hombre de verdad hubiera conseguido su teléfono". Y mi papá dijo: "un hombre de verdad no tiene derecho a tomar lo que no le ofrecen".

Las palabras caen como una piedra. Rob se voltea y me mira.

—Lo lamento. Me puse demasiado intenso. Arruiné el momento.

—No, Rob…

—¿Cómo se supone que lidie con eso? —demanda—. ¿Tengo que odiarlo? ¿Quererlo? ¿Recibe un pase libre porque no es un mujeriego infeliz? ¿O podría convertirme en él porque tampoco soy uno? ¿Era una especie de psicópata? Quiero decir, ¿así logró que la gente confiara en él? No lo entiendo.

Tomo su mano y me sorprende sentir que está temblando.

—Rob —digo—. No eres como tu padre. Eres amable. Eres inteligente. No eres él. No eres un ladrón, ¿me entiendes? *No* lo eres.

—Estás equivocada —replica y su voz casi se quiebra.

—¿Estoy qué? —no entiendo.

—Estás equivocada —suelta mi mano—. No soy una buena persona.

—Rob, *eres* una buena persona.

—No —su voz se torna más profunda. Se voltea y me mira—. No lo soy, ¿lo comprendes? No lo soy.

Siento un escalofrío en mi pecho por la intensidad de sus palabras.

—¿Qué quieres decir?

—Soy un ladrón.

—¿Qué?

—Soy un ladrón. Robé dinero de la caja del dinero de la venta de pasteles la semana pasada. Usé la tarjeta de crédito de una porrista para comprar zapatos y ayer a la noche… —no termina la oración y se pone de pie, luego abre un cajón de su cómoda para sacar algo de allí.

Estoy congelada en el borde de su cama.

Toma mi muñeca y estira mi mano.

—Mira —un par de aretes cae en la palma de mi mano. Los reconozco inmediatamente. Son los que estaban en el jacuzzi en la casa de los Tunstall.

—Rob —respiro.

—Los robé —digo—. Y pensaba venderlos.

Trago saliva. Todo el calor abandonó mi cuerpo y me dejó un ladrillo de tensión helada en mi abdomen.

Rob es un ladrón. Lo está admitiendo. Lo está *probando*. Lo he estado defendiendo con mis amigos, con mi *padre* cuando todo lo que todos me advirtieron era cierto.

Los aretes casi no pesan, pero arden en la palma de mi mano. No sé si debería llevarlos conmigo o dejarlos. No quiero ser parte de nada de esto. Al igual que los secretos de Samantha, no quiero los de Rob.

—¿Ibas a venderlos? —lo miro fijamente.

—Sí —sus ojos abrasan los míos, como si estuviera esperando que comprenda esto, pero no puedo.

—¿Los robaste cuando estábamos juntos? ¿Me estabas usando para entrar en esa habitación? —mis pulmones se quedan sin aire mientras reevalúo toda la noche de la fiesta—. ¿Me usaste para…?

—¡No! —casi grita la palabra y me encojo de miedo—. No,

Maegan. Fue… no sé qué es. Fue después. Después de Bill. Después de que tuve que escuchar cómo me acusaba.

Estaba tan alterado cuando salimos de esa casa. Casi puedo comprender la motivación de la represalia, pero…

–Dijiste que robaste otras cosas.

–¡Solo lo que nadie extrañaría! Y…

–¡Sigue siendo robar!

–Lo sé. Lo sé –los ojos de Rob están en pánico. Angustiados–. No estaba pensando. Estaba tan enojado. Fue… fue un error. Tú lo comprendes. Sé que lo comprendes.

–*Mi* error no hirió a nadie –digo.

Su expresión se endurece, se asoma un destello del viejo Rob Lachlan.

–¿Sí? Escuché que hirió como a cien personas.

–Eso no es justo.

–¿Estás bromeando? Nada de esto es *justo*.

Ahora está enojado. Bien. Yo también lo estoy.

–Solo porque la gente te trate como basura no significa que puedes tomar lo que quieras de ellos.

–Solo porque la gente te trate a *ti* como basura no significa que tengas que soportarlo.

No es un ataque, pero en este momento se siente como uno.

–No significa que puedo olvidarme de la diferencia entre lo correcto y lo incorrecto.

–¿Entonces solo puedes hacer eso cuando estás celosa de tu hermana?

Esto me golpea como un derechazo inesperado. Me estiro y tomo su muñeca, pero tengo menos delicadeza que él. Sus ojos son piscinas oscuras de enojo, culpa, vergüenza y tristeza, pero no puedo comprenderlo y, en este preciso momento, no quiero hacerlo. Dejo caer los aretes en su mano y me pongo de pie.

Rob toma mi mano.

—Espera. Detente. Por favor. Maegan. Lo lamento.

—Eres un ladrón —le digo.

—No quiero serlo. ¿Lo entiendes? No quiero… fue un error. Quiero deshacerlo.

Sé todo sobre los errores que no puedes deshacer.

—Entonces entrégate —digo.

Sin otra palabra, me marcho.

CAPÍTULO 29

ROB

La mañana del lunes, llego a la escuela y luzco como si hubiera pasado el fin de semana en una licuadora. A pesar de lo que dijo Maegan, seguía esperando que viniera la policía a arrestarme. Cuando sentí llantas en la entrada, pensé que *de seguro* había llegado el momento. Mi corazón casi se sale de mi pecho. De hecho, ajusté los cordones de mis zapatos para correr.

Solo era mamá llegando a casa.

Eso fue casi igual de malo. Estaba hecho un desastre. Confesarle a ella hubiera sido muy diferente de confesarle a Maegan, así que me hundí en la cama y apagué las luces. Apenas se asomó en mi habitación antes de caminar hacia la suya al final del pasillo.

Cuando la policía no apareció, fue casi peor. ¿Maegan estaba esperando hasta la mañana para decirle a su padre? Tal vez estaba trabajando un turno nocturno y ella tendría que esperar a que llegara a casa.

Tal vez quiso decir lo que dijo.

Entrégate.

No tengo idea de cómo hacer eso. No puedo quitarle los zapatos a la señora Goettler y no tengo el dinero para pagarle a Lexi, incluso si tuviera el valor de admitir lo que hice. No tengo cuarenta dólares para la recaudación de fondos de los deportistas, incluso si tuviera la oportunidad de devolverlos.

Hola, Connor, de hecho, robé esto. Aquí tienes.

Sí, seguro. Podría devolverle los aretes al mismo tiempo. *Dile a tu madre que sea más cuidadosa.*

Todo eso no tiene importancia. Por más que no quiera admitirlo, una parte oscura y secreta de mi cerebro está satisfecha, como si finalmente hubiera cumplido una especie de destino. El sentimiento ha estado merodeando en mi cabeza desde el momento en que envolví el dinero de la recaudación con mis manos y solo incrementó cuando le conté a Maegan lo que estaba haciendo.

Está intensificándose ahora mismo, mientras cruzo el patio a zancadas para entrar al colegio por la puerta principal, en vez de aparcar en la parte trasera. Connor y sus amigos están sentados alrededor del poste de la bandera y sus ojos me siguen como la mira de un rifle.

No me importa. Sigo caminando. Desafío a alguien a que me diga algo. *Quiero* que alguien comience algo.

Una chica alta se abre camino entre la multitud para bloquear mi camino. Mis pensamientos están tan nublados que necesito un momento para reconocerla. Rachel. La amiga de Maegan. Su rostro brilla con furia.

Casi inmediatamente, se forma un escenario en mi cabeza. Maegan le contó a su amiga. Por supuesto. Me echaron de Taco Taco porque piensan que soy un ladrón y tenían razón. Probablemente la llamó en el segundo que se fue de mi casa.

—¿Qué le estás haciendo a Maegan? —pregunta Rachel.

La pregunta me sorprende porque no es para nada lo que estaba esperando.

—No le estoy haciendo nada —respondo, mi voz suena como un gruñido.

—Te hizo una pregunta —dice una voz masculina detrás de ella y me doy cuenta de que no vi a su novio parado allí. Excelente.

—Le respondí.

No dicen nada, pero bloquean mi acceso al colegio. El patio se está llenando con estudiantes antes de la primera campana y estamos llamando un poco la atención.

—Por favor, muévanse —digo mecánicamente—. Tengo que ir a clase.

—Estoy cuidando a mi amiga —replica Rachel—. Y quiero saber qué está sucediendo.

No tengo que soportar este interrogatorio. Me muevo para pasarlos de largo. Drew se mueve para bloquearme.

—Mira, amigo, no es necesario que seas un idiota. Te está haciendo una pregunta sobre su amiga.

—Déjalo ir —Connor se interpone entre nosotros y aleja a

Drew de un empujón. Un par de chicos del equipo de lacrosse lo siguieron hasta aquí.

Me detengo un momento por el asombro. Drew también. Da un paso hacia atrás.

—Tranquilo —dice—. Esto no tiene nada que ver contigo. Rachel está intentando cuidar a Maegan.

Estaría impresionado por su preocupación si no hubieran sido tan abiertamente hostiles conmigo. Pero por más que no quiero ser fastidiado, Drew y Rachel no me confrontaron para hacerme pasar un mal momento. Realmente se preocupan por Maegan.

Connor luce como si fuera a decir algo desagradable para espantarlos y lo último que quiero es *su* ayuda, especialmente de esa manera.

—Sal de aquí, Connor. Solo están cuidando a su amiga —miro a Drew y a Rachel—. Está bien. Estamos haciendo un proyecto de Cálculo juntos. Nada más.

—Pero… —Rachel no parece estar convencida.

—*Nada* más —la interrumpo—. En serio.

Sus ojos pasan de mí a Connor, quien sigue parado allí y luce como si quisiera comenzar una pelea. No puedo soportar esto.

—Sal de tu burbuja —le digo—. Este tipo tiene razón. Nada de esto tiene que ver contigo.

Connor inhala para replicar, pero no me molesto en esperar. En cambio, me volteo y entro a la escuela.

El señor London está encantado de verme. Prácticamente me arrastro por la entrada de la biblioteca, pero él sonríe.

—¡Señor Lachlan! ¿Está listo para discutir el segundo libro?

Estoy listo para un café. Un trago de vodka. Un bate de beisbol en mi rostro.

Ninguna de esas opciones está disponible. Suspiro y hablo del libro.

—Creo que Cook es su madre.

—Sí —dice—. Yo también.

Quiero igualar su entusiasmo. Quiero hablar de libros. Quiero ser normal. La situación del patio me dejó inestable.

En cambio, siento como si fuera a llorar. Mi estúpida garganta se está cerrando. La sonrisa desaparece del rostro del señor London y levanta la madera del mostrador.

—¿Oficina?

No. Quiero voltearme y salir corriendo, pero mis pies me llevan hacia adelante, dentro de su oficina, donde colapso en una silla.

Mierda. Estoy llorando.

Limpio mis mejillas con mis manos e intento mantener la compostura. Las mangas de mi abrigo de invierno raspan mi piel. El señor London me lanza una caja de pañuelos descartables.

—No merezco esto —digo.

—No creo que nadie en realidad *merezca* pañuelos —replica y me hace reír. Lo que ayuda. Reprimo las lágrimas antes de formar un charco en el suelo.

—No. Esto. Que sea amable conmigo.

—No es caridad. Me pagan por hacerlo —su expresión me hace saber que está bromeando. Con gentileza.

Incluso así, es más de lo que merezco. No devuelvo la sonrisa.

—¿Quieres hablar al respecto? —pregunta.

Habla de manera tan directa. No son como las preguntas cálidas y tentativas del consejero escolar, o de manera entrometida como preguntaría mamá. Solo directo.

La manera en la que mi padre hubiera preguntado.

Presiono mis ojos con mis dedos otra vez.

No, quiero decir. *No*. La palabra se asoma en mi garganta, pero está bloqueada por la emoción.

—Extraño tanto a mi padre —digo en cambio.

Por un largo rato, la habitación está muy silenciosa. O quizás no puedo escuchar nada sobre los rugidos de mi corazón y mi respiración temblorosa.

El señor London suelta un suspiro. No puedo mirarlo.

Vuelvo a limpiarme los ojos y miro fijamente la parte inferior de su escritorio.

—Todos piensan que es horrible. Tal vez lo era. *Sé* que lo era. Pero…. Yo no… No era horrible conmigo.

Esto es humillante. Nunca le he dicho esto a nadie y ahora se lo estoy contando al bibliotecario de la escuela, por el amor de Dios.

—Lo lamento —mis ojos están borrosos. Me paro de la silla—. Tengo que ir a clase.

—Rob…

—Lo lamento. No debería haber…

—Por favor, detente.

—Tengo que irme —tomo mi mochila y la cuelgo sobre mi hombro. Mi respiración es un desastre. Tengo que recuperar la compostura.

—Rob. *Detente* —el señor London se para delante de mí.

Me detengo. Respiro. Mis dedos están aferrándose a la correa de nylon de mi mochila con tanta fuerza que me arden los nudillos.

—Siéntate —dice—. Te haré un certificado de tardanza.

No quiero sentarme, pero está bloqueando la salida y no soy un rebelde. Nunca he sido del tipo de chico que se mete en problemas con sus profesores. Hago lo que me dicen.

Me siento.

Algo sobre su orden es estabilizante. Mis lágrimas se secan.

El señor London se acomoda en su silla, detrás del escritorio.

—Estuve pensando en ti este fin de semana —dice—. Hasta que te escondiste aquí la semana pasada, creo que nunca consideré en realidad lo que todo esto debe significar para ti.

No digo nada.

—No consideré que perdiste a tu padre sin perder a tu padre —habla lentamente.

Sus palabras generan una tanda fresca de lágrimas e intento parpadear para eliminarlas.

No funciona.

Estoy tan cansado de llorar. Estar solo apestaba, pero tenía sus ventajas. Que nadie me hablara significada que no hablaba con nadie. Me rindo y tomo un pañuelo.

—Cuando era pequeño —sigue—, mi abuela tuvo un derrame cerebral —me congelo. No quiero una anécdota—. Vivía con nosotros. Solía cuidarnos a mí y a mi hermana después de la escuela, así que éramos muy cercanos. Cuando tuvo el derrame, fue realmente…. Realmente *raro*. Yo tenía doce años. Ella seguía allí, pero no estaba allí.

Sus palabras me congelan. Lo miro a los ojos. *Sí*, pienso. *Sí*. No puedo decirlo, pero no creo que sea necesario.

—Una vez, un niño… —el señor London respira profundamente—. Un niño dijo algo como: "¿Qué pasa? ¿Quién murió?". Pero nadie había muerto. Era tan extraño. No podía explicarlo. Y como nadie había muerto, no era como si… no lo sé. Ni siquiera sé cómo explicarlo ahora.

Yo tampoco.

Las palabras se atascan en mi garganta. Intento tragarlas. Si hablo, puede que pierda el control. El señor London me mira.

—Lamento lo de tu padre, Rob —pausa y hace girar una lapicera entre sus dedos.

—Era horrible —mi voz se quiebra y vuelvo a limpiar mi rostro. Gracias a Dios que estamos en la biblioteca y no en la oficina del entrenador de lacrosse.

—Pero no fue un padre horrible.

—No —presiono mis manos temblorosas contra mi rostro.

La habitación vuelve a silenciarse. Suena la primera campana. No me muevo. No *puedo* moverme.

El señor London toma el teléfono de su escritorio. Después de un momento, alguien responde.

—Rob Lachlan está en la biblioteca conmigo. ¿Podrías informarle a su profesora del primer período? —una pausa—. Gracias.

Cuelga el teléfono en su lugar. Mi corazón palpita contra mi caja torácica. Mi cuerpo siente como si todos mis sentimientos estuvieran luchando por liberarse, como si estuvieran estado confinados demasiado tiempo dentro de mi piel.

—Cuéntame de él —dice el señor London.

Abro la boca para negarme. Es la última persona con quien debería estar hablando de esto. En cambio, le cuento todo sobre mi padre. El hombre que pensé que era. El hombre que pensé que quería ser. Cómo mi padre venía a cada juego. Cómo le contaba todo.

Le cuento cada buen recuerdo. Todo lo que extraño.

Le cuento cómo los crímenes de mi padre se sintieron como una traición tan grande que apenas puedo admitirlo.

El señor London es un buen oyente. Está callado y escucha. Cuando termino, estoy agotado. Quiero derretirme en esta silla y disolverme en la alfombra.

Cuando finalmente habla, no es lo que espero.

—Sabes que soy gay, ¿no?

Hay una foto de él con su esposo en la pared detrás de él. Estoy bastante seguro de que todo el estudiantado sabe que es gay, pero su pregunta es tan directa que respondo en el mismo tono.

—Sí.

—Solo me aseguraba —hace una pausa—. Cuando se lo conté a mis padres, no reaccionaron bien. Quisieron que fuera a este… *campamento.*

No sé a dónde está yendo con esto, pero no es sobre mí llorando en la silla así que no me molesta.

—¿Un campamento?

—Un campamento religioso. Un campamento para revertir la homosexualidad —alza sus cejas, preguntándome si estoy comprendiendo y la respuesta es afirmativa.

—¿Fue?

—Sí —su mandíbula se tensa—. Me dijeron que no podía seguir

viviendo con ellos si no aceptaba ir. Así que fui. Y lo odie. Fue...
horrible —hace una mueca y alza las manos—. Obviamente no funcionó.

—Entonces, ¿qué sucedió?

—Cuando volví a casa, comencé a fingir. Lo odiaba, pero lo hice.

—¿Fingió ser heterosexual?

—Sí —hace una pausa—. Puse una pared entre mis padres y yo. Solía acostarme en la cama y pensar cómo los odiaba. A mi padre especialmente. Me observaba, revisaba mi computadora, revisaba mi habitación... —se interrumpe y sacude la cabeza—. Éramos cercanos cuando era pequeño. Fue un alivio muy grande escapar —nada suena como un alivio en esa historia.

—Con el tiempo mi hermana los hizo recapacitar —vuelve a mirarme—. Fue la única persona que me dejó ser yo y los convenció de que me dejaran ser yo mismo. Pero necesité mucho tiempo para perdonarlos. Para aceptar que todos los buenos recuerdos no desaparecían porque también había malos. Todos esos recuerdos son parte de quién soy. Los buenos y los malos.

Sus ojos están llenos de emoción y estoy seguro de que los míos también.

—Está bien extrañarlo —dice—. Está bien extrañarlo incluso si lo que hizo estuvo mal.

Las palabras son tan simples, pero parecen encontrar una grieta en mi armadura. La presión en mi corazón se alivia. Respiro profundamente. De repente, quiero contarle todo. Lo del dinero en el comedor. Lo de los aretes.

Todo.

Una mano golpea el marco de la puerta y rompe el hechizo. Es una profesora, no la conozco.

—¿Señor London? —pregunta y echa un vistazo hacia mi como pidiendo disculpas—. Las computadoras no se conectan y tenemos que reiniciar el servidor.

—Iré en un momento —dice.

—Vaya —afirmo. Tomo mi mochila y luego bajo la cabeza para limpiar mi rostro en mi hombro—. Estoy perdiéndome Cálculo.

Estoy cruzando la puerta cuando escucho que me llama.

—Rob.

Apenas me detengo. No puedo mirarlo ahora. Casi le cuento todo.

Entrégate.

Soy demasiado cobarde para hacer eso.

—¿Qué? —grazno.

—Vuelve mañana la mañana —dice—. Podemos terminar nuestra conversación.

No respondo. No puedo decidir si debería salir corriendo o si debería rogarle para que me deje esconderme en su oficina el resto del día.

—¿Harías eso? ¿Volver?

—Sí.

—Bien. Aquí estaré.

Estoy llegando veinte minutos tarde a Cálculo, especialmente porque me tomé unos minutos más para limpiar mi rostro en el baño de hombres. Me deslizo por la puerta para no interrumpir la clase de la señora Quick. Maegan está sentada en la primera fila. Su lápiz se desliza por su cuaderno y ni siquiera me mira.

La conversación con el señor London me dio ánimos. Tal vez pueda solucionar esto. Tal vez pueda deshacerlo.

Necesito disculparme. La arrastré por un camino que no merecía.

Preparo mis nervios y me deslizo en el asiento al lado de ella.

—Hola —susurro—. Quería...

Sin decir una palabra, se pone de pie y camina hacia el fondo.

Dejándome solo.

Maegan

RACHEL ME ENCUENTRA EN LA FILA DEL COMEDOR. AVANZA A MI LADO con una bandeja llena de comida.

—Hola —dice en voz baja—, ¿podemos hablar?

Estoy tan abrumada por los secretos de mi hermana y Rob que no tengo la fuerza para esquivar a Rachel, especialmente si comienza a criticar cómo elijo a mis amigos. Tomo una manzana y la sumo a mi bandeja.

—Por favor —dice—. Realmente te extraño. No quiero que nos peleemos por chicos, de entre todas las cosas.

Eso capta mi atención. Giro mi cabeza y la miro.

—¿Crees que estamos peleando por chicos?

—Bueno, nos estamos peleando por un chico.

—No, Rachel. Estamos peleando porque Drew y tú fueron desagradables con… —dejo de hablar y avanzo en la fila—. Olvídalo.

—No —su voz tiene cierto filo—. Termina lo que ibas a decir.

Quiero evitarla. Quiero esconderme. No me gusta la confrontación y no me gusta no saber si estoy equivocada. Por lo menos, las situaciones con Rob y mi hermana me han enseñado que intentar hacer lo que todos los demás quieren lleva a la infelicidad. Miro a Rachel de frente.

—Decía que Drew y tú estaban siendo desagradables con alguien a quien consideraba mi amigo. No creí que estuvieran siendo muy justos.

Está estupefacta.

Desvío la mirada, empujo mi bandeja con más fuerza de la necesaria. Vacila detrás de mí y me niego a mirarla.

—Espera —dice después de un momento—, ¿"consideraba"? ¿Tiempo pasado? ¿No lo sigues considerando tu amigo?

—No quiero hablar al respecto —y no quiero. Medio día después y todavía no tengo idea de cómo interpretar lo que Rob me dijo. Cargaba encima tanto enojo por cómo la gente pensaba que estaba involucrado con los robos de su padre. Tanto enojo que construyó una pared a su alrededor. Odiaba eso. *Sé* que lo odiaba.

Pero luego comenzó a robar de todas maneras, no tiene sentido.

—¿Por favor? —Rachel se aprovecha de mi silencio y se pone delante de mí de un salto—. Maegan, lo lamento. Pero él era malas noticias. Por favor, habla conmigo. He estado tan preocupada por ti. De hecho, lo enfrenté esta mañana, pero luego…

—Aguarda, ¿a quién enfrentaste?

—A Rob Lachlan. Pensé que estaba alejándote de tus amigos y eso es un signo de advertencia...

—Ay, por Dios, Rachel. ¿Vives en la columna de consejos? Rob no estaba alejándome de mis amigos —aprieto los dientes y la fulmino con la mirada—. Mis amigos estaban siendo unos *idiotas*.

Ahora luce como si la hubiera golpeado.

—Estábamos cuidándote.

—Repite todo lo que Drew le dijo a Rob en Taco Taco y convéncete de eso. Adelante. Esperaré.

—Drew no estaba equivocado —Rachel frunce los labios.

—No estaba equivocado después de que Rob se marchara. No tenía que ser desagradable con él. Rob no le hizo nada a él —hago una pausa y su rostro se contorsiona como si fuera a seguir defendiendo a Drew—. Solo porque tiene razón sobre algunas cosas no significa que tenga razón en *todo*. Puedes tener *razón* y ser un idiota al mismo tiempo. Has escuchado que Drew me hace pequeños comentarios a mí también, así que no intentes negarlo.

Inhala para decir algo, pero luego cierra la boca.

Exactamente. Vuelvo a empujar mi bandeja. Rachel me sigue.

—Entonces, ¿qué dices? ¿Rob es completamente inocente y todos los demás están equivocados sobre él?

Dudo y lo aprovecha.

—No lo es. Si no tuviera nada que esconder, no merodearía por la escuela como si estuviera esperando una sentencia de muerte y lo sabes.

—No estás comprendiendo el punto —avanzo con mi bandeja.

Rachel no dice nada. No digo nada. Esto apesta.

—No quiero pelear contigo —dice finalmente.

—Yo tampoco quiero pelear contigo —y es verdad. Extraño su amistad. Aprecio que estuviera cuidándome, por muy equivocada que estuviera.

Solo no quiero seguir lidiando con Rachel y Drew.

—¿Quieres sentarte con nosotros? —dice mientras llegamos a la caja.

Su tono implica que quiere dejar todo debajo de la alfombra y volver a lo mismo de antes. No puedo hacer eso.

—Hoy no —respondo, tipeo mi número de identificación estudiantil en la máquina al lado de la caja y me alejo.

Cuando giro para enfrentarme al comedor, me doy cuenta de que no tengo un destino.

Hace una semana, habría estado escabulléndome hacia la mesa de Rachel o hubiera encontrado un lugar para comer por mi cuenta. Todos estos secretos habrían pesado sobre mis hombros hasta que cediera finalmente y contase todo.

Hoy no haré eso. Atravieso el comedor tempestivamente y apoyo mi bandeja al lado de Owen. Ambos me miran sorprendidos. Antes de que pueda decir algo, fulmino a Rob con la mirada.

—¿Qué estás haciendo?

Me mira con la misma intensidad. Me olvidé de que no le teme a la confrontación y de que fui yo quien huyó de él en clase esta mañana.

—Almorzando. ¿Qué estás haciendo tú?

—Sabes que no me refiero a eso.

Owen aclara su garganta.

—¿Debería irme?

—¿Él sabe? —demando. Rob duda y algo de su mala actitud desaparece de su rostro.

—Sí, sabe.

—¿Saber qué? —pregunta Owen.

—Sobre… —Rob lo mira y baja la voz—. Todo.

—¿Por qué lo haces? —pregunto—. Hiciste un escándalo sobre cómo no eras…

—¿Podrías bajar la voz?

—Quiero una respuesta —no bajo la voz en absoluto.

—Entonces, siéntate —mira a su alrededor, pero todavía no hemos llamado mucho la atención—. Deja de hacer una escena.

Me siento.

Rob no dice nada. Owen nos mira.

—Hola —dice después de un momento—. Soy Owen.

Lo sé, pero estrecho su mano de todos modos, como si esto fuera una extraña reunión de negocios.

—Soy Maegan.

Rob está mirando su comida. No se librará de esto tan fácil.

—Pasaste todo este tiempo diciéndome que no eras un ladrón —susurro—. ¿Y ahora lo eres?

—No es así —dice.

—Es exactamente así.

—No todo es blanco y negro, oficial —dice mirándome a los ojos.

—¿Tomaste algo que no te pertenecía?

La mesa se queda en silencio y Rob toca su sándwich. Cuando finalmente habla, su voz es muy baja.

—No robé para mí. No quiero nada de esto.

No debería hacer una diferencia. No quiero que haga una diferencia. Pero el tono de su voz activa mis sensores de piedad.

—Bien. ¿Para quién?

—Para quien sea —explica—. Para quien sea que lo necesita —duda—. Comenzó con un billete de diez dólares que Connor dejó caer. No aceptó que se lo devolviera —señala a Owen con la cabeza—. Así que se lo di a Owen. Y luego, la caja de la recaudación para el departamento deportivo se cayó y tuve que ayudar a Connor a juntar el dinero. Tomé un par de billetes de veinte dólares y Owen se los dio a una chica que lo necesitaba. Luego, los zapatos de trabajo de la mamá de Owen se rompieron y no tenía cien dólares para reemplazarlos y…

—Estás robando para ayudar a la gente —me quedo sin aire.

Aprieta los dientes y desvía la mirada. Luce ansioso, inquieto. No es él en absoluto. Esto realmente le pesa.

—No quieres hacer esto —adivino.

—No quiero *nada* de esto —dice—. No quiero que todos piensen que soy un ladrón. No quiero, no quiero tener que vivir con lo que hizo mi padre. Si puedo devolver algo, entonces tal vez… —se interrumpe, hace un sonido asqueado y comienza a lanzar su almuerzo a medio terminar en su bolsa de papel.

—Si no vas a comer eso, dámelo —dice Owen.

Rob lanza la comida sobre la mesa y luego tira del cierre de su mochila.

—¿Te marchas? —pregunto.

—Sí.

Y para mi sorpresa, lo hace. Se pone de pie y se aleja de la mesa. No comprendo nada.

Owen toma el sándwich abandonado.

—No estábamos lastimando a nadie. ¿Crees que la venta de pasteles extrañará cuarenta dólares?

—Eso no lo hace *correcto*.

—Como un sándwich de queso todos los días, pero el equipo de lacrosse tiene bastones nuevos porque algunos chicos pueden pagar tres dólares por una galleta. ¿Crees que eso es *correcto*?

Abro la boca, luego la cierro.

Los ojos de Owen son perforadores.

—Su *ex mejor amigo* le dio una paliza por ir a esa fiesta. ¿Crees que eso es correcto?

—Espera, ¿qué?

—Mi mamá hubiera perdido su trabajo de no tener los zapatos adecuados, pero ¿te escandalizas por un par de aretes que alguien ni siquiera sabe que perdió?

—No estoy... quién golpeó... ¿*Qué*?

—Entiendo por qué estás enojada —dice Owen—. Pero pretender que todo es blanco o negro es simplemente estúpido —termina el sándwich y baja la voz—. ¿Quieres venir intempestivamente hasta aquí y llamarlo un ladrón? Hazlo. Pero creo que a veces todos tenemos que mirarnos bien en el espejo antes de opinar de la vida de lo demás.

No sé qué responderle. Es demasiado parecida a la discusión que acabo de tener con Rachel.

—No está lastimando a nadie —Owen toma su mochila y se pone de pie—. Creo que está intentando reparar el daño que causó su padre.

Frunzo el ceño. No puede resolver un crimen cometiendo otro, pero las palabras de Owen sobre las galletitas de tres dólares están incrustadas en mi cerebro y no puedo desestimarlas.

—Piénsalo —Owen se pone la mochila al hombro y se voltea—. No todos fuimos criados por policías, Maegan.

Una vez más, me dejan sola, los secretos de todos los demás forman una pila sobre mis hombros.

Capítulo 31

ROB

Para cenar hay pastel de carne y puré de patatas, que suele ser de mis favoritos. Esta noche, desearía poder refugiarme en mi habitación para poder evitar las preguntas entrometidas de mamá y la mirada en blanco de papá.

Los aretes queman un hoyo en mi bolsillo. Fui hasta una casa de empeño después de la escuela, pero no tuve el coraje para entrar. No sé si me hubieran preguntado de dónde los obtuve, pero no estaba listo para arriesgarme. No soy un mentiroso. Ni siquiera soy buen actor.

Pero bueno, convencí a mamá de que estoy viendo a un consejero y de que estoy haciendo actividad física todos los días. Por lo menos la mitad de eso es verdad. El aire frío de las mañanas se siente como un castigo. Una penitencia.

No está atacándome con preguntas más complicadas que *¿cómo te fue en la escuela?* Es mi propia culpa lo que hace que cada palabra que sale de su boca se sienta como un interrogatorio. Meto un bocado de carne en mi boca y espero que sea suficiente.

Cuando nos envuelve cierta tranquilidad, su mirada se torna más incisiva y puedo sentir que las preguntas se tornarán más personales. Antes de que pueda curiosear, trago mi comida y le hago una pregunta.

—¿Cómo está todo en el trabajo?

Vacila y esboza una pequeña sonrisa.

—Todo está bien.

—¿Están convencidos de que sabes el alfabeto?

—Mejor que eso. Mencionaron que tal vez me contraten por tiempo completo.

—¿En serio? —alzo la mirada.

—Sí —duda—. Desarrollé una buena relación con Gregory.

Le echo un vistazo a papá. Claramente no le importa.

—¿Qué...? Eh, ¿eso cambiaría algo?

—Todavía no lo sé —toma un pedazo de pastel de carne—. He estado pensando en muchas cosas.

Hay algo en su voz que no puedo identificar, pero no me gusta la manera en que me está haciendo sentir.

—¿Qué tipo de cosas?

—Solo... cosas —apuñala otro pedazo de pastel de carne—. Como...

Alguien golpea la puerta principal.

Me congelo.

Mamá se congela.

Papá… bueno. Sigue haciendo lo que siempre hace.

Nadie viene aquí por un buen motivo. Pienso en Maegan, su padre, los aretes. No escuché sirenas, pero bueno, no usarían sirenas si estuvieran viniendo a buscarme para meterme preso.

Uno de nosotros tendrá que moverse. Apoyo mi servilleta al lado de mis cubiertos.

–Yo voy.

Un temor invade mi cuerpo mientras me acerco a la puerta. Recuerdo abrirle la puerta a los paramédicos después de haber encontrado a papá y, si bien esto es completamente distinto, también es similar.

Jalo de la cerradura y abro la puerta de un tirón.

Connor está en mi puerta. Estaría menos sorprendido si hubiera sido Papá Noel. Mis pensamientos se mezclan entre enojo por su presencia y pánico de que alguna manera se haya dado cuenta de que robé los aretes de su madre.

–¿Qué diablos haces aquí? –digo.

–Hola –responde.

Mamá debe haber escuchado mi tono o mi tensión porque grita desde el comedor.

–¿Quién es, Rob?

–Nadie –intento cerrar la puerta, pero Connor me detiene.

–Crece de una vez –prácticamente gruñe.

Mamá aparece detrás de mí.

–¡Connor! Han pasado mil años –hace una pausa–. ¿Rob? Invítalo a pasar.

Quiero negarme, pero eso me hará lucir petulante y mamá terminará saliéndose con la suya. Doy un paso hacia atrás y sostengo la puerta.

—Está bien. Entra.

—¿Tienes hambre? —pregunta mamá—. Hay bastante pastel de carne.

Sus ojos se posan en mí, y luego, de vuelta en ella.

—Sí, gracias.

Cuando entra a casa quiero golpearlo en las entrañas. O tal vez no quiero. No estoy seguro. Pasa junto a mí, se quita la chaqueta y la cuelga en el clóset de la entrada como si hubiera venido a cenar todas las semanas este año.

Espero que se sorprenda por la escasa decoración al igual que Maegan, pero luego recuerdo que ya estuvo aquí hace dos días cuando me esperó en mi habitación para golpearme sin previo aviso en el estómago.

No importa. Sí quiero golpearlo. Pero ya está en el comedor y se detiene un segundo cuando ve a mi padre y a su válvula de alimentación pitando. Mamá se apresuró para prepararle un plato de comida en la cocina y lo desliza delante de él con una sonrisa.

Connor espera a que ella se siente antes de hacerlo él mismo. Se ubicó directamente frente a mí. Hurra.

—Todavía no has dicho qué haces aquí —digo.

—Rob —interviene mamá.

—Estaba conduciendo por aquí —toma un bocado de comida—. Pensé que podría visitar.

No le creo ni por un instante.

—¿Cómo están tus padres? —pregunta mamá.

Connor le echa un vistazo a mi padre, quien sigue con la mirada perdida en la otra punta de la mesa. Connor está nervioso. Hace un buen trabajo para esconderlo, pero puedo notarlo.

—Están... muy bien. El negocio de papá realmente despegó.

Mamá no dice nada al respecto. Sujeta el tenedor con más fuerza y ahora es ella quien ataca al pastel de carne con su tenedor. El padre de Connor se quedó con muchos clientes de papá cuando todo colapsó. Aparentemente, el señor Tunstall fue un gran héroe para las personas que todavía tenían algo de dinero.

—Lo lamento —dice Connor—. No estaba pensando.

—¡No! —la voz de mamá está cargada de falso entusiasmo—. Es maravilloso. Me alegra que tu familia siga bien —bebe un trago de vino de su copa—. Marjorie no lo había mencionado.

—Probablemente no quería ser desconsiderada —intervengo.

—No —dice mamá—. Es…

Suena su teléfono en la cocina, el sonido alegre contrasta con la extraña tensión en esta habitación.

Se pone de pie.

—Volveré en un minuto, chicos.

Nos quedamos solos. Connor come, su tenedor araña el plato de una manera que probablemente no sea demasiado ruidosa, pero suena como una sierra circular en la tranquilidad del comedor. No me ha mirado a los ojos desde que abrí la puerta.

No puede estar aquí por los aretes. Ya hubiera dicho algo.

De repente, estoy cansado. No quiero estar en guerra con Connor. No quiero esconderle cosas a mi madre. No quiero haber llorado en el escritorio del señor London y contarle cuánto extraño a mi padre. No quiero nada de esto.

—Ey —dice.

Me niego a alzar la cabeza.

—Rob.

—¿Qué?

—Yo solo… —duda—. Lo lamento.

No sé a qué se refiere, pero la lista por lo que podría estar disculpándose es larga y sinuosa y él es un mentiroso.

—No, no lo sientes.

—¿A qué crees que me refiero? —frunce el ceño.

—No importa —mi voz está llena de ácido, pero mantengo el volumen bajo porque no quiero comenzar una discusión y alterar a papá—. No lo lamentas. ¿Qué quieres? ¿De repente te sientes mal? ¿Qué fue ese pequeño espectáculo en el colegio? ¿Quieres una galleta?

No dice nada.

Vuelvo a mirar mi comida. Y hundo mi tenedor en el puré de patatas. Lo peor de esta conversación es que una pequeña porción de mi consciencia desea que su disculpa sea real. Como si pudiéramos chascar los dedos y volver a cómo eran las cosas antes.

Mamá se ríe ligeramente en la cocina. Debe ser uno de sus nuevos amigos.

He estado pensando en muchas cosas.

Nunca dijo qué tipo de cosas.

—Trevor Casternan juega tu posición de ataque —dice Connor, interrumpiendo mis pensamientos.

—Bien por él —replico.

—Es bastante bueno con el bastón, pero es lento…

—¿Qué estás haciendo?

—Hablando —llena su tenedor con puré de patatas—. Como decía, es lento. Nos destruyeron en el juego contra Carroll High. El entrenador estaba furioso.

Estoy tenso, juego con la comida en mi plato. Recuerdo a Trevor y al equipo de Carroll, así que no es difícil imaginar cómo fue ese juego. Mi cerebro está activando el piloto automático, quiere más detalles para poder analizar críticamente le partido.

Connor le habla al silencio.

—Tuvimos que correr alrededor del campo de juego después del partido. Escuché que le dijo a Trevor que no podría ser un jugador ofensivo en la primavera si no puede…

—¿Por qué no me llamaste? —digo. Sujeto el tenedor con tanta fuerza que prácticamente vibra contra el plato.

Del otro lado de la mesa, Connor se queda quieto. Sus ojos desparejos están fijos en los míos. Traga, su garganta funciona como si le doliera.

Sabe qué estoy preguntando.

Se aclara la garganta y desvía la mirada.

—Rob…

—Olvídalo. Márchate.

No se mueve, así que me pongo de pie.

—De acuerdo, si no te marcharás, lo haré yo.

—Mi papá no me dejó —dice cuando llego a la puerta del comedor.

Me detengo. Esto no deshace nada, pero es un escenario que no había considerado.

—Recibí tu mensaje y no sabía… tú estabas… no lo sé. Fue horrible. Nunca antes… Nunca antes te había escuchado así. Entré en pánico —su voz se quiebra, pero se recupera—. Le pregunté a papá qué hacer. Pensé que vendríamos aquí. Pensé... no sé lo que pensé. No me dejó llamarte.

—¿Por qué? —me volteo y lo miro.

—No... no sé —su rostro empalideció levemente.

—No mientas.

—¿Qué quieres que diga? —exige—. No me dejó llamarte. No me dejó venir. Y luego, cuando todos dijeron que tú estabas involucrado...

—Vete al diablo, Connor —me volteo y salgo del comedor. De alguna manera, esto es peor.

—Rob. Detente —me sigue—. Estoy intentando hablar contigo —no me detengo—. Por favor.

Y, por primera vez, su tono tiene indicios de desesperación.

Mi cerebro recuerda fragmentos de ese momento en el bosque cuando se rompió el brazo y tuvo un esguince de tobillo y tuve que arrastrarlo. No quiero esa imagen en este momento, pero a mis pensamientos no les importa lo que yo quiero. Me detengo en las escaleras.

—Él fue quien delató a tu papá —dice Connor, habla apresuradamente como si esperar a que vuelva a interrumpirlo—. Pensé... pensé que sabía que tú estabas involucrado. Pensé que era todo verdad. Pensé que me habías estado mintiendo todo el tiempo. Tu papá y tú eran tan... eran tan cercanos...

—Detente. Connor. Detente —se me cierra la garganta. No quiero pensar en cuán cercanos éramos mi padre y yo. No quiero pensar en Bill poniendo a mi mejor amigo en mi contra la peor noche de mi vida.

Se detiene.

—No importa —respiro profundamente.

—Rob...

—No estaba ayudándolo —lo miro—. En serio. Podrías habérmelo preguntado.

—Lo sé —traga saliva—. Lo lamento. No... no sabía que todo estaba así.

—¿Y qué? —suelto un sonido asqueado—. Dios, ¿sabes cómo suenas? *Papá no me dejó llamarte.* No tienes diez años —esto explota su burbuja de lástima. Tensa su mandíbula y me fulmina con la mirada.

Lo imito.

—¿Qué está sucediendo? —dice mamá. Ni siquiera la vi aparecer en la base de las escaleras.

—Connor estaba por irse —digo.

—No —replica—. No es cierto.

Bien, como sea. No me importa. Me volteo y voy a mi habitación. Intento cerrar la puerta en su rostro, pero Connor la sostiene y lucha conmigo.

Nunca fue más fuerte que yo, pero ahora lo es. Entra a la fuerza.

Espero que lance un puñetazo, pero no lo hace. Cierra la puerta y se sienta delante de ella.

—No me marcharé hasta que hables conmigo.

—Está bien. Quédate allí sentado —voy a mi baño y me lavo los dientes, aunque solo sean las siete de la tarde. Me quito los jeans, me meto en la cama y apago la luz.

Connor no se mueve.

Apenas tengo sueño, pero miro al cielo y escucho su respiración.

Tengo una fuente infinita de paciencia. De seguro, puedo aguantar por más tiempo que él.

A medianoche, sigue esperando allí. Bueno, puede que esté acostado delante de la puerta. No estoy completamente seguro, pero escucho cómo cambia de posición.

A las dos de la mañana, sigo despierto. No sé cómo solucionar las cosas con Maegan. No sé si estoy haciendo lo correcto con Owen. Odio a Connor. Pero también lo extraño.

Su padre es horrible, eso nunca fue un secreto, por lo menos para mí. Hace trabajar a Connor hasta el cansancio y nunca nada de lo que hace es lo suficientemente bueno. Imagino a Connor recibiendo mi llamada en estado de pánico e histérico y hablando con su padre, pidiéndole ayuda.

Es fácil imaginarlo porque sé que así hubiera reaccionado yo.

Mi padre me hubiera subido al coche y hubiera llamado para intentar averiguar qué estaba pasando.

Mi padre hubiera sacado a Connor de la casa y lo hubiera subido a nuestro coche. Hubiera intervenido entre los policías y los servicios de emergencia. No se hubiera apartado de Connor.

Tal vez por eso nunca consideré este escenario. Siempre pensé en lo que yo hubiera hecho. En lo que mi padre hubiera hecho.

Nunca consideré que, si bien en algún momento nuestras vidas aparentaban ser muy similares, no eran nada parecidas puertas adentro.

Lo miro. Connor sigue despierto, aunque está recostado sobre el suelo de madera con los ojos en el techo.

Tomo una de las almohadas extras de mi cama y se la lanzo.

—Está bien. Dime qué sucedió en el juego contra Carroll.

CAPÍTULO 32

Maegan

LA MAÑANA DEL MARTES LLEGA CON CIELOS CUBIERTOS DE NUBES Y UN frente frío. El aire huele a nieve cuando salgo de casa y el viento muerde mis mejillas. Las únicas personas con quién me estoy llevando bien son mis padres y creo que es solo porque solo pueden pensar en lo que está pasando con Samantha.

Todavía no les dijo quién es el padre.

Todavía no ha visto a un doctor o tomado una decisión al respecto sobre qué quiere hacer.

Todavía no me ha dicho ni una palabra.

Puedo sumarla a la lista de personas que están molestas conmigo, junto a Rob, Rachel, Drew y Owen.

Honestamente, es un milagro que esté yendo a la escuela.

Mamá tiene una reunión de negocios fuera de la ciudad así que una de sus compañeras la vino a buscar. Es poco común que tenga el coche para ir al colegio por mi cuenta. Toco un botón para destrabar las puertas cuando escucho la voz de Samantha detrás de mí.

—Ey —suelta una tosecita—. Megs.

Me detengo y giro. Su cabello está atado en un pequeño rodete en su cabeza y viste una sudadera amplia y jeans. Ni una gota de maquillaje.

—Lo lamento —digo—, ¿te conozco?

Apunto a un tono levemente pasivo-agresivo, no desagradable, pero Sam frunce el ceño y desvía la mirada.

Okey, como sea. Abro la puerta del coche.

—Te veré después.

—Espera.

—¿Qué? —suspiro.

—Me preguntaba si irías conmigo a un lugar.

Tomo mi teléfono para revisar la hora.

—Tengo que estar en la escuela en quince minutos. ¿A dónde necesitas ir?

Abre la boca, duda y se abraza a sí misma.

—Está bien. No importa.

—No, Sam, está bien. ¿Qué? ¿Necesitas algo de la farmacia?

—No —levanta la cabeza y me mira a los ojos—. Quería… —su voz se quiebra, pero junta valor y entrecierra los ojos—. No responde mis llamadas. Me bloqueó de todos lados. Quiero confrontarlo.

—¿David? —susurro.

–Sí. David.

Intento comprender esto en mi cabeza. Su universidad está a dos horas de distancia.

–¿Vive por aquí?

–No –me mira como si estuviera siendo una idiota–. Megs, olvídalo. Fue estúpido.

Las llaves tintinean en mi mano. No es estúpido. Puedo darme cuenta. Quiero proponerle que me deje en la escuela y se lleve el coche y casi lo hago, pero luego considero lo que acaba de decir.

–Tendría que faltar a la escuela –digo cuidadosamente–. Creo que envían un correo electrónico si no apareces.

–¿Quieres faltar a la escuela? –sus ojos se ensanchan por la sorpresa.

–Bueno. No *quiero* –trago saliva. Me metería en un montón de problemas si mamá y papá lo descubrieran. Volvería a estar en la misma posición que la primavera pasada–. Pero ¿qué harás? ¿Enfrentarlo en su salón de clases?

–Sí.

–Wow –yo solo estaba bromeando.

–¿Crees que es estúpido? –hace una mueca–. Quiero decir, me bloqueó en todos lados. Su esposa cortó mi llamada. Es el único lugar en dónde *sé* que estará.

–Pero tu beca…

–No me importa. No puedo seguir escondiéndome. No puedo seguir *haciendo* esto. No puedo hacerlo sola. No es justo.

No sé qué decir.

–¿Crees que es una idea terrible? –los hombros de mi hermana caen levemente.

No sé si es una idea horrible o una genial.

De alguna manera, esta conversación se siente similar a la que tuve con Owen en la mesa del comedor ayer. Owen tenía razón. Nada es blanco o negro. Nada es sencillo, directo y fácil.

Sé que no es correcto que Samantha esté sufriendo y sola y que este tipo pueda decidir eliminarla de su vida como si fuera nada, cuando ella no tiene otra opción más que lidiar con las consecuencias.

—Si quieres ir, iré contigo —aclaro mi garganta—. No sé cómo evitar lo del correo electrónico.

—Ah, eso es fácil —dice Sam—. Llamaré a la escuela y me haré pasar por mamá.

—¿Crees que te creerán?

Sonríe de manera dubitativa y exultante a la vez.

—Sé que lo harán. Solía hacerlo todo el tiempo.

Durante el viaje escuchamos música, comemos snacks y hacemos muchas —muchas— paradas para que Samantha vaya al baño. Me preocupaba que estuviera malhumorada y silenciosa, pero al contrario, está exaltada. Canta canciones groseras y me lanza palomitas de maíz. Sé por los eventos en la casa de Connor Tunstall que esta es la manera en la que Sam oculta su estrés: transformándose en el alma de la fiesta.

Con un sobresalto, me pregunto si así lidiaba con el estrés en la secundaria también. Siempre aparentó que la presión atlética era algo que no la afectaba, como si distinguirse en lacrosse fuera un don con el que nació y no una habilidad afilada como un cuchillo con cada hora que pasaba entrenando. Para todos los demás, Samantha lucía vivaz y despreocupada, pero ¿en realidad se estaba ahogando por dentro todo el tiempo?

Desearía haberlo sabido antes. Tal vez no hubiera sentido la necesidad de estar a su altura sin sentir estrés yo misma. Quizás no hubiera intentado hacer trampa.

Estamos a unos treinta minutos de llegar y nos estamos riendo por una llamada en broma que reproducen en la radio cuando Sam se queda callada. Es un cambio tan abrupto que me estiro para bajar el volumen.

—¿Qué sucede?

Muerde la uña de su pulgar y su voz es muy tranquila.

—¿Qué estoy haciendo, Megs?

—Confrontarás a David —espero que mi voz suene fuerte y llena de convicción.

No responde.

—¿Quieres que de la vuelta? —pregunto.

—No.

—¿Todavía quieres hacer esto?

—Sí. Tal vez. Probablemente —se quita el pulgar de la boca—. Maldición. Sí.

Empiezo a dudar y Samantha me mira.

—Quiero decir, ¿qué es lo peor que podría pasar? ¿Que llame a la seguridad del campus y nos eche del salón?

—¿Eso es una posibilidad? —mi voz suena estrangulada.

—No. Tal vez.

—¿No te preocupa perder tu beca?

—No sé si pueda volver allí, Megs. De cualquier manera —me mira y su rostro comienza a desmoronarse—. ¿Entiendes? ¿Sabiendo que todo esto sucedió? Es como… —respira con dificultad—. Como, ¿cómo se supone que vaya a clase todos los días sabiendo que él está *allí* en el campus? ¿El papá de mi bebé? O, ¿el padre de mi ya-no-bebé? ¿Cómo se supone que haga eso? —rompe en llanto—. ¿Cómo?

Estiro mi brazo y tomo su mano, ella la estruja con fuerza.

—No lo sé.

Tan abruptamente como sus lágrimas comenzaron, se detienen. Aspira con la nariz con fuerza y limpia su rostro.

—Ya fue suficiente. Quiero hacerlo. Quiero terminarlo de una vez.

Miro la app de navegación de mi teléfono. Estamos a menos de diez minutos de distancia.

—¿Sabes en dónde estará ahora mismo?

—Absolutamente —sus ojos están despejados ahora, llenos de furia.

Estoy ligeramente familiarizada con el campus por haber venido con Samantha cuando se mudó en agosto. Los grandes edificios de ladrillo eran encantadores y los árboles repletos de hojas estaban iluminados por los rayos del sol de verano. Hoy un frío amargo se aferra a todo. Los árboles desnudos y el cielo nublado hacen que el campus luzca siniestro en vez de acogedor.

O tal vez es el miedo que se siente en el coche de mamá.

—No tenemos que hacer esto —propongo mientras aparco en frente de Guilder Hall, el edificio que Samantha me indicó.

—Oh, no. Lo haré —sale del coche incluso antes de que apague el motor.

Me apresuro para seguirle el ritmo. Volvió a ser la vieja Samantha, atrevida y temeraria, camina por el edificio con la misma potencia con la que atacaba en el campo de lacrosse. Los pasillos están silenciosos, las puertas están cerradas mientras profesores hablan con grupos pequeños de alumnos. Pasamos de largo por esas puertas y caminamos hasta llegar a unas puertas dobles de madera.

Sam toma el picaporte sin vacilación y entra sin dificultad. Apenas puedo seguirle el ritmo.

—Aguarda —digo entre dientes. Seguramente necesita algún tipo de plan.

No espera. No se detiene. Las puertas se cierran de un portazo detrás de nosotras, damos la vuelta y nos enfrentamos a cien estudiantes o más.

Obviamente tenía que ser un auditorio repleto y no media docena de estudiantes de primer año hablando de Chaucer.

Estoy mirando a los alumnos, así que tardo un segundo en darme cuenta de que Sam está mirando al profesor. Este debe ser DavidLitMan.

Luce más grande que en su foto de Instagram. Su cabello está ligeramente menos tupido en la frente y su mandíbula es un poquito rechoncha. Viste una camisa con caquis. Nada increíble en su vestimenta.

—He estado intentado comunicarme contigo —Sam dice de manera mecánica. Prácticamente escupe fuego.

Casi no noto cómo sus mejillas empalidecen ligeramente, pero se recupera rápidamente y aclara su garganta.

—Señorita Day. Estamos en el medio de una clase. Si quiere discutir sus trabajos incompletos...

—No quiero hablar sobre *trabajos incompletos*.

—Bueno, entonces, es bienvenida a pedir una cita...

—¿Estás demente?

Hay algunas risitas nerviosas entre los estudiantes. David —¿puedo llamarlo David?— les lanza una mirada asesina y se callan.

Sam se acerca un paso hacia él. Sus manos se cerraron en puños. Me pregunto si lo golpeará. Me pregunto si debería detenerla. Probablemente sea mejor que no lo agreda delante de cien testigos.

—Quiero hablar contigo —dice en voz baja y agresiva.

—Le estoy pidiendo que se marche —dice.

—No me iré.

—Está arriesgando su calificación, señorita Day. Ya le dije antes que no toleraré la falta de respeto...

—¿Crees que me importa mi *calificación*?

—Le estoy pidiendo que se marche. Ahora.

—No me iré hasta que hables conmigo. Puedes bloquear mis llamadas. Puedes hacer que... que tu... tu esposa... —su voz se agudiza. Ay, no. Está por perder la compostura.

Me paro junto a ella y tomo su mano.

No sé si es por la emoción de mi hermana o por la atención que nos están prestando los estudiantes detrás de nosotras, pero DavidLitMan parece perder la paciencia. Sus mejillas se enrojecieron y nos está fulminando con la mirada.

—¡Afuera! —estalla—. No tendré esta conversación en clase.

—No me iré hasta que hables conmigo —dice Samantha. Una lágrima cae por su rostro.

David da un paso hacia nosotras y le da la espalda a su clase.

—Podría perder mi trabajo —dice entre dientes—. Solo… solo ve a mi oficina. Lo solucionaremos, ¿sí?

Samantha suelta un suspiro de indignación, pero luego David sigue hablando.

—Todavía te amo. Quiero que lo solucionemos. Es solo que… no pudo hacerlo aquí.

Samantha se queda sin aliento.

No, pienso. *No*.

Pero mi hermana está asintiendo con la cabeza.

—Okey —susurra—. Esta bien —da un paso hacia atrás y se encara hacia la puerta.

Mi fuerte e increíble hermana. Todo es una fachada. Por dentro es tan insegura y está tan desesperada como yo. Como todos, en realidad.

Tomo su brazo y la detengo.

—No —digo—. No.

—Lo lamento —dice David—. Tengo que seguir con la clase.

—No —repito.

—Megs, ¿qué…? —Samantha respira por la nariz y me mira.

—No la amas —respondo de mala manera y me aseguro de hablar con potencia suficiente para que me escuchen hasta los de la última fila—. Si la amaras, no hubiera bloqueado sus llamadas. No te hubieras negado a hablar con ella o a reunirse para discutir lo que hicieron juntos.

—Señorita, está fuera de lugar —su rostro está rojo como un tomate.

—No, *tú* estás fuera de lugar —digo—. No la amas. No tienes por qué decirle que la amas —estoy tan enojada que estoy gritando—. Tuviste sexo con una estudiante. Eres repugnante. Y ahora está embarazada, con *tú* hijo, ¿y crees que puedes ocultar todo con solo susurrarle que todavía la amas?

Da un paso cargado de furia hacia mí y luce tan amenazador que me preocupa que *él* me golpee a *mí*.

Samantha me empuja a un costado.

—No te atrevas a tocar a mi hermana.

—No iba a… —pasa una mano por su cabello. Su frente se cubrió de sudor. El auditorio está tan callado que podría escuchar la caída de un alfiler—. No hice nada. No sé qué juego están intentando…

—Estoy embarazada —le grita Samantha—. No estoy jugando a nada. Estoy *embarazada*. Con *tu* bebé. Y tienes que lidiar con esto porque no puedo hacerlo sola.

Luego estalla en llanto y la acerco hacia mí. Llora sobre mi hombro.

David nos mira, su expresión es una mezcla de enojo, derrota, arrepentimiento y miedo. Mucho miedo.

No veo compasión ni solidaridad.

—Vamos —le digo a Sam—. Salgamos de aquí —le lanzo una mirada asesina a David—. Le diré a mi padre quién eres. Es policía, así que deberías preocuparte por algo más que tu trabajo.

No es una amenaza real. Vivimos en otro estado y lo que haya hecho con Samantha fue consensuado. Pero David palidece otra vez de todas maneras.

Estamos por la mitad del pasillo cuando siento a alguien corriendo detrás de nosotras. Me volteo esperando ver a David persiguiéndonos a toda velocidad, pero es una linda chica con cabello oscuro hasta la cintura. Es delgada y atlética como mi hermana.

—Ah —dice Sam y se limpia el rostro—. Hola, Vic —resopla sonoramente—. Megs, ella es Victoria, juega como mediocampista.

Victoria no pierde tiempo en presentaciones.

—¿Es verdad? —pregunta en voz baja—. ¿Estuviste ausente por eso?

Sam asiente con fuerza y luego vuelve a hundir su rostro en mi hombro.

—Dile a la entrenadora que la llamaré esta noche —dice Sam y, de alguna manera, Victoria comprende lo que mi hermana dice entre sollozos ahogados porque asiente con la cabeza.

—Todo estará bien —le dice y pone una mano sobre el hombro de Sam—. Todo estará bien —me mira—. Me alegra que Sam tenga una hermana que la apoye.

Abrazo a Sam con más fuerza.

—Yo también.

Capítulo 33

ROB

—Luces *destruido* —dice Owen.

—Dime lo que piensas en realidad —estamos sentados en nuestra mesa de siempre. Connor está en la de él. No siento que nada se haya resuelto desde ayer por la noche... pero sí siento que la tensión entre nosotros no es igual a la de ayer. Cuando sonó mi despertador, ya se había marchado.

Maegan no vino a la escuela hoy. Sigo mirando nuestros mensajes de texto y quiero enviarle uno, pero no tengo el valor para hacerlo.

Owen me estudia.

—Te estoy diciendo lo que pienso en realidad. Luces destruido.

—No dormí mucho anoche —me restriego los ojos y le doy la mitad de mi sándwich.

—¿Por qué no?

—Es solo… una larga historia. ¿Podemos comer?

—Seguro.

Y almorzamos. Es silencioso. Amigable.

A pesar de eso, mis hombros están envueltos por una tensión incómoda.

La tensión se duplica cuando Owen baja la voz y me habla.

—¿Ya vendiste los aretes?

—No —hago una mueca.

—¿Te preocupa que tu mamá los encuentre? —un poquito, pero sacudo la cabeza—. Pensé que ibas a ir a una tienda de empeño en la ciudad.

Es cierto, le dije eso. Trago antes de responder.

—No lo sé.

—Sí, lo sabes —suena irritado.

—Mira —levanto los ojos para mirarlo—, no eres tú quien se está arriesgando aquí, ¿de acuerdo? Si tanto necesitas el dinero, hazlo tú mismo.

Se aleja sobresaltado. Sus ojos brillan con dolor y luego, furia. Lanza lo que queda de su sándwich en mi dirección.

—Esto no fue idea mía en absoluto. No te dije que robaras… —se detiene y mira alrededor, luego baja la voz—. No te dije que hicieras nada de esto. Así que no actúes como si yo fuera una especie de jefe de la mafia forzándote a una vida criminal.

—Lees demasiado.

—Cállate —todavía luce furioso.

—Lo lamento —me disculpo—. Te dije que estaba cansado. No estaba pensando en lo que decía —le vuelvo a dar el sándwich.

Lo toma y nos quedamos en silencio. De todos modos, está equivocado: no sé por qué no los vendí. Me comparó con Robin Hood, pero eso no se siente correcto.

Apenas lo pienso, comprendo cuál es mi problema.

La mamá de Connor no les robó a los pobres para comprar esos aretes. Tampoco lo hicieron Lexi Miter o sus padres cuando su hija fue descuidada con su tarjeta de crédito. El dinero que tomé de la venta de pasteles no le fue robado a nadie.

Mi papá es el único que robó.

Y ahora, yo también.

Siento calor. Enojo. Culpa e inseguridad. Mi estómago siente como si se hubiera desprendido de mi cuerpo y ahora cayera en caída libre.

—¿Vomitarás? —pregunta Owen.

—No puedo hacer esto —susurro.

—¿No puedes hacer qué?

—Es robar —digo. Aclaro mi garganta—. Estoy robando —lo miro sobre la mesa—. No soy un ladrón.

Espero que Owen asienta con sabiduría y día algo como "haz lo que tengas que hacer, Rob", pero no lo hace. Tiene una expresión cínica.

—Robar. Seguro. Como si importara. Ni siquiera saben que los aretes *no están*, Rob. Sabes que no quiero el dinero, pero podríamos hacer mucho bien con él.

Eso no se siente bien. Todavía no puedo detectar el *porqué*. Quiero decir, no está equivocado. En todo lo que dijo. Quizás hasta podría pagarle el almuerzo por un año a Owen con esos aretes. Y más también.

No quiero mi comida. No puedo comer.

Owen levanta su sándwich. Y cuando habla, lo hace en voz muy, muy baja.

—Alerta de idiota —dice—. A las doce…

—Detente —lo miro a los ojos.

No puedo leer su expresión. No estoy cien por ciento seguro qué dice mi propio rostro. Nos congelamos un segundo, durante el cual Connor se detiene al lado de nuestra mesa.

—Hola —dice Connor. Su tono es conciliador, su cuerpo está inclinado levemente para que sea obvio que me está hablando a mí.

—Hola —rompo el concurso de miradas con Owen y alzo la vista.

—No tienes que seguir sentándote aquí —dice—. Quiero decir, estamos bien —encoje los hombros y señala con la cabeza a su mesa de siempre. Nuestra mesa vieja—. Está todo bien.

Mis defensas familiares se activan y casi quiero burlarme de él, pero no lo hago. He estado solo tanto tiempo. Por más que no quiera admitirlo, he extrañado a mis amigos. A mi vieja vida.

Owen está sentado en frente de mí, observándome. Esperando a que diga algo. Cuando no digo nada, suspira, guarda su comida de mala manera y se pone de pie.

—Fue lindo conocerte, Rob.

Trago saliva.

—Qué reina del drama —dice Connor en voz alta—. No puedo creer que tú…

—Detente —mi tono es el mismo que usé cuando le dije a Owen la misma palabra—. Déjalo en paz, Connor.

—Mira, solo digo… Estoy intentado decirte que no tienes que sentarte aquí como un perdedor…

—No soy un perdedor. Y Owen tampoco —lo fulmino con la mirada—. Sé que estás intentando recuperar el tiempo perdido o lo que sea, pero no puedo deshacer estos últimos ocho meses, ¿de acuerdo?

Se encoje levemente y, por un momento, veo un destello de la vulnerabilidad que vi ayer por la noche, cuando finalmente me apiadé de él. De cierta manera, ha estado tan a la deriva como yo. Nunca me había percatado.

Connor *realmente* piensa que puede deshacer los últimos ocho meses al invitarme a comer de nuevo con él.

Desearía que pudiera.

Desearía que pudiera deshacer los últimos ocho *días*.

—Mira —digo en voz más baja—. No puedo volver como si nada con el grupo de antes. Es demasiado. ¿Lo entiendes?

—Sí. Seguro. Lo entiendo —es casi displicente, espero que se voltee, se marche y me deje aquí.

En cambio, Connor pasa una pierna sobre el banco y se deja caer frente a mí.

—¿Qué estás haciendo? —digo.

—Dijiste que el grupo es demasiado. Así que me sentaré aquí —vacila—. ¿Está bien?

—Seguro —no lo sé.

No tiene comida con él y yo ya guardé la mía. Cada vértebra de mi espalda está tensa, espera algún tipo de interrogación que nunca llega. Como anoche, se sienta y espera.

Solo está sentado. No tiene demandas ni expectativas. Solo está sentado.

Connor es despistado para algunas cosas, pero no para *todas*. Y, en algún momento, yo era igual. Está intentándolo. Yo también debería intentarlo.

Robé los aretes de tu mamá, quiero decir.

No hay forma de que eso mejore algo.

Después de estar en silencio por un rato, Connor habla:

—Fui un poco desagradable con tu amigo.

Las palabras de despedida de Owen siguen rebotando en mi cráneo.

Fue lindo conocerte, Rob.

Desearía que tuviera un teléfono. Desearía poder enviarle un mensaje. Desearía poder arreglarlo. Desearía poder vender los aretes y darle el dinero y mejorar todo.

Esto es tan difícil.

—¿Te parece? —miro a Connor.

—Él era quién no paraba de decir "alerta de idiota" cada vez que me acercaba.

—Tal vez no estaba tan errado —hablo medio en broma, medio en serio. Hay cierta nota en mi voz que estaba ausente hace tiempo, una nota que dice *estoy molestándote porque puedes soportarlo*.

—¿*Es* tu amigo? —dice Connor—. Pensé que te estabas sentando aquí para probar un punto.

—¿Qué tipo de punto? —resoplo—. Realmente eres un idio…

—Está bien, está bien —Connor pone los ojos en blanco—. De acuerdo, lo buscaré y me disculparé.

Dudo que Owen lo reciba de buena manera, pero no es necesario de todos modos. Yo soy quién debe encontrarlo y disculparse.

—Olvídalo —digo—. Yo lo buscaré —tomo mi mochila de debajo

de la mesa–. Voy a clase –vacilo–. Gracias por explicar. Ayer por la noche.

—Debería haberlo hecho antes.

—Lo hiciste ahora –encojo los hombros.

—¿Estamos bien? –pregunta–. ¿De verdad?

No puedo decir sí. No todavía. No con los aretes robados de su madre en mi bolsillo y Owen molesto conmigo por dudar sobre venderlos.

—Casi.

Connor asiente con la cabeza, me pongo la mochila en el hombro y me alejo de la mesa.

Tengo que solucionar esto. No puedo hacer las dos cosas al mismo tiempo, pero sé que no quiero ser un ladrón. Desearía poder escabullirme en su casa como Connor entró en la mía.

Un minuto. No se escabulló. ¿Qué dijo? *Todavía tengo una llave, idiota.*

Fuimos mejores amigos por años. Prácticamente vivimos en la casa del otro. Por supuesto que todavía tiene una llave.

Saco mi llavero de mi mochila y lo miro.

Yo también tengo una llave.

CAPÍTULO 34

Maegan

SAMANTHA LES ESTÁ CONTANDO TODO A MAMÁ Y PAPÁ. LE PREGUNTÉ si quería que me sentara con ella mientras lo hacía, pero dijo que no, que podía hacerlo sola. Así que he estado sentada en mi habitación, mirando por la ventana cómo se oscurece el cielo.

Al principio, pensé que esto era una buena idea, pero a medida que avanza la noche, comienzo a dudar sobre mi rol en todo esto. Faltar al colegio. Saber la verdad sobre David. Mantener el secreto de Samantha, porque estoy segura de que es mucho más grande de lo que mamá y papá esperaban.

Comienzo a pensar en Rob y en los secretos que *él* está guardando y en lo que está haciendo.

Para cuando escucho un golpe suave en mi puerta, mis nervios están exaltados y me siento de un salto en la cama.

—¡Entra! —grito.

Samantha asoma su cabeza y luego todo su cuerpo. Sus mejillas están manchadas y coloradas y luce… drenada.

—¿Estás bien? —pregunto suavemente. Entra y cierra la puerta detrás de ella.

—Sí. Papá está llamando a la universidad ahora mismo, aunque no habrá nadie allí —le echa un vistazo al cielo negro a través de mi ventana—. Mamá y él están furiosos.

—Deberían estarlo —hago una pausa, quiero preguntarle si tomó alguna decisión ahora que no hay más secretos, pero no quiero presionarla—. No es tu culpa, Sam.

—Bueno —suelta una risita, pero no hay humor en ella—. Cierta parte es mi culpa.

—Él fue horrible.

—Sí —una lágrima cae por su rostro—. No sé cómo no me di cuenta.

—Papá dijo… dijo que cuando las personas están bajo mucha presión, no siempre toman las mejores decisiones.

—Sí. Bueno —se limpia las mejillas.

—Creo que se aplica a más que tu situación, Sam —dudo—. No creo que me haya dado cuenta de eso. Sobre ti.

—No creo que me haya dado cuenta de eso de mí misma —otra lágrima—. ¿No es estúpido? Soy tan estúpida.

—No eres estúpida.

—Lo soy. Y ahora tendré que lidiar con esto.

Lidiar con esto. Me siento más erguida.

—¿Eso… eso significa que tendrás un aborto?

Estalla en lágrimas. Cruza los brazos sobre su abdomen. Me muevo hacia ella y la envuelvo entre mis brazos.

—Sam. Sam. Estará bien. Iré contigo. Lo que sea que necesites.

—No —tiembla—. No haré eso.

—¿Qué?

—No lo haré. Puede que… puede que considere una adopción abierta. Quizás. Pero no quiero deshacerme de él —aspira las lágrimas y me mira con claridad—. Fui a la clínica el viernes.

—¿Fuiste… por tu cuenta? —clásico de Samantha.

—Sí. Fui y pensé en ello y la enfermera fue… fue tan amable. Pensé que entraría allí y que sería rápido y horrible y que lo haría, pero… no fue así. Pensé que tendría que terminar el embarazo o arruinaría mi vida. Fue la primera persona que realmente me explicó todo. No creo que supiera cuánto necesitaba eso, ¿sabes? Alguien que me mostrara todas mis opciones.

—Sí. Lo sé —vuelvo a abrazarla y luego me alejo para mirarla detenidamente—. ¿Y estás bien? ¿Con todo?

—Bueno, de seguro pierda mi beca— resopla—. Mamá y papá están bastante molestos por eso. Pero no es el fin del mundo. No era… no era muy feliz. Amaba jugar lacrosse, pero luego se convirtió en algo que *tenía* que hacer en vez de algo que *quería* hacer —me mira—. Lo que hiciste hoy… significó muchísimo.

—No hice nada, Sam.

—Sí, sí hiciste. Hiciste lo correcto cuando estaba a punto de dejarlo salirse con la suya —se inclina y me da otro abrazo—. Siempre eres tan buena en eso.

Suelto una risa atragantada, sorprendida.

—No creo que mamá y papá estén de acuerdo.

—¿Qué? —está sorprendida.

—Soy la gran tramposa, ¿recuerdas? —le doy una media sonrisa.

Abre la boca y la vuelve a cerrar.

—Megs, cometiste un error. Tienes permitido cometer un error.

Me muerdo el labio y no digo nada.

—Algo que dijo la enfermera realmente me quedó en la cabeza —Sam frota su estómago.

—¿Qué dijo?

—Una decisión no determina todo tu futuro —se detiene—. Estaba hablando del aborto, pero creo que también se aplica a ti.

Tiene razón. Le ofrezco una sonrisa acuosa.

—Gracias, Sam —mientras lo digo, me doy cuenta de que no solo aplica en nosotras.

Una decisión no determina todo tu futuro.

También aplica a Rob.

CAPÍTULO 35

ROB

Estoy más nervioso por devolver estos aretes de lo que estaba cuando cometí el verdadero delito.

La oscuridad de la medianoche cubre los terrenos aledaños a la casa de los Tunstall, aunque el lugar está iluminado con la misma intensidad que la noche de la fiesta. He estado sentado en mi coche por una eternidad, observando las luces del interior encenderse y apagarse mientras Connor y sus padres disfrutan su noche. Han pasado meses, pero todavía recuerdo su rutina familiar con la misma facilidad que recuerdo la propia.

Cena en el comedor cerca de las seis.

Luego encienden la luz de la cocina mientras la señora Tunstall limpia todo. Luces en la sala de estar mientras miran televisión. Esas se apagaron cerca de las diez y luego comenzaron a encenderse las luces de arriba.

Ahora es medianoche y la casa está mayormente a oscuras.

Puedo hacer esto. Entraré, me escabulliré hasta la casa de la piscina y dejaré los aretes justo donde los encontré.

Mientras espero, juego con la idea de hacer esto de manera distinta. Las cosas entre Connor y yo no están… tan mal. Es probable que pueda ingeniarme una invitación a su casa esta semana. Sería relativamente sencillo devolver los aretes a su lugar.

O podría quedármelos. Pienso en Owen marchándose de manera intempestiva del almuerzo. De alguna manera, esto astilló nuestra amistad y no estoy seguro de cómo o por qué.

Todas mis relaciones están astilladas así que, ¿cuál es la diferencia?

Pero cada vez que pienso en encender el motor de mi coche, mis músculos se rehúsan a funcionar. No soy como mi padre. No soy un ladrón. No puedo soportar estos aretes un minuto más.

De todos modos, tengo una llave. No estoy entrando a la fuerza. Me escabulliré, devolveré los aretes y me marcharé.

Es hora.

La cerradura cede sin casi hacer ruido y la puerta principal se abre. Tipeo el código de la alarma en el panel silencioso al lado de la puerta y me alejo. La noche refrescó más de lo que esperaba, y es casi un alivio encontrarme en la cálida oscuridad de la casa. Soy recibido por un silencio absoluto. Cierro la puerta, me detengo, espero y escucho. Mi corazón palpita contra mi caja torácica, pero eso es todo. Nada. Silencio absoluto.

Avanzo hacia el pasillo donde besé a Maegan con cuidado para que mis zapatillas no emitan ningún sonido sobre el piso de madera. Mis dedos están temblando cuando encuentro el próximo tablero, los números levemente iluminados apenas son visibles en la oscuridad.

Ingreso el código y presiono la tecla para liberar la cerradura.

No funciona. Una pequeña luz roja titila y la cerradura emite un *bip bip*.

Me congelo. Esta no es silenciosa y debo haber ingresado mal el código. Me congelo con la mano en el picaporte, y espero a ver si alguien lo escuchó.

No sucede nada. Vuelvo a intentarlo.

Una vez más, no funciona. Luz roja. *Bip bip*.

Cambió el código. Mi sangre se congela en mis venas. Esto es por mí. Cambió el código por mí.

Mi respiración se aceleró. Necesito alejarme de este precipicio.

Está bien. Está bien. No importa. No *tengo* que dejar estos aretes en el jacuzzi. Puedo dejarlos en dónde sea. En la sala de estar, entre los almohadones. En la cocina o en el marco de la ventana. En la jabonera del tocador. En cualquier lugar.

Un recuerdo viene a mi mente. Connor y yo teníamos quince años. Estábamos despatarrados sobre el sofá, hablando de lacrosse. Su mamá llegó a casa después de una merienda y le dijo que debía preparar su cuarto para una inspección esa noche. Connor se puso de pie de mala gana, suspirando profundamente y me pidió que lo ayudara. Y, por supuesto, lo ayudé.

Su madre se quitó los aretes y los dejó en un recipiente de vidrio en la mesa que está al lado de la escalera. Lo recuerdo porque dijo: "Alégrense que ustedes muchachos no tienen que usar estas porquerías. Nada me causa dolor de cabeza con tanta rapidez".

Mis ojos encuentran la mesa al costado de la escapera. El recipiente sigue allí.

Quiero atravesar la sala de estar corriendo y lanzarlos allí, pero tengo que ser silencioso. Cada paso que doy parece durar una hora. Cuando llego al recipiente, coloco los aretes con cuidado para que tintineen contra el vidrio.

Y luego, está hecho. Los aretes ya no están en mi posesión. No soy un ladrón.

El peso que se levanta de mis hombros es casi tangible. Tengo que salir de aquí.

—… está hablando con Rob otra vez —dice una voz de mujer.

Me congelo. La voz está amortiguada, viene de arriba. Es la señora Tunstall.

—¿De qué? —responde el señor Tunstall.

—Dice que están arreglándose —dice ella—. Que hubo un malentendido —hace una pausa—. Me alegra, ¿sabes? Lo he dicho antes, me pareció una lástima que ellos…

—No fue una lástima. Eso tenía que terminar. Sé que has intentado estar presente para Carolyn, pero tenemos que mantenernos distanciados de esa familia.

Carolyn. Mi madre, quien perdió más que nadie y no merece nada más que amabilidad. Estoy inmóvil en la base de las escaleras, se me ponen los pelos de punta.

—*Tengo* que estar presente —dice la señora Tunstall—. Tenemos que asegurarnos de que no va a cambiar de opinión.

Cambiar de opinión. ¿Sobre qué?

—No cambiará de opinión —dice Bill—. No si sabe lo que le conviene. Tiene que soportar las demandas y luego podrá poner todo esto detrás de ella. No pueden vernos con esa familia. No es bueno para los negocios.

Es tan imbécil.

—Estará bien —sigue—. Un par de meses más. Ya verás. Pero no quiero que incentives a Connor a reavivar su amistad. Necesitamos un corte de raíz.

¿Un corte de raíz de *qué*?

—Sí, me siento mal por el joven Rob —dice la señora Tunstall—. Era un muchacho tan bueno.

—Ay, por favor. Sabía. Tenía que saber. Tiene suerte de no tener una tobillera electrónica. Sabía que era un error cuando Robbie padre lo trajo para ayudar los fines de semana. Un chico podía hacer caer toda la operación y… mira lo que sucedió.

Un momento. *Un momento.*

—No es su culpa —dice la señora Tunstall.

—Probablemente le debo un trago al tipo por haber jalado del gatillo —suelta una risita oscura y divertida.

Mis manos se cierran en puños.

Suena un teléfono en la casa, salto y golpeo la mesa. Cruje contra la pared y el recipiente de vidrio tintinea.

—¿Hola? —dice Bill desde el primer piso.

—¿Escuchaste algo? —dice su esposa.

—La compañía de la alarma llamó, dicen que ingresaron un código incorrecto después de abrir la puerta principal.

La compañía de la alarma. Cambió el código del pasillo. Obviamente cambió el de la puerta principal.

—¡Sabía que había escuchado algo abajo! —hay pánico en su voz.

—¿Mamá? —la voz somnolienta de Connor—. ¿Pasa algo?

—Enviaron una patrulla —dice el señor Tunstall y ahora su voz está alarmada.

Una patrulla. Mierda. Cruzo la sala de estar corriendo y abro la puerta principal sin hacer ningún esfuerzo por ser silencioso.

Instantáneamente, soy iluminado por focos delanteros.

—¡Alto! —grita una voz—. Manos sobre la cabeza. *¡Manos sobre la cabeza!*

Pongo mis manos sobre mi cabeza. El aire sale rápido de mis pulmones, comienzo a entrar en pánico. No sé que hacer. No había planeado esto.

Los policías me están gritando.

—*¿Tienes algún arma? ¡Acuéstate en el suelo! ¡Acuéstate en el suelo AHORA!*

Una rodilla aterriza en mi espalda cuando obedezco. Unas esposas golpean mis muñecas y me ponen de pie de un tirón. La fachada de la casa titila con las luces de emergencias. Todo está girando. No puedo respirar.

Mis ojos encuentran a Connor, parado en el porche principal con sus padres. Está en boxers y una camiseta. Su padre luce furioso. Su madre luce sorprendida.

Connor está confundido.

—¿Rob? ¿Qué… qué estás haciendo?

—Estaba involucrado —le grito y mi voz se quiebra—. Tu papá. Estaba involucrado.

Luego me hacen entrar de un empujón a una patrulla y cierran la puerta con un golpe.

CAPÍTULO 36

MI PADRE ESTÁ ESPERANDO EN LA COCINA CUANDO BAJO POR LAS escaleras antes de ir a la escuela. Vestido de uniforme y todo, lo que no es inusual, aunque su ceño fruncido sí es poco común. Mamá está en la cocina, en su bata con una toalla húmeda sobre su cabeza. Su expresión es igualmente tensa.

No solemos tener este nivel de drama tan temprano.

—¿Qué sucede? —me percato de quién está ausente y añado—. ¿Es Samantha? ¿Qué sucedió?

—No es Samanta —dice mi madre en voz baja.

—¿Seguiste viendo a Rob Lachlan después de que te dijera que no lo hicieras? —la voz de mi padre no es baja.

La pregunta es como una bofetada. Titubeo, me sonrojo y tengo que aclarar mi garganta.

—No fue… En realidad, no. Solo somos amigos.

—¿Fuiste a una fiesta con él?

Me congelo en mi lugar en la puerta de la cocina y deseo con todas mis fuerzas poder volver a mi habitación y empezar de nuevo el día.

—Respóndeme —dice.

—Sí —susurro.

Suspira con profundidad e intercambia miradas con mi madre.

—¿Por qué? —pregunto.

—¿Qué hizo en la fiesta?

—No… —vuelvo a titubear y tengo que volver a empezar—. No sé a qué te refieres.

La voz de mi padre podría cortar acero.

—Quiero decir, ¿qué *hizo* en la *fiesta*?

—Jim —susurra mi madre.

—Era una fiesta —estoy confundida, me pregunto si esto tiene que ver con que Samantha bebió en la fiesta, pero Rob no tiene nada que ver con eso así que no puedo hacer la conexión—. Solo una fiesta. ¿Por qué?

—Bill Tunstall dice que Rob y tú se escabulleron en un área privada de su hogar.

Repentinamente me siento mareada. Pongo una mano sobre el marco de la puerta.

—No nos… no nos escabullimos. Rob sabía el código. Él y Connor solían ser amigos, así que sabía…

—*Solían ser* amigos —la mano de mi padre está tensa alrededor del borde de la mesa–. *Solían ser* amigos. Así que sabes que no son amigos ahora. Sabes que no aceptarían de buena manera que Rob utilizara un código para acceder a una puerta cerrada.

Inhalo para responder y mi padre hace un movimiento tajante con su mano.

—No respondas eso. Sé que lo sabes.

—Sí —digo con suavidad. Siento como si fuera a desarmarme–. Lo sé.

—Maldición, Maegan.

—¿Estamos en problemas?

—Eso depende —entrecierra los ojos como si su mirada pudiera rebanarme. Samantha le dice "mirada de policía"–. ¿Qué hicieron cuando estuvieron a puertas cerradas?.

Okey, *ahora* creo que me desmayaré.

—Nada —balbuceo.

—Hablarás conmigo ahora —papá se inclina hacia adelante–. O tendrás que hablar con un oficial en la estación. La decisión es tuya.

Esto es humillante. Mis ojos se llenan de lágrimas.

—¡Nada! ¡Solo… nos besamos! ¿De acuerdo? Nos besamos.

—Bill Tunstall dice que te encontró sin camiseta.

—Ay, Maegan —mamá se lleva una mano a sus ojos.

Nunca deseé ser Samantha con tanta fuerza en mi vida. Ella pondría los ojos en blanco y diría algo como "tiene suerte de no haberme encontrado sin pantalones". Pero no lo soy y no puedo.

—Solo nos besamos —repito–. Solo besos. Lo juro.

—¿Qué más hicieron?

—¡Nada! El papá de Connor entró, Rob me dijo que saliera y lo hice.

—¿Eso es todo?

—¡Sí!

—Entonces, ¿no sabías que Rob Lachlan robó unos aretes de diamante?

Creí que todavía tenía sangre en mi rostro. Estaba equivocada. *Ahora* me desmayaré.

Mamá se pone de pie y toma una silla de la mesa.

—Siéntate —dice—. Jim, esto es demasiado.

—¡No es demasiado! —replica con ferocidad. Sus ojos no se despegan de los míos—. Sabías. Sabías lo que hizo —ni siquiera puedo mentir. Mi rostro ya me delató—. ¿Lo ayudaste? —demanda mi papá—. ¿Lo planeó?

—¡No lo ayudé! —el rostro de mi padre está lleno de desconfianza así que sacudo mi cabeza violentamente—. ¡No lo sabía! ¡Lo juro! ¡Solo me enteré después!

—Maegan…

—¡Estoy diciendo la verdad! ¡Me enteré el domingo por la noche!

—Hace tres días —la mirada de policía volvió—. Lo sabes hace tres días —golpea su puño en la mesa—. Te dije que te alejaras de ese chico y no solo me desobedeciste, sino que lo has estado encubriendo.

—¿Se entregó? —susurro.

—¡No! ¡Lo atraparon! Dice que estaba devolviendo los aretes, pero a esta altura ¿quién sabe la verdad?

Estaba devolviendo los aretes.

—¡Es verdad! —exclamo—. Sé que es verdad. Sé…

—Suficiente —papá suspira. Alisa su mano en el punto de la

mesa que acaba de golpear–. Esperaba más de ti, Maegan. Una vez más, nos decepcionas.

Una vez más. Trago saliva. Lágrimas se acumulan con intensidad detrás de mis ojos y respiro profundo.

–Cometí un error, ¿okey?

–Esto es más que un error, Maegan. Esto es…

–Igual que la primavera pasada, lo sé –salgo de la silla disparada y me dirijo a las escaleras.

–¡Vuelve aquí! –ruge mi padre.

Nunca me ha gritado de esa manera. Ni siquiera la primavera pasada. Mi rostro se cubre de lágrimas en caída libre. Subo las escaleras a las corridas.

Estoy a punto de entrar en mi habitación, pero Samantha está con su puerta abierta.

–Megs –susurra. Da un paso hacia atrás y extiende sus brazos.

No lo dudo. Me dejo caer en sus brazos y me aferro a ella mientras mi hermana cierra la puerta detrás de mí, dejando a nuestros padres afuera.

CAPÍTULO 37

ROB

Cuando papá intentó suicidarse, fui interrogado por la policía, pero sucedió en mi sala de estar y en un ambiente de compasión.

Hoy no hay compasión. Estoy en una celda, sentado en un banco de metal mirando hacia la pared gris. No estoy solo, pero el otro tipo está cerca de los cincuenta y luce como si tuviera menos ganas de hablar que yo.

Hemos estado aquí por horas. La celda huele a una combinación de vómito, orina y lejía. Estoy cansado, hambriento y tengo frío. Toman fotografías, hacen preguntas y me encierran aquí.

Me pregunto si llamaron a mi mamá. Esperaba que me llevaran a una especie de centro de detención, pero uno de los policías se rio y dijo: "Cuando cometes un crimen de niño grande, cumples la sentencia de un niño grande". No sé exactamente qué significa eso, pero supongo que se refiere a ser juzgado como un adulto.

Nada de esto parece justo. Estaba *devolviendo* los aretes. Ni siquiera pensaba admitir el robo, pero estúpidamente pensé que, de alguna manera, eso me excusaría por haber entrado sin permiso a la casa.

Estaba equivocado.

Encima de todo eso, no puedo dejar de pensar en lo que escuché. Pueden mantenerme encerrado para siempre, pero no cambiará la verdad.

El padre de Connor es tan culpable como el mío.

Intenté decirles a los policías lo que escuché, pero intercambiaron miradas, suspiraron y me ignoraron. Yo también me ignoraría. No tengo pruebas. Nada. Una conversación de la que apenas escuché algunos fragmentos. No significa nada.

Para ellos. Definitivamente significa algo para *mí*.

El hombre que está en la celda se mueve en su lugar y suspira. Comprendo el sentimiento. Miedo, adrenalina y furia luchaban por un lugar en mi cerebro cuando me encerraron aquí, pero ya se acomodaron en mis huesos hace rato. Un león durmiente, esperando para consumirme.

No hay ventanas aquí y se llevaron mi teléfono. No hay nada más que una fila de barrotes entre nosotros y un pasillo angosto con una puerta cerrada al final. Ni siquiera sé cuánto tiempo pasó.

Me pregunto si eso es deliberado. Un método de tortura.

Espero.

Espero.

Espero.

La peor parte es que no sé qué es lo que estoy esperando. Si soy un adulto, ¿me permitirán ver a mi madre? Tengo derecho a un abogado en algún momento, ¿no? ¿Tendré que ir a prisión? ¿Cómo funciona la fianza? ¿De dónde sacaría el dinero mamá?

Restriego mis palmas de repente sudorosas en mis muslos.

Con el tiempo… ¿Una hora después? ¿Un minuto? Un fuerte zumbido rebota en la celda y la puerta al final del pasillo se abre. Ambos giramos la cabeza y vemos a un oficial entrar.

Me mira y hace un gesto de *ven aquí* con su mano.

—Eres libre, niño. La familia no presentará cargos.

—¿Soy qué? ¿Me puedo ir? —casi me ahogo con mi respiración.

—Sí. Andando.

—Llévame contigo —dice el hombre de mediana edad. Es lo primero que me dice desde que nos encerraron juntos.

No le respondo nada. Me paro de un salto y camino derecho hasta el oficial. El alivio se filtra entre la ansiedad y prácticamente quiero darle un abrazo al policía. Estoy nervioso y lleno de adrenalina otra vez, pero esta vez, es por un motivo completamente distinto. Me pregunto si mamá está aquí para llevarme a casa.

El policía me guía a través de la puerta hacia el área principal de la estación de policía. Mis ojos encuentran un reloj de pared, que me dice que son las diez de la mañana. He estado aquí casi doce horas. Espero que los ojos de todos estén sobre mí, al igual que cuando mi padre puso un arma en su cabeza, pero no es así. Tal vez entrar a la fuerza no es tan emocionante como un crimen de guante blanco.

El oficial se detiene en la recepción, me entrega un sobre con mi teléfono celular, mis llaves y mi cartera. Mi teléfono se quedó sin batería. Fantástico.

—¿Eso es todo? —digo.

—Eso es todo —responde—. Eres libre de irte.

Me quedo parado allí como un tonto. ¿Les pido que me pidan un taxi? No tengo dinero. No puedo precisamente caminar a casa.

Un hombre en la sala de espera se pone de pie y se acerca a la recepción. Estoy tan inmerso en mi propio drama que no le presto atención hasta que se detiene en frente de mí y habla.

—He hablado con tu madre. Le dije que te llevaría a casa para que no tuviera que dejar solo a tu papá.

Bill Tunstall. Luce engreído y bien descansado.

Cada fibra muscular de mi cuerpo se congela en su lugar.

El oficial detrás de mí suelta una risita y me la una palmada en el hombro.

—Eres un niño afortunado. Si yo hubiera entrado a la fuerza en la casa de un amigo cuando era adolescente, creo que me hubieran hecho sufrir un poco más.

Afortunado. Mi lengua no funciona.

Quiero ignorar el robo y cometer asesinato en este instante. Un pensamiento fugaz hace que me pregunte si podría tomar el arma del policía.

Los ojos de Bill están clavados en mí. No hay sentimientos de aprecio. Esto no es un gesto amable.

Sabe que sé.

—Andando, Rob —dice casualmente—. Podemos hablar de esto de camino a casa.

No quiero hacerlo. Mi corazón palpita en mi pecho.

Cuando no me muevo, sus ojos se entrecierran una fracción.

–Tu madre está preocupada. Sé que nos está esperando.

Nada en sus palabras es una amenaza, pero, de alguna manera, escucho una de todas formas. Puede hacerme lo que quiera, pero mi madre es la última persona inocente en todo el asunto. No se merece esto.

–De acuerdo –trago saliva. Es imposible evitar que mi furia se filtre en mi voz–. Muchas gracias por llevarme, Bill.

Bill conduce un Tesla. La manija de la puerta hace pop mientras nos acercamos. He estado dentro de este vehículo antes, pero nunca me había dado cuenta de cuán pretencioso lo hace lucir. Las puertas se cierran, encerrándome con él. No puede encerrarme aquí de verdad, y lo sé, pero el silencio frío del interior hace que se sienta como una jaula de todos modos.

Preferiría estar de vuelta en la celda.

No confío en mí como para hablar. No tengo suficientes detalles, pero sé que este hombre estaba en la estafa con mi padre. Sé que él también debería estar pagando las consecuencias.

No dice nada mientras salimos del estacionamiento de la estación de policía. Mientras el coche acelera, estoy tentado a tomar el volante e incrustar el vehículo en un poste de teléfono.

Pero bueno, este automóvil cuesta más de cien mil dólares y estoy seguro de que está repleto de funciones de seguridad.

Probablemente, Bill saldría ileso. Diablos, de seguro el coche frenaría de modo automático.

—Estoy esperando —dice finalmente. Habla como si fuera un niño y él me hubiera ordenado que me disculpara.

Giro la cabeza y lo fulmino con la mirada. Nunca me cayó muy bien, pero en este momento, odio cada fibra de su ser.

—¿Qué?

—Que te expliques.

—¿Por qué no empiezas tú?

Llegamos a un semáforo y desvía la mirada del camino.

—Cuidado con el tono.

—Vete al diablo.

Su mano aparece de la nada y me golpea directamente en el rostro.

Está conduciendo así que no es un golpe muy fuerte, pero es más grande que yo y más fuerte de lo que imaginaba. Lo sentí en mi nariz. En mis labios. Tengo sangre en la boca, junto a un dolor agudo entre mis ojos que se llenan de lágrimas en contra de mi voluntad. Mi respiración se acelera más por la sorpresa que por otra cosa.

—Te dije que cuidaras el tono —dice señalándome con un dedo.

Presiono mis dedos contra mi rostro. No puedo evitarlo. Siento como si hubiera chocado de frente con una pared. Mi nariz está sangrando.

—Puedes golpearme todo lo que quieras —replico. Mi voz es nasal. Genial—. Sé lo que hiciste. Lo que has hecho.

—No sabes nada.

—Sé lo que escuché.

—Como si eso importara. ¿Crees que alguien te creerá? —el coche está avanzando rápido, pero Bill me mira y resopla asqueado–. En serio, ¿crees que alguien te creerá?

Limpio mi nariz y luego araño el asiento. Espero dejar manchas de sangre y mocos en el cuero tostado.

–Tal vez no. Pero encontraré una manera de asegurarme…

–¿Asegurarte de qué? ¿Asegurarte de que me atrapen? –se ríe–. Rob, si el FBI no encontró nada cuando investigaron a tu padre, no encontrarán nada ahora.

–No me importa –sacudo mi cabeza y algunos puntos resplandecen en mis ojos–. Haré lo que tenga que hacer…

–No. No lo harás –me echa un vistazo–. A menos que quieras que tu madre también caiga.

Estas palabras me detienen. Giro mi cabeza para mirarlo y siento como si estuviera debajo del agua.

–¿De qué estás hablando?

–¿Crees que ella no sabía? ¿Crees que no ayudó? ¿Cuán ingenuo eres?

Esto es peor que todos pensaran que yo sabía. Por lo menos, la gente deja a mi madre en paz.

–¡No sabía! No sabe nada…

–Por favor.

–Deja a mi madre en paz. ¿Me entiendes? Deja a mi…

Estira la mano y me encojo de miedo. Bill vuelve a reírse como si fuera divertido. Está señalando a la guantera. Lo odio. Lo odio tanto.

–Mira allí –dice–. Mira –no quiero mirar–. ¡Mira! –ladra.

Abro la guantera, hay una hoja de papel doblada en dos. Es la impresión de un correo electrónico.

De: Marjorie Tunstall
Para: Carolyn Lachlan

Connor dijo que Robbie trabajará con su papá en los fines de semana. Bill no cree que sea una buena idea.

De: Carolyn Lachlan
Para: Marjorie Tunstall

Robbie solo se ocupa de tareas administrativas. No lo sabrá.

No dicen nada. No es conclusivo, en absoluto.

Pero, de cierta manera, lo es. La última oración está abrasando mis ojos.

No lo sabrá.

No puedo respirar. Siento como si estuviera convirtiéndome en cenizas aquí mismo, en el asiento del pasajero.

—Así que, como verás —dice Bill—. Si me haces caer, haré caer a tu madre.

Me obligo a tragar saliva.

No puedo hablar. No sé qué decir. Apenas registro que hemos doblado por la calle que lleva a mi casa. Quiero bajarme del coche y correr por el bosque. Quiero correr hasta que mis pulmones exploten o me prenda fuego o me pudra en la nada. Estoy ahogándome. Tengo arcadas en el asiento delantero del horrible y estúpido coche de Bill.

—Si vomitas aquí, tendrás que limpiarlo —dice.

—Déjame salir —pido en tono monótono.

Se detiene en el lugar y destraba las puertas.

—Recuerda lo que dije. Esta no es la única prueba que tengo.

—Connor sabe —replico.

—Connor no sabe nada. Sabe cómo respetar a su padre. No te creerá a ti sobre mí.

No llamé porque mi papá no me dejó.

Tiene razón. Connor siempre obedece a su padre. Pienso en la manera en que Bill me golpeo en el rostro y me doy cuenda de que Connor tiene buenos motivos para obedecerlo.

Abro la puerta y pongo un pie en el suelo. El viento agita el papel y lo sostengo con cuidado.

—E incluso si lo hiciera, Connor ha visto lo que te sucedió —agrega Bill—. No creo que yo hubiera podido enseñarle la lección de mejor manera, ¿no te parece?

—Márchate —cierro la puerta de un portazo y fulmino con la mirada al vidrio oscurecido—. *Márchate.*

Lo hace.

Camino. Pienso. Echo humo.

Cuando llego a casa, mamá está esperándome en el comedor. Mi padre está a su lado en la silla.

Luce como si no hubiera dormido en toda la noche, pero atraviesa la habitación y me envuelve en sus brazos.

—Ay, Robbie. He estado tan preocupada.

—Yo también —no devuelvo su abrazo.

Escucha el tono de mi voz y se aleja, estudia mi rostro.

—¿Sabías lo que papá estaba haciendo? —extiendo el papel en su dirección.

Toma el papel de mi mano y se queda congelada. Después de un momento, respira profundamente y alza la mirada.

—Robbie. Lo lamento.

Mi corazón se detiene. Estoy seguro. No puedo moverme.

Creo que no me di cuenta de cuánto necesitaba que lo negara hasta que no lo hizo.

Finalmente debe de haberme visto bien porque toca mi labio con su mano.

—¿Qué sucedió?

—Bill sucedió —alejo su mano. No quiero que me toque en este momento. No quiero nada de ella. Detrás de mi mamá, mi papá está sentado en silencio. Lo odie por un largo tiempo.

Esta es la primera vez que también la odio a ella.

—¿Qué significa eso? —susurra. Echa un vistazo en el papel en sus manos otra vez. Su rostro empalidece levemente y se desmorona—. Puedo… necesito contarte…

—No te molestes —paso junto a ella y camino hacia las escaleras. Llego a mi habitación y cierro la puerta de un golpe.

El ruido o la tensión debe afectar a mi padre. Comienza a emitir sonidos de pánico.

No quiero que me importe. No quiero.

Mamá grita:

—¡Oh, *cállate*!

Cierra la puerta principal con un portazo.

Papá no se detiene.

Un motor se enciende.

Después de un largo rato, respiro profundamente. Abro mi puerta y bajo para cuidar a mi padre.

CAPÍTULO 38

Maegan

ROB NO VINO AL COLEGIO. OBVIAMENTE.

Samantha intentó convencerme de faltar a clases y quedarme refugiada en su habitación, pero no tengo fuerzas como para evitar a mis padres todo el día. Por lo menos la escuela me da un respiro de ellos, de Rob, de todo. He estado reservada, escondiéndome a plena vista. Mis nervios son un desastre enmarañado, es como si estuviera esperado a que todavía pase algo malo. ¿La policía también vendrá a arrestarme? ¿Soy cómplice? Lo único que hice fue… no hacer nada. ¿Eso me hace culpable?

En algún momento de la mañana, recibo un mensaje de mi papá.

PAPÁ: Retiraron los cargos. Estás fuera de peligro.

Alivio debería ser la reacción natural, pero no lo es. Siento como si hubiera vuelto a hacer trampa o si hubiera recibido un pase libre.

MAEGAN: Gracias. ¿Eso significa que Rob está libre?

No responde. Por supuesto. Conociendo a mi padre, le enojó que lo haya preguntado.

El día se hace largo, pero temo que se termine, así que no me molesta. Cuando suena la última campana, apenas puedo convencerme para dirigirme al estacionamiento. Para mi sorpresa, Owen Goettler está esperando al lado del edificio, justo en la curva del estacionamiento. Dudo que tenga coche y nunca lo había visto aquí. Cuando me ve, se aleja de la pared y se acerca a mí.

Sigo impactada por sus comentarios de ayer cuando me sermoneó sobre que él y Rob no estaban lastimando a nadie. ¿Tenía razón? ¿Por eso no lo delaté?

Owen, ¿me gritará un poco más?

No, mientras se acerca veo que su expresión está tensa con preocupación.

—¿Has visto a Rob?

—No, ¿no lo sabes? —me sorprende la pregunta y estoy segura de que mi expresión lo demuestra.

—¿Saber qué?

Por supuesto que no sabe. ¿Por qué lo sabría?

—Rob fue arrestado —digo—. Entró sin permiso en la casa de los Tunstall.

Owen suelta un insulto.

—Le dije que no hiciera eso.

—*¿Sabías?*

—Sí, sabía. Quería devolver esos estúpidos aretes que nadie extrañaba.

No puedo darme cuenta si está molesto porque Rob fue arrestado o porque estuviera devolviendo los aretes o qué.

—¿Rob estará bien? —Owen baja la voz.

—Sí. Mi papá dijo que los Tunstall retiraron los cargos.

—¿Por qué?

Inhalo para responder, pero no tengo idea.

—Tal vez comprendieron que ya pasó por mucho.

—¿Te parece que son ese tipo de personas?

Recuerdo lo que dijo Rob sobre cómo Connor no respondió su llamada cuando realmente lo necesitaba.

—No —admito—. No me parecieron ese tipo de personas —miro a Owen—. No es que importe.

Owen vacila. Yo vacilo. Ambos somos los amigos poco probables de Rob Lachlan, pero eso no *nos* hace amigos. Siento como si fuéramos planetas distintos orbitando el mismo sol.

El pensamiento añade otro peso a la pila de culpa descansando sobre mis hombros.

—¿Quieres venir a casa y hablar del tema? —Owen alza sus cejas.

Respiro profundamente. A papá seguramente no le gustaría que vaya a la casa de un chico desconocido mucho más de lo que le gusta que pase tiempo con Rob.

—No te preocupes —dice Owen, malinterpretando mi silencio. Comienza a marcharse.

—No —encuentro las llaves en mi bolsillo—. Vamos.

La mamá de Owen está durmiendo porque trabajó el turno de la noche, así que tenemos que caminar en puntitas de pie. No sé en dónde esperaba que viviera, pero me sorprende que el interior esté bien iluminado y limpio, aunque los electrodomésticos lucen antiguos y la alfombra está gastada en algunas secciones. Owen me ofrece un refresco light del refrigerador.

—Es lo único que tenemos —dice—. A menos que quieras agua.

—Esto está perfecto, gracias.

Nos sentamos en la mesa de la cocina y nos miramos. Alguno tiene que hablar, así que bebo un sorbo y me apoyo en la mesa.

—¿Realmente le dijiste que no devolviera los aretes?

—Sí —dice—. Pensé que podíamos hacer algo mejor con el dinero —hace una pausa—. No parece justo que lo tengan y no les importe, y no parece justo que Rob fuera arrestado por devolver algo que no estaban extrañando de todas maneras.

—Bueno —me aclaro la garganta—. Técnicamente fue arrestado por entrar a la fuerza.

—Teníamos un buen plan —dice Owen, incluso en su susurro, puedo escuchar su pasión—. No íbamos a herir a nadie. En realidad, no estábamos *robando*. Solo íbamos a tomar lo que la gente no extrañaría y dárselo a personas que lo necesitaran.

—Owen —una voz severa nos sobresalta—. *¿Qué* acabas de decir?

Su madre está parada en el marco de la puerta con leggins, una camiseta, envuelta en una bata raída. Su rostro está recién lavado y su cabello está en una cola de caballo desarreglada.

—Estoy esperando —dice cuando Owen no se explica. A pesar de los pijamas, su postura es feroz—. ¿Qué significa que estaban tomando lo que la gente no extrañaría?

—Mamá, no es nada…

—No te atrevas a decirme que no es nada —sus ojos se posan en mí—. ¿Y quién es ella? ¿Otra *amiga*?

—Señora Goettler —me muevo en mi silla y hablo apresuradamente—. Soy… Soy amiga de… mmm…

—Es la novia de Rob —dice Owen con voz resignada—. Mamá…

—*Mamá* nada. Sigo esperando que me expliques de qué estabas hablando. ¿Rob y tú estaban *robando*? ¿Por eso pasabas tiempo con él? ¿Te obligó a ayudar…?

—No. No es así —Owen levanta las manos, como si su madre necesitara ser apaciguada—. No es importante.

—Será mejor que empieces a hablar. En este momento —avanza sobre la cocina.

—Tal vez debería irme —doy un paso hacia atrás.

—No —señala la silla que acabo de desocupar—. Siéntate. Quiero una explicación.

Me siento. Owen habla y me doy cuenta de cuán poco sabía sobre lo que Rob estaba haciendo. Durante todo su relato quiero volver al Rob Lachlan con el que hablé el primer día sobre nuestro proyecto de Cálculo. Quiero sacudirlo y decirle: *No, no hagas esto. No te involucres en esto. No puedes deshacer lo que hizo tu padre.*

La madre de Owen escucha mientras su hijo cuenta todo y es mucho mejor que mi padre en eso. Cuando llega a la parte de que usaron la tarjeta de crédito de Lexi Miter para comprar zapatos, sus ojos se ensanchan con sorpresa y enojo. Owen baja la cabeza, pero sigue hablando.

Al final, su voz es mortalmente tranquila.

—¿Y crees que estabas ayudando a la gente?

—Bueno... —Owen se endereza—. Sí —dice con seriedad.

La señora Goettler respira profundamente y luego me mira.

—¿Crees que estaban ayudando a la gente?

—No lo sé —admito—. Quiero decir, tiene razón. Nadie salió herido. Nadie extrañaba esas cosas.

—Owen. Ni siquiera sé qué decir.

—¡Estabas tan enojada por que el tipo nos robó! —explota Owen—. Lo único que escucho es cuánto tuviste que luchar y que Rob Lachlan fue el único al que atraparon, pero que son todos corruptos —la está fulminando con la mirada—. Voy a la escuela con chicos que tienen todo, y no me quejo. Sabes que no me quejo. Pero no es justo que ellos tengan todo y nosotros tenemos... tenemos *esto* —gesticula alrededor de la pequeña cocina.

—Owen —su mamá se inclina hacia adelante y habla en tono parejo—. Solo porque no tengamos algo no significa que podemos *tomarlo*.

—¡Pero ni siquiera lo necesitan!

—¿Según quién?

Owen abre la boca y luego la cierra.

—Tú no puedes decidir quién merece tener qué —dice su mamá—. O quién no lo merece, dado el caso —hace una pausa y saca un collar debajo de su camiseta. Es un corazón que forma la figura de una madre y un bebé con incrustaciones de diamantes–. Tu padre me dio esto la Navidad anterior a que muriera. ¿Crees que debería venderlo?

–Por supuesto que no –Owen traga saliva.

–Realmente no *necesitas* esa Xbox en tu habitación. ¿Deberíamos venderla por dinero?

Owen hace una mueca y no responde. Su madre pone una mano sobre su antebrazo.

–Dijiste que no extrañarían lo que no está. Pero ¿cómo lo sabes? ¿Cómo sabes que esos aretes no eran especiales para esa mujer? –su voz se suaviza–. ¿Qué te pone en la posición de determinar el mejor uso de lo que planeabas robar?

–No comprendes –Owen mira hacia abajo.

–*Por supuesto* que comprendo. Por supuesto. De igual manera, sé que hay personas que me juzgan por este collar o que te juzgan por tener un almuerzo gratis. Otras personas no tienen los desafíos que nosotros tenemos, Owen. *Pero eso no significa que no tengan desafíos propios.*

Owen está callado, muy quieto en su silla. Me pregunto si siquiera está respirando.

Finalmente, alza la mirada.

–Sigo sin lamentarlo –libera su brazo de la mano de su mamá–. Tal vez eso me haga una mala persona, pero sigo sin lamentarlo.

–Owen –su mamá lo mira fijamente.

–No lo lamento –dice, alejándose–. Nadie salió lastimado. Puede que no haya sido lo correcto, pero tampoco se sintió incorrecto.

–Vuelve aquí –dice.

Owen no vuelve. Sube por las escaleras. La señora Goettler me mira.

—¿Tú también fuiste parte de esta pequeña banda criminal?

—¡No! —también quiero huir, pero la parte de mi cerebro que controla mis tendencias de chica buena me mantiene clavada en esta silla—. No lo supe hasta después de que lo hicieron.

—¿Y ese chico Rob fue arrestado?

—Los Tunstall decidieron no presentar cargos —respondo después de tragar saliva.

La señora Goettler respira profundamente.

—Me arrepiento del día en que le confié a ese hombre un centavo de mi dinero.

Y el hijo de "ese hombre" aparentemente, no era mucho mejor. Muerdo mi labio y miro hacia abajo. No me gusta este sentimiento.

Pone una mano sobre la mía y alzo la cabeza sorprendida.

—Owen puede tomar sus propias decisiones. No culpo a Rob por todo —hace una pausa—. Parece un chico muy perdido.

—Lo está —susurro.

—¿Eres una chica perdida?

En el momento en que hace la pregunta, me doy cuenta de que lo era. Era una chica perdida. Perdida en las opiniones que todos los demás tenían sobre mí. Perdida por dejar que esas opiniones reemplazaran las propias. Me obligo a mirarla a los ojos.

—No estoy perdida. Quiero hacer lo correcto.

—La mayoría de nosotros quiere hacer lo correcto —dice con remordimiento—. El problema es que eso no luce de la misma manera para todos.

CAPÍTULO 39

ROB

Oscureció hace un largo rato y mamá todavía no volvió a casa. No sé en dónde estuvo todo el día y, en realidad, no me importa. Tal vez está en lo de los Tunstall y se estuvieron riendo todo el día de cuán despistado soy.

La enfermera no vino. Tal vez mamá la canceló porque ella estaba en casa o tal vez la mujer no se presentó. De todos modos, una parte de mí está feliz de estar solo, incluso si implica cuidar de papá. No puedo subirlo por las escaleras yo solo, pero pasar una noche en su silla no lo matará. Cenamos y ahora estamos haciendo una maratón de *Doctor Who* en Netflix.

A medida que pasan las horas, mi pecho se empieza llenar de

resentimiento. No es la primera vez que mamá nos abandona a papá y a mí. Antes, siempre tuve algo de compasión.

Esta noche, no.

Su llave se desliza en la cerradura justo antes de las diez. Papá está dormido en su silla. Pauso la televisión y espero.

Se escabulle en la casa como si esperara que todos estuviéramos dormidos y luego salta cuando encuentra mis ojos en el pasillo.

—Sigues aquí —dice.

—¿A dónde más puedo ir?

Hace una mueca y luego mira a papá detrás de mí.

—¿Quieres que te ayude a subirlo? —pregunta como si yo estuviera a cargo.

—Ya está dormido.

—Ah —no se ha movido del marco de la puerta.

No dice nada. No digo nada.

Finalmente, vuelvo a mirar el televisor y presiono el botón de reproducir. Mis hombros están tensos, me pregunto qué hará. A medida que pasan los minutos, me parece que se escabulló hasta su habitación y se fue a dormir.

El resentimiento crece, amenaza con invadir mis órganos hasta que no quede nada más que enojo. Luego, mamá entra en mi campo de visión y presiona el botón para apagar el televisor.

—Necesito hablar contigo —dice en voz baja.

Estoy congelado en mi lugar, mis ojos miran fijamente la pantalla negra. No quiero escuchar eso, pero quiero escucharlo. Se acomoda en el sillón a mi lado, su rostro es una sombra en la oscuridad de la habitación.

—Sí, sabía —dice.

No me digas. No me muevo.

—Bill Tunstall tenía un plan —continua—. Comenzó… comenzó a muy pequeña escala. Y realmente creo que, en ese momento, creyó que estaba haciendo algo bueno por sus clientes. Estaba asumiendo inversiones riesgosas en nombre propio y les permitía a sus clientes formar parte de la inversión para compartir las ganancias.

Me quedo muy quieto.

—Bill invitó a papá a hacer lo mismo —le echa un vistazo a mi padre—. Con nuestro dinero. Por un tiempo, funcionó muy bien —traga saliva—. Cuando los mercados cayeron, un par de años atrás, Bill no pudo mantener las ganancias que le había prometido a sus clientes. Estaba en una situación delicada. Podría haber perdido su licencia. Él y papá eran mejores amigos, así que cuando le pidió ayuda a tu papá, por supuesto que dijo que sí. Se suponía que sería un pequeño préstamo. Una pequeña alteración a los números. Se suponía que sería un mes y que luego lo devolvería todo —una lágrima cae de su rostro y la limpia.

»Me contó lo que estaba haciendo y no pude dormir por semanas. Estaba tan preocupada por que los descubrieran —otra lágrima—. Pero no lo hicieron. Fue sencillo. Porque estaban moviendo dinero entre dos firmas distintas en un tercer banco, no hubo rastros de papel. El mercado comenzó a mejorar otra vez y todos estaban ganando dinero. Los clientes y nosotros. Pareció demasiado fácil —tiene que limpiarse los ojos—. Fue demasiado fácil. Recuerdas cuando tuvimos la corrección técnica de la bolsa el último enero.

Asiento. Recuerdo que todos en la oficina de papá estaban

frenéticos. Los clientes estaban perdiendo dinero y los teléfonos no paraban de sonar.

Mamá vuelve a mirar a papá.

—Bill quiso que tu papá volviera a cubrirlo. Que redoblara las apuestas y papá se negó. Creo que la presión estaba siendo demasiado para él. La gente pensó que sus cuentas habían perdido un diez por ciento, pero él sabía que era más que eso. La mayoría estaban en cero, pero él estaba falsificándolo. Se preocupaba por esas personas, Rob. Quería que todos hiciéramos dinero. Con Bill en su oído, prometiéndole ganancias y arrastrando su amistad al asunto… No creo que papá haya considerado el riesgo cuando todo comenzó a desmoronarse.

—Entonces, ¿qué? —mi voz es áspera—. ¿Papá era un gran tipo?

Mamá comienza a llorar con honestidad y, para mi sorpresa, está asintiendo con la cabeza.

—Sí, cometió algunos errores, pero sí. Era un gran tipo, Robbie —trago saliva fuerte.

»Quería terminar con la operación —dice—. Le dijo a Bill que quería decir la verdad. Tu padre no era un hombre deshonesto, pero se vio superado. ¿Comprendes eso?

—No —no comprendo nada de esto.

Mamá sacude la cabeza y apoya su mano en el sofá entre nosotros.

—Iba a reemplazar todo el dinero que habíamos tomado. Íbamos a tomar prestado de mi fideicomiso. Lo iba a devolver todo y nosotros asumiríamos el golpe. Quería que Bill hiciera lo mismo —otra lágrima, pero esta vez la limpia enojada—. Bill no quería detenerse. Quería que papá pusiera ese dinero de vuelta en el plan.

Discutieron, pero papá se negó. Pensó que eso era todo. Le dijo a Bill que reemplazaría el dinero y saldría del negocio.

—Pero Bill lo entregó —la miro fijamente.

—Sí. Lo entregó. Y Bill fue habilidoso —su voz es casi un susurro—. Tan habilidoso. Lo había estado planeando. Estaba listo para eso. Se aseguró de que todo señalara a tu padre. Todo.

No sé qué decir.

—Rob, no pudo soportarlo —dice—. Tu padre… no pudo soportarlo. Bill lucía como el salvador mientras que él era el ladrón. Y la peor parte fue que tuve que seguir con la farsa. Bill dijo que me mantendría al margen. En caso contrario, perderíamos todo. Te hubiéramos perdido a *ti*, Rob —pone una mano sobre mi mejilla y me libero con un movimiento brusco.

Mi reacción la hiere y no quiero que me importe, pero me importa. Presiona su mano sobre su estómago.

—No sabía qué hacer. No había un camino correcto, Rob. Tu padre iba a entregar a Bill, pero Marjorie vino aquí llorando porque perdería a Connor y porque todos estaríamos en prisión. Pero no sabíamos qué hacer. Todo era un desastre y la prensa estaba volviéndose loca. Todos nos odiaban… lo recuerdas.

Me acuerdo. No necesito recordar. Todos nos odian aún.

—Tu padre no pudo soportarlo —dice, ahora se tropieza con sus palabras—. Esa noche… la noche que intentó… la noche que intentó…

—Sé de qué noche hablas.

—No me había dado cuenta de cuánto estaba sufriendo —dice—. No… no lo sabía. Desearía no haberme marchado así. Desearía no haberlo abandonado. Desearía no haber…

Se vuelve a hundir entre lágrimas. Espero sentado. Yo también deseo todas esas cosas. No siento lástima por ella.

Me estoy mintiendo a mí mismo. No siento nada más que lástima. Mi garganta está tensa, pongo una mano sobre su hombro.

—Mamá.

Se estira y me acerca a ella. Está temblando por la fuerza de sus lágrimas.

—Nunca quise herirte, Robbie. Te amo. No podía perderte. No con todo lo demás. No podía perderte. Nunca te hubiera dejado solo para que encontraras eso. Por favor, quiero que sepas eso. Por favor. Por favor no me odies.

—No te odio —casi me ahogo con las palabras.

Odio a Bill Tunstall. Ahora más que nunca.

Mamá habla en mi hombro.

—Bill vino a casa al día siguiente. Dijo que se aseguraría de mantenerme al margen si podía interpretar el rol de la esposa despistada. Si podía estar devastada por las acciones de mi esposo. Si podía estar... estar *agradecida* con él por ser el gran salvador de la comunidad.

—Por eso permaneciste amistosa con ellos —murmuro—. Por eso me preguntabas por Connor.

—Sí —su voz se quiebra—. Fue tan difícil. No tienes idea cuán difícil fue. Y ahora tengo este empleo y cada vez que salgo de aquí, veo cómo podría ser. Podría tener una vida. Podría tener amigos. Pero no puedo. Estoy atascada aquí, porque, de otra manera, perdería lo poco que me queda.

—¿Por eso has estado bebiendo tanto?

—No diría que estuve bebiendo *tanto* —la miro a los ojos y mamá suspira—. Le mencioné a mi jefe cuánto me había gustado la primera botella así que me trajo otra, y luego fuimos a cenar…

—¿Fueron a *cenar*?

—¡Como amigos! Solo como amigos —resopla con fuerza y se limpia el rostro—. He estado tan sola. ¿Tienes idea cómo se siente estar tan solo?

—¡Sí! —ladro. Papá se mueve en su silla y bajo mi voz—. Sí, lo sé —aprieto los dientes y la fulmino con la mirada—. ¿Tienes alguna idea de cómo es mi vida? —no responde y no me detengo—. Tú puedes marcharte cuando papá es demasiado para ti, pero yo soy el que se queda atrás. ¿Sabes cómo se siente *eso*?

Hace una mueca, pero no me detengo.

—¿Tienes idea cuánto odio que Bill esté involucrado en esto y no haya nada que pueda hacer al respecto? Probablemente lo *sigue* haciendo, pero si lo entrego, también entrego a mi propia madre. ¿Tienes *alguna idea*? —grito.

Papá se mueve y gime. Está despertándose. Está reaccionando a los gritos.

No me importa.

Mamá lo mira y luego a mí.

—Por favor —dice—. Por favor, detente. Por favor, comprende.

Los gemidos de papá están subiendo de volumen.

Lo ignoro. Tengo que usar todas mis fuerzas, pero lo ignoro.

—¿No querías perderme, mamá? Bueno, una lástima. Me perdiste.

—Rob…

No escucho lo que dice.

Por una vez, soy yo el que se marcha.

Ya son pasadas las diez, pero sé que Wegmans estará abierto. Busco algunas monedas en la cosola de mi coche, compro una taza de café y luego le agrego un montón de crema y azúcar.

Cuando me alejo del mostrador y me dirijo al pequeño rincón debajo de las escaleras, noto que una de las sillas está ocupada.

Maegan levanta la cabeza y me mira sorprendida.

—Rob.

Estoy tan anonadado que me quedo parado como un idiota sosteniendo mi café.

—Maegan.

Estamos atrapados en este espacio, mirándonos el uno al otro. Luce pequeña y escondida, acurrucada en su silla con jeans y un suéter verde, su cabello en una trenza suelta cae sobre su hombro.

Me sacudo a mí mismo y desvío la mirada.

—Lo lamento. Me sentaré en otro lugar.

—¡No! —comienza a pararse de su silla—. No. Espera.

Me volteo, listo para sentarme y me sorprende cuando me envuelve en sus brazos.

—He estado tan preocupada por ti.

Las palabras son más sorprendentes que el abrazo y necesito un momento comprender por qué: no estoy acostumbrado a que nadie se preocupe por mí.

Envuelvo mis brazos alrededor de ella, teniendo cuidado con el café, feliz de poder sostenerme a alguien. Nos quedamos allí parados por un minuto, una hora o una eternidad.

—Lo lamento, he sido un desastre —digo en voz baja.

—Yo también —responde.

—No eres un desastre.

—Lo he sido —me mira y veo lágrimas brillando en sus pestañas. No esperaba eso.

—¿Estás llorando? —limpio sus lagrimas con una mano.

Hace un ruido que es mitad risa, mitad sollozo.

—Sí, supongo. No volví a casa.

—¿Te escabulliste a Wegmans otra vez?

—Sí.

—Yo también.

Sus ojos se sorprenden por mi respuesta.

—¿Quieres sentarte?

Nos sentamos. Me dejo caer en un sillón y, al igual que la noche del sábado, Maegan se acomoda en el espacio microscópico a mi lado, semisentándose en mi regazo.

No sé qué pasó para eliminar toda la tensión entre nosotros, pero, después del día que tuve, no me importa en absoluto.

—Lo lamento —dice—. No comprendía lo que tú y Owen estaban haciendo. Pensé…

—Sé lo que pensaste. Y estábamos equivocados.

—Owen no piensa lo mismo.

Giro mi cabeza para mirarla. Sus ojos están tan cerca. Podrían compartir la respiración.

—¿Hablaste con Owen?

—No podía hablar contigo —se sonroja—. Se preocupó cuando no fuiste a la escuela así que le conté lo que había sucedido. Fui a su casa y su mamá nos escuchó hablando.

—Entonces, supongo que no seré el mejor amigo de la señora Goettler en un futuro cercano —genial.

—No es tu fan número uno. Pero creo que se siente mal por ti —doblemente genial. Hago una mueca y luego frunzo el ceño.

—Hará que Owen encuentre una manera de pagar por otro par de zapatos y los devolverá para reemplazar los que ustedes compraron —vacila—. Pasó un largo rato hablando sobre cómo robar está mal, pero no quiere entregar a Owen. Ni a ti.

Esto es tan complicado. Al igual que la historia que mamá me dijo de papá. ¿Lo veo con mejores ojos? ¿O peores? De todas maneras, estaba robando. Solo que no tuvo la oportunidad de cancelar la operación.

—Papá dijo que te arrestaron —los ojos de Maegan se posan sobre los míos, cálidos e intensos—. ¿Estás bien?

—Sí —estoy asintiendo, pero esto se siente como los últimos meses cuando mantenía la cabeza baja y fingía vivir.

Recuerdo qué bien se sintió finalmente liberarme en la oficina del señor London, así que respiro profundamente.

—No —le digo a Maegan—. No estoy bien.

—¿Quieres hablar al respecto?

Estoy tan cansado de los secretos, del drama y de que todos me odien.

Encuentra mi mano y la estruja.

—Está bien —dice—. No tenemos que hablar de eso.

—No —también aprieto su mano—. Quiero hablar. Quiero contarte todo.

Y lo hago.

CAPÍTULO 40

Maegan

COMO SIEMPRE, TENGO MÁS SECRETOS EN MI CABEZA DE LOS QUE NECESITO.

De alguna manera, esta vez es distinto. La madre de Owen tenía razón: hacer lo correcto realmente significa distintas cosas para la gente. Nada es blanco y negro y tal vez eso está bien.

Rob dice que no tiene pruebas de lo que el señor Tunstall está haciendo, pero incluso si las tuvieras, no quiere delatarlo. No quiere destruir a su madre. No quiere destruir a Connor.

No he dejado de pensar en eso toda la noche y todavía no lo sé.

Sé que Rob no debería ser quién pague el precio por todo esto. Pero si le digo a alguien todo lo que me contó, ¿estaría sacrificando a Connor? ¿Qué le pasaría a Rob si su madre fuera a prisión?

¿Qué le sucedería a su *padre*? ¿Su vida sería mejor de lo que es ahora? ¿O sería peor?

Alguien golpea suavemente mi puerta ante de que apague la luz. Debe ser Samantha, porque la puerta de mis padres estaba cerrada cuando llegué a casa y no brillaba ninguna luz por debajo.

—Entra —grito suavemente.

La puerta se abre de manera silenciosa. Mi padre. Me siento erguida de un salto.

—Papá.

—Quería hablar contigo —dice.

No puedo interpretar nada de su voz, pero prefiero enfrentarlo así, en una camiseta vieja y unos pantalones de entrecasa, que como estaba esta mañana.

Parece estar esperando algún tipo de respuesta, en vez de entrar sin permiso, lo que aprecio. Me aclaro la garganta.

—Entra.

Se sienta en el borde de mi cama y apoya su mano sobre el edredón.

—No debería haberte gritado esta mañana. No robaste nada. De todos modos, deberías haber dicho algo —me mira y su voz se torna firme—. Pero no debería haberte gritado. No quería que terminaras involucrada en algo más que pudiera dañar tu futuro —hace una pausa—. Ya eres suficientemente grande como para elegir tus amigos. Aunque espero que hayas aprendido la verdad sobre Rob Lachlan.

He aprendido que Rob es leal y amable. Y que su brújula moral funciona mejor que el de la mayoría de la gente.

No sé qué decirle a mi padre. Esto no se siente como una disculpa. Pero bueno, tal vez no se supone que sea una. Tal vez no necesito una disculpa.

Papá me mira.

—A veces, cuando intentamos proteger a las personas más cercanas a nosotros, hacer lo correcto no siempre es tan claro.

Trago saliva y pienso en cómo guardé el secreto de Samantha. Cómo estoy guardando el de Rob. Y pienso en cómo actuaron Rachel y Drew en la cena cuando Rob estaba allí. Estaban equivocados, por supuesto. Pero, al mismo tiempo, Rachel estaba intentando protegerme de alguien que veía como un peligro. ¿Eso hace que su comportamiento sea más aceptable?

—Lo sé —sigo suavemente.

—Bueno, tal vez tú lo sepas —dice papá—, pero yo todavía estoy aprendiendo —hace una pausa—. Samantha nos contó cómo la defendiste en frente de ese... ese... —su voz se tensa—. Ese hombre horrible.

Suena como si quisiera referirse a DavidLitMan de otra manera completamente distinta.

—Alguien tenía que hacerlo —digo.

—Lo sé. Me alegra que hayas sido tú. Tiene suerte de que no haya sido yo —estruja levemente mi hombro—. Estoy orgulloso de ti.

Sus palabras hacen que se me llenen los ojos de lágrimas.

—¿Por qué las lágrimas? —me mira con cierta duda.

Resoplo y limpio mi rostro.

—Siempre pensé que estabas decepcionado de mí.

—Nunca —dice y me abraza—. Nunca.

ROB

WEGMANS CERRÓ A MEDIANOCHE, PERO HE ESTADO SENTADO EN MI automóvil por un rato. No puedo ir a casa. Todavía no.

Finalmente, me doy cuenta de que gastaré un tanque de gasolina intentando mantener el calor. No tengo un buen abrigo conmigo y la temperatura cayó a grados bajo cero. Puedo quedarme aquí y juzgar a mi madre y el rol que interpretó, pero eso no me mantendrá cálido.

O alimentado, ahora que lo pienso. Conduzco a casa.

Son más de las dos de la mañana, pero mamá sigue despierta. Quiero esquivarla e ir directamente a mi habitación, pero es claro que ha estado llorando por un rato y no puedo apagar mi corazón.

Me detengo en la puerta de la sala de estar. Papá está dormido en su silla. Tampoco pudo subirlo por las escaleras sin ayuda.

—Volviste —dice.

—Volví.

—Estaba preocupada.

—Sí, bueno —desvío la mirada—. No tengo a dónde ir.

—Rob, por favor, sabes que nada de esto fue fácil para mí. Todo lo que hice… después… fue para mantenerte a salvo. Por favor comprende eso.

Es tentador desestimar su declaración, pero puedo escuchar la emoción en su voz. Hemos estado atrapados juntos. Nada de esto ha sido sencillo para ella. Debería odiarla, pero no puedo.

—Lo sé —digo en voz baja.

—Por favor, no me odies —susurra.

—No te odio —le echo un vistazo a mi padre y desearía poder volver el tiempo atrás—. No lo odio.

Me dejo caer al sillón junto a ella y llevo mis manos al rostro.

—Odio que Bill haya iniciado todo y sea quién sale indemne.

—Nunca quise esto, Rob —mamá acaricia mi hombro.

—Lo sé —no me alejo.

Mi teléfono vibra en mi bolsillo y me sobresalta. Nunca nadie me llama, especialmente en el medio de la noche, así que lo saco rápidamente.

La pantalla está iluminada con el nombre *Connor Tunstall*.

Miro a la pantalla un momento demasiado largo y luego deslizo la barra para responder. El teléfono casi explota por el sonido y tengo que alejarlo de mi oído.

—¿Connor? —digo.

—Rob —suena como si alguien lo estuviera ahogando. Un hombre habla en el fondo. Hay muchos gritos—. Rob.

—¿Connor? ¿Qué… qué está sucediendo?

—Rob, lo lamento. Lo lamento. No quise… Tuve que…

—Despacio —me pongo de pie. Pongo una mano sobre mi otra oreja como si eso fuera a ayudar a bloquear el ruido de ambiente—. ¿Qué está pasando?

—Lo entregué —suelta otro sonido ahogado—. No te… no te creí. Cuando los policías te arrestaron. Pero cuando salió esta mañana, busqué entre sus cosas. Encontré pruebas. Lo enfrenté al respecto y él… él… no puedo. Llamé… Llamé… no sé… están arrestándolos a ambos. No sé qué hacer.

Mierda.

—Tendrás que terminar esa llamada, hijo —dice un hombre.

—Por favor ven, Rob. Sé que no lo merezco. Pero, por favor… —la línea se corta.

Mamá me está mirando con las manos sobre su boca. Sus dedos están temblando. Debe haber escuchado casi todo lo que dijo Connor.

—Estará bien —digo, aunque no tengo idea de si eso es verdad—. Todo estará bien —mi corazón está latiendo tan rápido que casi estoy mareado.

Por favor ven, Rob. Sé que no lo merezco.

Mis llaves siguen en mi bolsillo. Las tomo y me pongo de pie.

—¿Qué estás haciendo? —mamá toma mi brazo.

Estoy haciendo lo que Connor debería haber hecho el febrero pasado. Estrujo la mano de mi madre y me libero.

—Iré.

Media docena de patrullas están alineadas en la entrada para vehículos de los Tunstall, junto a algunos vehículos sin marcar que sé por experiencia que probablemente sean del FBI. Todas las luces de la casa están encendidas.

No tengo que avanzar mucho para encontrar a Connor. Está sentado en los escalones de la entrada. Tiene un abrigo con el cierre abierto y sus brazos envuelven su estómago.

Apenas levanta la vista cuando me acerco.

—Soy tan estúpido —dice. Su voz es áspera y opaca. Una mano temblorosa quita el cabello de su rostro.

O está temblando por el frío, por el shock o por ambos. Me estiro y jalo levemente de su chaqueta.

—Levanta el cierre —digo como si tuviera cinco años—. ¿Hace cuánto tiempo estás sentado aquí?

No se mueve.

—Desde que empezaron a inspeccionar la casa.

Me siento junto a él. No sé qué decir, pero a Connor no parece importarle. Nos quedamos en silencio hasta que su respiración se tranquiliza.

Con el tiempo, tiene escalofríos y lo golpeo en el brazo.

—Levanta el cierre de tu abrigo, idiota.

Resopla y lo hace.

—No lo sabía —dice—. Me doy cuenta de cuán estúpido suena eso ahora, pero sé que lo entiendes.

—Sí. Lo entiendo.

—Debería haberlo sabido.

—Yo también —me encojo de hombros—. Diablos, *trabajaba* para mi padre y no lo sabía.

Lleva una mano temblorosa hasta su rostro y noto que está llorando. No digo nada. También entiendo eso.

Siento una fuerte presión en mi pecho. No sé qué significará esto para mi mamá.

—Pensé que iba a matarme —dice Connor.

Emite esta declaración sin ningún preámbulo y mi cabeza gira como un látigo.

—¿Qué?

—Pensé que iba a matarme —vuelve a resoplar—. Mi papá. Encontré... Encontré sus archivos. No sabía qué iba a hacer con ellos, pero él empezó... empezó a forcejear conmigo por ellos y luego, comenzó a ahorcarme y mamá luchó contra él para detenerlo... —presiona sus ojos con sus manos.

Odio a su padre.

—¿Qué sucederá? —digo suavemente.

La pregunta parece estabilizarlo.

—Llamaron a mi tía. La hermana de mi mamá. Está volando desde Portland.

No me refería a eso precisamente, pero no tiene las respuestas que necesito de todos modos.

Me muevo en mi lugar y Connor levanta la vista alarmado.

—No me iré —digo.

—Gracias —el pánico sangra de sus ojos.

Suspiro y miro al cielo nocturno.

—Para eso están los amigos.

La tía de Connor llega cerca del amanecer. Estoy medio dormido en las escaleras de la entrada, pero él está en buenas manos, así que lo tomo como mi señal para ir a casa y darme una ducha.

Cuando salgo, mamá está esperándome con ojos rojos y postura decaída.

—Deberías ir a la cama —le digo.

—Tú también.

Tengo que respirar profundamente.

—Me preocupa que Bill te delate a ti también.

Traga saliva. Su voz es apenas audible.

—Lo sé.

Doy un paso hacia adelante y la abrazo por un largo rato.

Cuando la suelto, me mira con detenimiento.

—Estás vestido. ¿A dónde irás?

—A la escuela.

—Rob, estás levantado hace veinticuatro horas.

—Necesito una hora más.

—Pero ¿por qué?

—Necesito hablar con alguien.

—¡Señor Lachlan! —dice el señor London—. Lo esperaba ayer.

—Lo lamento. Fui arrestado.

Las palabras tienen el efecto esperado. Su buena naturaleza desaparece de su rostro y es reemplazada por preocupación.

—¿Estás bien?

El hecho de que le importe hace que colapse por el cansancio.

—Sí —respiro profundamente—. ¿Puedo hablar con usted de eso?

—Por supuesto —levanta la madera de su mostrador.

Cuando estamos en su oficina y la puerta está cerrada, le cuento todo.

Todo todo.

Cuando termino, me está mirando fijamente, las yemas de sus dedos hacen contacto entre sí delante de su rostro.

Me siento más liberado y presionado después de haberle contado todo y su silencio me está matando.

—¿Podría decir algo por favor?

Suspira.

—Creo que necesito procesar todo esto —se reclina en su silla—. Estoy orgulloso de ti por haberte dado cuenta de que hacer de Robin Hood no era la respuesta.

Me sonrojo y desvío la mirada.

—Sí. Bueno. Todo lo demás sigue siendo un desastre —restriego mi rostro con mis manos—. Estoy realmente preocupado por mi mamá.

—Puedo ver por qué —trago fuerte.

—¿Hay alguna manera para que salga de esta? ¿La puedo proteger de alguna manera?

—No lo sé, Rob —sus ojos se ensombrecen con lástima.

Por supuesto que no lo sabe. Es el bibliotecario del colegio. ¿Por qué habría de saberlo? Fue tonto de mi parte venir aquí.

—Pero —se inclina sobre su escritorio—, si hay algo en lo que los bibliotecarios somos buenos es en encontrar respuestas —toma un bloc de su escritorio—. Te escribiré un pase para tu primera clase. Llévaselo a tu profesora y vuelve rápido, ¿okey?

—Okey —lo miro sorprendido.

—No te preocupes —le da una palmadita a mi mano—. Encontraremos una solución.

CAPÍTULO 42

Maegan

CUANDO ROB ENTRA A CÁLCULO CON UN PASE AMARILLO CASI ME CAIGO de mi silla. No esperaba verlo esta mañana. Luce desprolijo, pálido, sin afeitar y sus ojos lucen un poco salvajes. Le da el pase a la señora Quick, quien le echa un vistazo y asiente con la cabeza.

Rob luce tan disperso que no espero que mire en mi dirección, pero lo hace. Desliza una nota en mi libro de Cálculo.

—*No puedo quedarme* —susurra. Sus dedos rozan los míos y luego se marcha. Abro la nota cuidadosamente.

CONNOR DELATÓ A SUS PADRES. MAMÁ TAMBIÉN

PODRÍA SER ARRESTADA. ESTOY CON EL SEÑOR LONDON. TE CONTARÉ TODO EN EL ALMUERZO.

Casi me quedo sin aliento.

El almuerzo. Miro el reloj. Faltan tres horas para el almuerzo.

Empiezo a contar los minutos.

Ya sea por coincidencia o por accidente, me encuentro con Rachel en la cafetería. Sigo haciendo la fila, pero ella está alejándose de la caja con un refresco. Hace una mueca cuando me ve y avanza sin decir una palabra.

Me interpongo en su camino.

—Hola, Rachel —contengo la respiración—. Lo lamento.

—¿Tú lo lamentas? —esto llama su atención.

—Sí. Un poco. No consideré que estabas cuidándome.

—Sí. Lo estaba —no puedo leer su expresión.

—Drew fue realmente desagradable con Rob. Él no se merecía eso. Sé que estabas intentando protegerme, pero eso no significa que está bien ser cruel con él.

No dice nada, así que sigo. Ya que empecé, voy a terminar.

—Y tampoco me gusta la manera en que te quedas al margen y dejas que Drew me diga comentarios hirientes.

—Me he… —frunce el ceño—. Me he sentido mal por eso por un largo rato —respira profundamente—. Es medio mi culpa.

—¡Tu culpa!

Desvía la mirada y se mueve nerviosamente.

—Sí. No sé… No sé cómo explicarme.

—Inténtalo —mi voz suena demasiado filosa así que lo suavizo—. Por favor, Rachel. Te extraño.

Respira profundamente y me mira a los ojos.

—Estaba tan enojada contigo cuando hiciste trampa.

—¿*Qué*? ¿Por qué? —literalmente es lo último que esperaba que saliera de su boca.

—¡Porque eres tan inteligente! —explota—. Prácticamente tuviste todos dieces el año pasado. Estás en cinco clases con créditos unviersitarios. Yo apenas puedo manejar *una* clase avanzada.

Doy un paso hacia atrás. Rachel no terminó.

—Lucho por cada calificación. Tú apruebas las clases avanzadas sin esforzarte…

—Requiere esfuerzo, Rach.

—Está bien —su voz se quiebra—. Está bien. Requiere esfuerzo. Pero yo no puedo hacerlo. Hubieras entrado a la universidad sin problemas, seguramente con un montón de becas.

—Sí, tal vez. Pero no juego ningún deporte, apenas tengo actividades extracurriculares. Quiero decir…

—¿Podrías escucharte? —la pasión apresurada en su voz hace que me detenga—. Esto es tan estúpido —limpia sus ojos—. No estás comprendiendo el punto.

Claramente está tan molesta por esto que no puedo decidir si enojarme o ser compasiva.

—¿Cuál *es* el punto? ¿Qué tiene que ver esto con Drew?

—¿Cómo crees que me sentí cuando una chica como tú pensó que necesitaba hacer trampa en el SAT? Quiero decir, tienes razón.

Drew hace comentarios desagradables, pero está intentando hacerme sentir mejor a *mí* —resopla—. Mira a tu hermana perfecta. Mira a tu *familia* perfecta.

Y entonces lo comprendo. Pienso en Samantha y en toda la presión que sentía, y en cómo me comparé con ella. Al igual que Rachel, aparentemente, se estaba comparando conmigo.

—Rachel —la miro fijo—. No somos perfectos.

—Un poco lo *son* —dice—. Tienes todo lo que quieres y casi echas todo a perder. Yo ni siquiera podré ir a la universidad.

—¡También irás a la universidad! —le digo—. Tu papá solía alardear sobre cómo había sido lo suficientemente inteligente y había ahorrado para que su pequeña...

—Ya no más —vuelve a resoplar—. Ya no está más.

—¿A qué te refieres con que no está más? —pero apenas hago la pregunta, lo sé—. ¿El papá de Rob? —susurro.

Asiente y baja la cabeza para limpiar su mejilla en el hombro de su suéter.

—Nadie sabe, ¿sí? Bueno, Drew sabe. Papá sigue muy molesto al respecto. No quiere que los otros policías piensen que fue tan estúpido como para haber sido engañado.

Ahora entiendo su actitud respecto a Rob. Comprendo el veneno detrás de los comentarios de Drew.

—Pero lo lamento —me mira—. Sé que esto es sobre mí. No debería haberme desquitado contigo.

—Debería haber sido una mejor amiga —le digo—. No sabía que te sentías de esta manera.

—*Yo* debería haber sido una mejor amiga —dice—. Lo que sucedió no fue tu culpa.

Doy un paso hacia adelante y la abrazo.

—No más secretos —digo.

—No más secretos —asiente sobre mi cabello—. Entonces —vacila—, ¿volveremos a almorzar juntas?

—Hoy no, le prometí a Rob que comería con él.

Rachel se aleja y su expresión se torna seria. Hago una mueca.

—Él no lo hizo, Rachel. Fue su padre.

—Lo sé —frunce el ceño.

Todavía hay que recuperar un poco de confianza. Por lo menos, ahora lo comprendo mejor. Me muerdo el labio.

—¿Tal vez podemos tomar un café después de la escuela? —vacilo—. Tengo mucho que contarte.

—No puedo esperar —su expresión se suaviza.

Se dirige a su mesa de siempre, donde Drew la está esperando.

—¿Quieres sopa, querida? —me pregunta la señora del comedor.

—Sí, por favor —es de brócoli y queso, mi preferida. Esparcen queso rallado arriba y la sirven con un panecillo. Es increíble.

Owen Goettler se me viene a la cabeza. Puedo verlo desde aquí con solo un sándwich de queso delante de él.

Me aclaro la garganta y llamo la atención de la señora.

—Llevaré dos.

Para cuando llego a la mesa, Rob y Owen ya están sentados. Sin una palabra, tomo una sopa de mi bandeja y se la doy a Owen. Luego me siento al lado de Rob. Toma mi mano y la sostiene entre nosotros.

Owen me mira sorprendido.

—Nadie salió herido —le digo, repitiendo sus propias palabras.

—¿Robaste esto? —dice sorprendido.

—¿Qué? ¡No! Solo quise decir que está bien. Puedo pagar una sopa extra sin lastimar a nadie.

—Gracias —su rostro se relaja y toma la cuchara.

—¿Estás bien? —miro a Rob.

No parece estar bien, pero asiente de todos modos.

—La hermana del señor London es abogada y trabaja como asesora legal gratuita. Tuvimos una larga conversación esta mañana. Dice que ayudará a mamá a entregarse con la esperanza de que, si testifica en contra de los padres de Connor, pueda evitar ir a la cárcel.

—Rob —estrujo su mano—. ¿*Tú* estás bien?

—Sí —se restriega los ojos con su mano libre—. Pero estoy exhausto. El señor London dice que papá tendrá que ir a un establecimiento estatal por un tiempo —su voz se quiebra, pero se recupera y se estabiliza—. Porque no puedo hacer todo yo solo. ¿Soy una mala persona por sentirme un poco aliviado?

Es una pregunta tan loca que me sorprende que suene completamente sincero.

—No. Rob. No. Eres la persona más decente que conozco.

—No —replica—. Ni por asomo.

—Lo eres —interviene Owen y vacila—. Eres más decente que yo y nunca pensé que diría eso.

—De todos modos, no te presentaré a Zach Poco —Rob lo mira, pero Owen no sonríe.

—Si se llevan a tu mamá, ¿qué pasará contigo?

—Cumplo dieciocho años en seis semanas. La señorita London dice que pueden designarme un tutor temporario para asegurarse de que siga vivo, pero puedo quedarme en mi casa —hace una pausa y respira profundamente—, hasta que ya no pueda.

—¿Quién será tu tutor temporario? —vuelvo a estrujar su mano.

—Todavía no lo sé —su voz vuelve a quebrarse—. Pero el señor London dijo que él lo haría. Le pidió a su hermana que preparara la documentación necesaria —presiona sus dedos sobre sus ojos—. No sé qué decir. No me lo merezco.

—Lo mereces —susurro apoyando mi frente sobre la de él—. Lo mereces.

Maegan

Nunca antes había pensado que los profesores viven en casas normales, pero por supuesto que es así. El señor London y su marido viven en una casa adosada al sur del condado. La puerta del garaje está abierta, como Rob prometió, y me deslizo al lado de un Honda pequeño para llegar a la puerta del fondo. Cuando golpeo, Rob abre la puerta.

No lo he visto en semanas, aunque hemos podido enviarnos mensajes. Ahora mismo, luce listo para estallar como un niño en la mañana de Navidad así que sonrío.

—Entonces, ¿ya terminaste la mudanza…?

Me interrumpe con un beso, sujetando mis codos en sus manos.

—Sí. Entra.

Es una especie de apartamento en un sótano. Tiene una habitación y un baño privado, además de un pequeño refrigerador y una televisión que debe provenir de su casa.

Su madre tiene que cumplir una sentencia de noventa días.

Tuvieron que vender su casa.

Su padre tiene que permanecer bajo el cuidado del Estado.

Pero Rob está bien. Tuvo que mudarse de su casa para que pudieran ponerla en venta. Pensé que la decisión le molestaría, pero, de hecho, pareció ser un alivio. Dijo que se sentía como un fantasma viviendo allí solo con todos los malos recuerdo.

En este preciso momento, cuando me invita a su vivienda temporal es lo más relajado que lo he visto.

—Me encanta —digo mirando a mi alrededor.

—Owen vino ayer.

—Me dijo que vendría —una vez que la asistencia de Rob disminuyó, invité a Owen a almorzar conmigo, Rachel y Drew. Me preocupaba que no se llevaran bien, pero, para mi sorpresa, a Drew le cae bien la extraña honestidad de Owen y Owen no se calla ante los comentarios de Drew.

Drew ayudó a Owen a conseguir un trabajo en el restaurante de sus padres y trabajan los mismos turnos, así que Drew lo lleva a su casa.

—¿Qué le pareció?

—Cree que necesito una Xbox.

—¿Los dueños no te molestan? —bromeo y echo un vistazo hacia arriba.

—Son geniales. Tienen libros por todos lados —sonríe, pero, por primera vez, un poquito de tristeza se filtra en su expresión—. Han estado ayudándome a ponerme al día con la escuela con todo lo que sucedió.

—Nada como vivir con dos profesores como para asegurarse de que tu promedio no decaiga.

—No es broma. ¿Cómo está Samantha?

Duke le permite posponer su beca hasta el año que viene, lo que sorprendió a mi hermana. A pesar de todo lo que sucedió con David, creo que estas noticias fueron más de lo que esperaba, especialmente porque David perdió su trabajo. Mamá le dijo a Sam que mantenga sus opciones abiertas, así que, en este instante, mi hermana está inscribiéndose para hacer su semestre de primavera a distancia. De esa manera, podrá volver como estudiante de segundo año si encuentra un balance entre la maternidad, la universidad y el lacrosse.

—Finalmente está usando ropa de maternidad, pero quiere que te diga que todavía puede patear tu trasero en el campo de lacrosse.

—Le creo —se ríe.

—También… Craig la invitó a salir al fin y ella dijo que sí.

—¿El tipo de Taco Taco? —alza las cejas y asiento—. Guau.

—Ha estado yendo al restaurante un par de noches a la semana y no deja de decir que el guacamole es lo único que aplaca su estómago —revoleo los ojos, pero mi voz se suaviza—. Aparentemente, han estado hablando un montón.

—Bien por ella —sonrío.

—¿Has escuchado algo de Connor?

Rob recupera la seriedad. Sé por nuestro intercambio de mensajes que Connor tuvo que mudarse a Oregon para vivir con su tía.

—Está pasando por un momento difícil —Rob hace una pausa—. Hablamos mucho.

Me pregunto si es más fácil para Connor tener la oportunidad de comenzar de nuevo en un lugar diferente en vez de soportar la escuela como Rob tuvo que hacerlo. Pero bueno, se mudó a la otra punta del país en medio de su último año y perdió a sus dos padres al mismo tiempo.

—Me alegra que te tenga a ti —le digo.

—Alex dice que tal vez pueda ir a visitarlo en el receso de primavera.

Alex es el señor London. La manera casual en la que Rob lo llama por su nombre de pila me hace sonreír.

—Es tan bueno verte así —digo.

—¿Cómo el viejo Rob Lachlan? —se sonroja.

—No —me inclino hacia adelante para darle un beso—. Como el nuevo.

AGRADECIMIENTOS

Llámalo como quieras es mi décima novela publicada y he llegado al punto de mi carrera como escritora en el que solo quiero llorar y agradecerles a todos por haberme ayudado a llegar hasta aquí. El señor de UPS. La cajera del supermercado. El vecino que me hizo saber que el lateral de mi casa estaba flojo. Pero me doy cuenta de que tengo que limitarme un poquito, así que lo intentaré.

En primer lugar, mi esposo Michael. Siempre. Ayer estuve en Starbucks escribiendo por cinco horas y le envié un mensaje a la noche: "¿Cómo está todo?". Me respondió que había limpiado la casa, bañado a los niños, pedido pizza y me GUARDÓ PALITOS DE PAN. Es increíble. No pueden tenerlo. Gracias Michael, por todo.

Mi madre, como siempre, es una inspiración constante. No estarían leyendo estas palabras si no fuera por el apoyo incondicional que recibí al crecer, e incluso ahora. No lee muchos de mis libros y puede que ni siquiera esté consciente de lo que escribo en los agradecimientos, pero sabe que la amo y espero que sepa cuán profunda influencia ha sido su positividad en mi vida. (Literalmente copié este párrafo de los agradecimientos de *Una maldición oscura y solitaria*. *Shhh*. Veamos si se da cuenta).

Bobbie Goettler es mi MATVM (Mejor Amiga para Toda la Vida del Mundo) y ha leído casi todas las palabras que he escrito desde que inicié cuando escribía sobre tontos vampiros deambulando por los suburbios. Gracias, Bobbie, por ser una amiga tan increíble. Tu apoyo a través de los años ha significado todo para mí. Amo que mis hijos te llamen tía Bobbie y que cuando se refieren a sus "primos" incluyan a tus hijos. Considerando que nuestra amistad comenzó en un foro sobre escritura, creo que es bastante poderosa.

Mi increíble agente, Mandy Hubbard, ha sido una guía maravillosa para mi escritura y mi carrera. Desde mensajes de texto alentadores, increíbles correos electrónicos con GIFs hasta hacerme llorar por Google chat —más todas las cosas de negocios de las que se ocupa un agente—, Mandy no tiene comparación.

Mary Kate Castellani es mi intrépida editora en Bloomsbury y no puedo agradecerle lo suficiente por cada momento que pasa trabajando conmigo. Cuando pienso que algo no es lo suficientemente bueno, me impulsa a mejorarlo. Cuando mejoro, me alienta a hacerlo todavía mejor. Mary Kate tiene una visión brillante y siempre encuentra la historia que no sabía que estaba buscando. Gracias, Mary Kate, por todo.

Hablando de Bloomsbury, gracias inmensas a Cindy Loh, Claire Stetzer, Lizzy Mason, Courtney Griffin, Erica Barmash, Cristina Gilbert, Anna Bernard, Brittany Mitchell, Phoebe Dyer, Beth Eller, Melissa Kavonic, Jeanette Levy, al igual que a Diane Aronson y su equipo de corrección junto a todos los demás de Bloomsbury quienes jugaron un rol en poner este libro en sus manos. Desearía conocer el nombre de todos para poder agradecerles individualmente. Por favor, sepan que mi gratitud es infinita y que no puedo expresar cuánto aprecio sus esfuerzos en mi nombre.

Se necesita mucha gente para completar un libro y este libro no es la excepción. Muchas personas leyeron el manuscrito, ofrecieron su apoyo o dieron sus críticas, contribuciones y conocimientos. Quiero agradecer especialmente a Michelle MacWhirter, Diana Peterfreund, Lee Bross, Shyla Stokes, Steph Messa, Emile Horne y Joy George. No podría haber llegado hasta aquí sin ustedes. Gracias.

Este libro necesitó mucha investigación. Muchas gracias al agente especial del FBI Tom Simmons por sus conocimientos sobre cómo hubieran tratado con los crímenes del papá de Rob (y sus consecuencias). También muchísimas gracias a mi amiga, la doctora Maegan Chaney Bouis por sus contribuciones sobre el estado médico del papá de Rob y los efectos del traumatismo craneoencefálico de Owen. (Todos necesitan a un agente del FBI y a un médico en sus contactos. Juro que me hace sentir ruda).

Muchísimas gracias a los blogueros literarios, bookstagrammers y booktubers. Aprecio a toda persona que se tome el tiempo de hablar sobre mis libros en las redes sociales. Todavía recuerdo los primeros blogueros que difundieron mi primera novela en 2012 y no los olvido desde ese entonces. Su apoyo significa mucho para mí. Gracias.

Antes de "renunciar al trabajo tradicional" para escribir a tiempo completo, trabajé en finanzas por casi veinte años. Ese entorno me dio la experiencia y los conocimientos necesarios para escribir una historia sobre personas verdaderamente turbias. (¡Sabía que todos esos módulos de aprendizaje sobre cómo identificar actividad criminal serían útiles algún día!). Tuve el privilegio de trabajar con muchos grandes consejeros financieros y personal de soporte que realmente se preocupan por sus clientes, ninguno de ellos era como Rob Lachlan padre o Bill Tunstall. Un reconocimiento especial para todos mis viejos amigos de CSA de MindAlign, especialmente Rhonda Barth, Stephanie Martin, Rachel Pinner Lobdell, Laura Kurtz, Amy Kerr, Jenny Krejci Dimmitt, Carla Tyner, Emily Reed y Jaime Rogers. Los quiero y los extraño. Gracias a Dios por Facebook.

Finalmente, muchas gracias a los chicos Kemmerer: Jonathan, Nick, Sam y al ya no tan bebé Zach. Gracias por ser chicos tan maravillosos y por dejar que mamá siga sus sueños. No puedo esperar para verlos elevarse mientras siguen los suyos.

¡QUEREMOS SABER QUÉ TE PARECIÓ LA NOVELA!

Nos puedes escribir a vrya@vreditoras.com con el título de este libro en el asunto.

Encuéntranos en

 facebook.com/VRYA México

 twitter.com/vreditorasya

 instagram.com/vreditorasya

COMPARTE
tu experiencia con
este libro con el hashtag
#llámalocomoquieras